Future Fiction

Collana diretta da

Francesco Verso

Gheorghe Săsărman

Cuadratura cercului

(fals tratat de urbogonie)

La quadratura del cerchio

(falso trattato di urbogonia)

Traduzione di Barbara Pavetto

Associazione culturale Future Fiction
Via Valentiniano 40 – 00145 Roma
P.IVA 15586791004
ISBN: 9788832077704

Text & Viniete: © Gheorghe Săsărman 2001-2013
Ediția întâi (cenzurată): Editura Dacia, Cluj 1975
Ediția a doua (integrală): Editura Dacia, Cluj 2001

Testi e vignette © Gheorghe Săsărman 2001-2013
Prima edizione (censurata): Editura Dacia, Cluj 1975
Seconda edizione (integrale): Editura Dacia, Cluj 2001

Titolo: *Cuadratura cercului - La quadratura del cerchio*
© 2023 Future Fiction, Roma
I edizione gennaio 2023
info@futurefiction.org

Cartea de față are deja o istorie de peste cinci decenii și încă de la începuturi legăturile ei cu Italia n-au fost deloc întâmplătoare. Unele orașele descrise aici au ca model (sau măcar ca sursă de inspirație, fie și parțială) urbe, reale ori doar proiectate, de pe însoritele meleaguri italice. Însăși ideea de a alcătui o culegere de descrieri ale unor așezări imaginare pare să se fi ivit atunci concomitent și în cugetul unui scriitor din Italia: e de presupus că volumul lui Italo Calvino, Le città invisibili, apărut în 1972, a fost conceput în anii în care, fără a bănui că nu sunt singurul preocupat de aceeași idee, eu lucram la manuscrisul Cuadraturii cercului. Într-adevăr, deși cartea mea a apărut – mutilată, fără vignete și cu zece texte eliminate de cenzura comunistă – abia în 1975, am așternut-o pe hârtie între 1969 și 1971, dar până să găsesc o editură dispusă a-și asuma riscul tiparului au mai trecut patru ani. Astfel că mai toți cei ce au scris despre volumul meu s-au referit la un anume paralelism cu scrierea lui Calvino – chiar dacă prea multe asemănări de ordin literar par mai greu de găsit, în afară de faptul că textele din ambele cărți sunt descrieri de orașe. Am ajuns să citesc și eu Orașele invizibile abia în 1979, când a fost publicată traducerea românească a volumului; însă o altă carte a lui Calvino, Le Cosmicomiche („Cosmicomicării"), tradusă în 1970 (împreună cu Ti con zero, „T-indice zero"), o parcursesem cu mare încântare chiar pe când lucram la Cuadratura cercului și – o mărturisesc acum public pentru prima oară! – una dintre povestirile din cuprins, „La distanza della luna" („Distanța până la Lună") mi-a servit ca impuls inițial pentru conceperea „Seleniei." Există așadar și o a doua legătură, mai puțin bătătoare la ochi, cu opera marelui prozator italian...

Dacă „naşterea" primei ediţii s-a săvârşit cu cazne (explicabile pentru cine cunoaşte soarta scriitorilor într-o dictatură), destinul cărţii mele s-a dovedit însă a fi unul fast. Multe texte, chiar şi dintre cele eliminate din volum de cenzură, au fost publicate în reviste literare (unele încă înainte de apariţia cărţii) şi în antologii din România sau din străinătate. Printre acestea din urmă îşi are locul şi semnificativa prezenţă în numărul 49 al publicaţiei italiene Grande Enciclopedia della Fantascienza (Editoriale del Drago, Milano 1980) a trei povestiri din volum („Antar", „Sinurbia", „Dava") şi a eseului „Vi presento le mie città fantastiche" („Vă prezint oraşele mele fantastice").

Stabilirea mea în Germania, în vara anului 1983 – după ce îmi pierdusem din motive politice postul de redactor la „Contemporanul", principala revistă culturală a ţării – părea să fi pus capăt activităţii mele literare: în România devenisem un proscris, limba ţării care îmi oferise găzduire nu o cunoşteam, iar ca să-mi hrănesc cumva familia trebuia să mă recalific într-o meserie cu căutare. Dar în mod neaşteptat, aproape miraculos aş zice, o respectabilă traducătoare din Franţa şi-a manifestat interesul pentru volumul meu de oraşe imaginare şi, mulţumită ei, a apărut în 1994 la Paris prima versiune integrală (şi încă în limba franceză!) a Cuadraturii cercului. Acesta a fost începutul unei serii de evenimente fericite – un exemplar al ediţiei franceze a ajuns în mâna unui editor din Madrid, el a găsit un excelent traducător (este vorba de prefaţatorul ediţiei de faţă, Mariano Martín Rodríguez) şi a publicat în 2010 versiunea spaniolă a cărţii. Acelaşi Mariano, care între timp mi-a devenit prieten, a trimis cartea celebrei scriitoare Ursula K. Le Guin care, ştiind şi spaniolă, a fost cucerită de lectură şi nu numai că s-a decis să traducă volumul în engleză şi să-l prefaţeze, ci a găsit şi o editură dispusă să-l tipărească. Iar versiunea americană, apărută în 2013 cu un gir atât de prestigios, a deschis apoi calea pentru alte trei traduceri: cea germană (2016), cea japoneză (2019) şi cea italiană, pe care o aveţi acum în faţă. (Evident că, între timp, după prăbuşirea dictaturii, au apărut şi în România chiar două ediţii integrale, în 2001 şi în 2013.)

Actuala ediţie italiană are un atribut care o face, în felul ei, unică: este bilingvă, adică prezintă cititorilor, faţă în faţă şi paralel cu traducerea, textul original – motiv în plus de bucurie pentru mine, ca autor. Ceea ce în Japonia ar fi fost desigur lipsit de sens (câţi japonezi ar fi oare în stare să savureze deliciile românei?), în cazul a două limbi atât de strâns înrudite precum italiana şi româna îmi pare o idee ingenioasă, care sunt sigur că poate spori interesul pentru carte, punând în evidenţă ca în vase comunicante întrepătrunderea şi diferenţierea cuvintelor şi a sensurilor. Vă urez aşadar lectură plăcută!

München, 09.11.2022
Gheorghe Săsărman

La apariția primei ediții românești a Cuadraturii cercului, în 1975, Gheorghe Săsărman publicase deja diverse povestiri științifico-fantastice în câteva reviste, dar și într-o culegere foarte interesantă, intitulată Oracolul (1969). În plus, el devenise cunoscut în mediul gazetăresc datorită articolelor lui despre arhitectură, domeniu în care își obținuse diploma universitară, dar în care nu a ajuns să profeseze, optând pentru colaborarea profesională cu una din principalele publicații ale vremii, la rubrica destinată acestei discipline. Activitatea publicistică l-a orientat, probabil, înspre latura teoretică a artei construcției, a cărei cercetare i-a adus în 1978 titlul de doctor, în urma susținerii tezei Funcțiune, spațiu, arhitectură, care a și văzut lumina tiparului în anul următor. Această lucrare doctorală e de factură mai degrabă filosofică decât tehnică și pretinde, într-o oarecare măsură, să creeze o logică a habitatului artificial, punând accent pe analiză și fără vreo intenție de a prescrie cum anume ar trebui să se prezinte o arhitectură ideală, himeră pe care au urmărit-o atâția arhitecți. Acestei lucrări teoretice i-au urmat noi studii de estetică a arhitecturii, publicate în țara de baștină înainte ca autorul lor să ia calea exilului, în 1983, pentru a se stabili definitiv în Germania. Și totuși, nu ele i-au adus relativa celebritate, ci activitatea lui literară. În acea etapă de început, Cuadratura cercului nu a repurtat însă un succes ieșit din comun, fiind de o originalitate care trebuie să-i fi debusolat pe critici, aceștia neputând încadra cartea în genul științifico-fantastic, așa cum era el cultivat pe atunci, dar nici în literatura generală. Doar un singur critic, Victor Bârlădeanu, a semnalat înrudirea dintre această carte și stilul postmodern al lui Mircea Horia Simionescu, un alt outsider literar, care scrisese, la rândul său, și câteva povestiri S.F. valoroase (ca de pildă *Norul de argint*, 1969). Dar școala postmodernă era abia ieșită din fașă și, deși în România avea să atingă în scurt timp niște culmi aproape fără egal în restul Europei, tehnicile ei literare nu erau la îndemâna oricui, atunci când a apărut prima ediție a Cuadraturii cercului. Referințele culturale, metaliteratura, ironia – privită ca procedeu retoric predominant – sunt trăsături care apropie culegerea de povestiri de prima etapă a postmodernismului, anticipând câteva din semnele lui distinctive. Astfel, un oraș precum „Verticity", a cărui întreagă populație este dependentă de realitatea virtuală, bazată în esență pe un simplu simulacru, anunță, în 1975, nu numai anumite derive – analizate și, implicit, justificate de ideologia postmodernismului –, ci și principala lui manifestare în câmpul literaturii speculative[1], și anume triumfătorul *cyberpunk* al anilor '80. Reconstituirile ludice ale unor momente istorice; recurgerea liberă și demistificatoare la tehnici și motive specifice genurilor așa-numite paraliterare, precum cel de groază („Oldcastle" și fantomele lui), S.F.-ul galactic („Cosmovia", care exploatează tema arcei interstelare) sau S.F.-ul cu aventuri exotice („Sah-Harah"); elogiul dorinței sexuale („Virginia", „Arcanum") sau etalarea ironică a unei culturi enciclopedice (cum ar fi, de pildă, lămuririle cu privire la Antar, în povestirea cu același nume, sau expediția arheologilor în „Hattușáș", cu frazele lor rostite într-o limbă imaginară alcătuită din cuvinte hitite, în dialogul

---

1 După spusele lui W. Warren Wagar (*Terminal Visions. The Literature of Last Things*, Bloomington: Indiana University Press, 1982, p. 9), literatura speculativă desemnează „orice operă de ficțiune, inclusiv dramaturgia și poezia narativă, care se se axează pe speculația plauzibilă pe marginea unei vieți schimbate dar posibil de conceput rațional, fie din trecut, prezent, sau viitor" [*any work of fiction, including drama and narrative poetry, that specializes in plausible speculation about life under changed but rationally conceivable circumstances, in an alternative past or present, or in the future*]. În cazul geoficțiunii, speculația plauzibilă se fixează în jurul unui anumit loc, pe care rațiunea îl poate concepe.

războinicilor cu un arheolog pe nume Hrozný, după lingvistul ceh care a descifrat tocmai limba hitită), ei bine, toate acestea sunt caracteristici care se regăsesc în multe opere literare post-moderne (sau tardo-moderne). Dar *Cuadratura cercului* sosea probabil prea devreme, ca să nu mai punem la socoteală faptul că autorul ei nu se învârtea în cercurile influente din lumea li-terară. Nu s-a alăturat grupului de tineri poeți bucureșteni care mai târziu îl vor propulsa pe Mircea Cărtărescu în vârful post-modernismului românesc, și nici nu a fost recunoscut de către acești tineri ca posibil precursor, poate și fiindcă abordările lor erau sensibil diferite. Nu era vorba de păreri politice divergen-te, care erau oricum rare într-un cerc de scriitori care repudiau, în marea majoritate, regimul care îi supunea cenzurii și unor neajunsuri fără număr, ci de alte deosebiri, mai profunde. Vic-tor Bârlădeanu a semnalat, pe bună dreptate, în recenzia lui, faptul că ironia pe care Săsărman o aplică în descrierea sobră a spațiilor urbane, folosind „un limbaj obiectiv-istoric"[2], se su-prapune unei viziuni de moralist preocupat de soarta orașului, perceput ca materializare a unei civilizații care ar trebui pusă în serviciul oamenilor. Această idee nu se potrivește însă prea bine cu pirotehnica formală sau cu relativismul străin sau opus uma-nismului tradițional din ideologia postmodernă. *Cuadratura cercului* s-a menținut, așadar, atât în afara curentelor tradițio-nale, cât și departe de cele care aveau să se impună la scurt timp după publicarea ei, asemeni unui monument singuratic și greu de clasificat, alcătuit din ficțiuni „unice în felul lor", conform acelei dintâi recenzii. Aceasta nu a fost singura apărută în presa literară, dar a fost, fără îndoială, cea mai cuprinzătoare și mai demnă de luat în seamă. Celelalte s-au mulțumit să-i adreseze câteva elogii banale, cum este cazul scurtei recenzii pe care a semnat-o Silvia Udrea în revista *Vatra*, și care prezintă interes aici, în calitate de prim indiciu al unei confuzii care a bântuit în permanență critica de întâmpinare a *Cuadraturii cercului*.

---

2 "O 'urbogonie' ironic-patetică", *Presa Noastră*, 9 (septembrie 1975), p. 36.

De vreme ce Săsărman scrisese deja S.F., iar noua lui creație nu era tocmai ceea ce se cheamă *realistă*, cu toții au înclinat să îl considere un autor doar de literatură științifico-fantastică. Cartea, deși era originală și nu se înrudea defel cu vreo tendință din cadrul genului S.F., a fost, la rândul ei, asociată cu acesta, astfel încât elogiile se estompează automat din cauza unei tovărășii care, în ochii aproape a tuturor celor ce dictau canonul la acea vreme, apărea drept îndoielnică:

> Formula lui Gh. Săsărman concisă, parabolică, reprezintă un efort spre interiorizare a science-fiction-ului, prin eliminarea unor elemente care-l fac vulnerabil criticii, cum ar fi epicul fabricat, gratuitatea verbală, abuz tehnicist, personaje și intrigi clorotice.[3]

În anii următori, nu exemplul lecturii lipsite de prejudecăți a lui Bârlădeanu avea să fie urmat de tenorii criticii literare românești, ci acela mai facil de a pune opera în rând cu genul paraliterar căruia se presupunea că i-ar aparține, având drept unică justificare traiectoria urmată de autor. Este adevărat și că acesta nu a perseverat pe calea de mijloc a unei literaturi speculative opuse unei compartimentări nete în câmpul literar, de vreme ce a continuat să scrie povestiri științifico-fantastice, în ton cu prima lui carte, Oracolul, chiar și în anii posteriori publicării Cuadraturii cercului. În 1979 a publicat, așadar, cea de-a treia culegere de povestiri, Himera, în cadrul colecției de proză științifico-fantastică a editurii Albatros, unde au apărut de fapt majoritatea titlurilor din perioada de glorie a S.F.-ului românesc, semnate de Vladimir Colin, Horia Aramă, Mircea Opriță și mentorul lui Săsărman, Adrian Rogoz. Mai târziu, primul său roman, intitulat 2000 (apărut în 1982), se va încadra, la rândul lui, tot în genul științifico-fantastic, deși găzduiește două povestiri independente, care nu sunt altceva decât dezvoltarea narativă a două orașe din Cuadratura cercului

---

3 "Gheorghe Săsărman.- *Cuadratura cercului*", *Vatra*, 9 (20 septembrie 1975), p. 54.

(„Moebia" și „Sah-Harah")[4], într-un cadru meta-literar foarte interesant, pe care a trebuit să-l suprime din ediția românească, dar care figurează în ediția germană a cărții, titlul fiind tradus ca *Die Enklaven der Zeit* [Enclavele timpului]. Aceasta a apărut în 1986 în principala colecție de literatură S.F. din Republica Federală Germania, găzduită de editura Heyne, astfel încât i-a revenit onoarea de a se număra printre foarte puținele exemple de S.F. românesc cunoscute în Occident.

După revoluția din 1989, Săsărman a dorit să se reintegreze în viața literară a țării sale, fără a părăsi însă orașul München, către care își îndreptase, cu ani în urmă, pașii exilului. În acea epocă de speranță post-revoluționară, a putut publica un roman alegoric cu aer kafkian, despre totalitarismul personalist care domnise până atunci în România, în două versiuni ușor diferite între ele (*Cupa de cucută*, în 1994 și *Cupa cu cucută*, în 2002). Lor li se alătură încă un roman S.F., *Sud contra Nord* (2001), căruia i-a urmat o colecție de povestiri foarte variate, *Vedenii* (2007), o culegere de articole (*Între oglinzi paralele*, 2009) și o *autoficțiune* intitulată *Nemaipomenitele aventuri ale lui Anton Retegan și ale dosarului său* (2011). Întreaga perioadă a culminat însă, după părerea noastră, în 2001, atunci când Cuadratura cercului a fost publicată integral. Ediția din 1975 fusese cenzurată, fie din raționamente editoriale, fie din motive politice, cu foarfecele unei cenzuri care, așa cum se întâmplă de obicei, îmbină cruzimea cu stângăcia. Așa cum relatează autorul însuși, în istoria cărții care însoțește și prezenta ediție, ceea ce ne scutește de a intra în prea multe detalii, au fost suprimate nu mai puțin de zece orașe, precum și ultimele trei paragrafe din „Stereopolis." Printre textele suprimate se numără și foarte inocenta „Arca",

---

4 Am cercetat și am tradus în limba spaniolă aceste două povestiri, comparându-le cu cele din *Cuadratura cercului*, în cadrul studiului «Las dos ciudades imaginarias intercaladas en la novela *2000* (1982), de Gheorghe Săsărman: estudio y traducción», *Ángulo Recto*, vol. 2, nr. 1 (iunie 2010) http://www.ucm.es/info/angulo/volumen/Volumen02-1/textos03.htm. Acesta a fost tradus în limba română și a apărut în revistele *Apoziția*, Nr. 5 serie nouă (2010), pp. 316-329 și *Helion*, 3-4 (2011), pp. 46-48.

pesemne fiindcă cenzorii nu aveau prea mult simț al umorului
și au crezut că pagina albă de după titlu era o farsă, iar nu un
îndemn la imaginație adresat cititorului. A mai fost înlăturată și
prima povestire, „Vavilon", în ciuda lecturii stângiste pe care ea
o permite: fresca societății antice nu este tocmai măgulitoare,
iar detaliul treptelor alunecoase care trebuie escaladate pentru
a putea urca scara socială reprezintă o trimitere transparentă la
lupta de clasă din societățile capitaliste și la dificultatea cu care se
poate prospera în cadrul acestora, spre deosebire de egalitarismul
teoretic care domnea în țările socialismului leninist. A supravie-
țuit cenzurii, în schimb, primul oraș pe care l-a descris Săsărman,
„Musaeum", și din care avea să ia naștere întregul volum, conce-
put ca răspuns la cultul eroilor neamului, cult care s-a tradus prin
ridicarea a numeroase monumente comemorative, pe măsură ce
regimul naționalist lua avânt sub aripa conducătorului Nicolae
Ceaușescu.

Ediția din 2001 a Cuadraturii cercului este cea definitivă,
așa cum o concepuse autorul în manuscris, adică înaintea pri-
mei apariții, din 1975. Ceea ce diferențiază cele două ediții este
includerea, pe de o parte, a vinietelor ce precedau inițial fie-
care text în parte, iar pe de alta, a narațiunilor cenzurate, fără
ca autorul să mai fi schimbat vreo virgulă, ceea ce se explică
probabil prin faptul că îmbunătățirile nu își aveau locul într-un
text unde fiecare cuvânt fusese atent cântărit. Stilul original se
caracterizează prin muzicalitatea frazei, prin ritmul plăcut al
elementelor ei, prin selectarea atentă a unui lexic precis și variat,
precum și prin dificila transparență a discursului. Cu toate aces-
tea, nici delicatețea literară a orașelor lui Săsărman, nici faptul
că era vorba de prima ediție completă a cărții nu au atras în
vreun fel atenția presei culturale din România, doar cu mici ex-
cepții. Această tăcere ar putea fi explicată prin starea de declin a
editurii Dacia, care a scos volumul, sau poate prin faptul că este
foarte greu să ai succes în propria țară, dacă nu l-ai dobândit
mai întâi în străinătate. Iar soarta Cuadraturii cercului a fost
mai degrabă ambiguă din acest punct de vedere.

Începuturile se aflau sub cele mai bune auspicii. În același an al primei apariții, patru orașe („Kriegbourg", „Dava", „Motopia" și „Sah-Harah"), cărora li se adăuga unul dintre cele cenzurate în România („Motopia"), figurau în cuprinsul antologiei istorice de science fiction românesc (Science-fiction roumaine), publicată la editura belgiană francofonă Marabout, alături de nume consacrate, care, în unele cazuri, erau mai modest reprezentate în volum decât autorul nostru. Această ediție a avut un tiraj considerabil, drept care ea reprezintă până în ziua de azi punctul culminant al difuzării scrierilor S.F. din lagărul socialist (exceptând U.R.S.S.) din istoria Europei Occidentale. Este adevărat că mai existau deja în germană antologii S.F. traduse din limbi cu o circulație mai redusă, dar era vorba de ediții apărute în Republica Democrată Germania, a căror receptare în Europa capitalistă era mai degrabă limitată. Mai mult decât atât, ediția scoasă de Marabout se remarcă prin calitatea de excepție a povestirilor alese. Evenimentul nu a trecut neobservat în țara căreia i s-a făcut această cinste. Criticul Nicolae Manolescu a dedicat cu această ocazie un lung articol genului științifico-fantastic românesc, în care afirma că Săsărman este un „poet de viziuni spațiale", cu simț satiric, dar și cu niște „intenții demonstrative ușor plicticoase"[5]. Fiind vorba de o apreciere cu caracter impresionist, nu merită efortul de a fi combătută, cu atât mai puțin dacă luăm în calcul faptul că acest critic își încheie recenzia cu afirmația sentențioasă cum că science fiction-ul ar fi o chestiune ce ține de exotismul interplanetar, infantil și la fel de superficial ca majoritatea romanelor polițiste contemporane, demonstrând astfel că nu citise cu atenție nici măcar textele autorului nostru incluse în ediția belgiană, de vreme ce niciunul dintre ele nu se desfășura în spațiu[6]. În

---

5 *România literară*, 31 (31 iulie 1975), p. 9.
6 Ca simplă curiozitate vom spune că Manolescu nu îl citează și nici măcar nu îl menționează pe Săsărman în *Istoria critică a literaturii române* (București, Paralela 45, 2008), deși îi rezervă totuși genului științifico-fantastic două pagini expeditive și care lasă mult de dorit, atât sub aspect critic cât și metodologic.

orice caz, inițiativa editurii Marabout l-a adus pe Săsărman pe harta europeană a genului științifico-fantastic. Povestirea cenzurată „Motopia" a figurat, în mod straniu, într-o antologie din RDG, *Der Photograf des Unsichtbaren* [Fotograful invizibilului], 1978. În Italia, *Grande Enciclopedia della fantascienza* [Marea enciclopedie a science fiction-ului] a publicat în al său fascicul 48 (1980) „Antar", „Sinurbia" și „Dava", acestea fiind precedate de un eseu, inclus și el în prezenta reeditare, unde autorul și-a analizat cu finețe propria carte, dezvăluindu-i scopul și mesajul. Antologiile internaționale ale menționatei edituri germane Heyne au inclus în volumul cu numărul 19, scos în 1983, povestirea „Hattușáș", iar în cel cu numărul 21, apărut în 1984, „Cosmovia" și „Sah-Harah", în timp ce alte orașe („Arapabad", „Isopolis", „Moebia" și „Tropaeum") au apărut, rând pe rând, în limba lui Franz Kafka, dar în colecții cu difuzare redusă. În Franța, dincolo de difuzarea antologiei scoase de Marabout, amintim traducerea textelor „Cosmovia", „Protopolis", „Stereopolis" și „Geopolis" în numărul 9 (1983) al revistei *Antarès*, o publicație cunoscută în cercul pasionaților de science fiction, în vreme ce versiunea integrală a *Cuadraturii cercului* (*La Quadrature du cercle*, Paris, Noël Blandin, 1994, în traducerea lui Hélène Lenz), putea fi crucială pentru recunoașterea ei în general, dacă nu se izbea de o asurzitoare tăcere. Cu toate acestea, apariția ei a contribuit la propagarea cărții într-o limbă mai cunoscută decât româna și a permis accesul unei edituri spaniole la conținutul ei, precum și interesul pe care aceasta l-a manifestat ulterior față de un proiect de traducere. Ceva mai târziu, publicarea versiunii hispane[7] a cărții a înlesnit pătrunderea ei în lumea anglosaxonă. Astfel, pornind de la textul spaniol, reputata scriitoare nord-americană Ursula K. Le Guin a semnat o traducere magistrală, în limba engleză, a unei bune părți a textelor *Cuadraturii*[8]. Aceasta a câștigat astfel

---

7 *La cuadratura del círculo*, Colmenar Viejo, La biblioteca del laberinto, 2010, în traducerea noastră.
8 *Squaring the Circle*, Seattle, WA, Aqueduc Books, 2013.

treptat un public internaţional, chiar dacă totul s-a petrecut pe un teren uşor accidentat, contrastând cu destinul nu prea fericit al cărţii în cadrul *establishment*-ului literar românesc. Excepţie face doar cercul restrâns al scriitorilor de science fiction, în care autorul se integrează doar tangenţial, dar în mijlocul cărora s-a bucurat de recunoaşterea bine-meritată în calitate de maestru al generaţiei lui, loc de frunte pe care îl împarte, implicit, şi cu alţi scriitori (Mircea Opriţă şi Florin Manolescu în primul rând).

În această calitate, Gheorghe Săsărman nu putea lipsi din istoria S.F.-ului românesc scrisă de sus-menţionatul Mircea Opriţă. Acesta îi dedică aproape nouă pagini în cadrul ultimei ediţii, cea din 2007[9], unde sunt analizate riguros şi cu multă pătrundere critică toate operele speculative ale lui Săsărman, deşi atrage atenţia faptul că le dedică mai mult spaţiu unor opere mai puţin valoroase comparativ, cum ar fi *Oracolul* sau *2000*, decât *Cuadraturii cercului*, iar justificarea acestui fapt constă probabil în jena exegetului în faţa constatării că „[n]u multe din piesele acestui volum de mici dimensiuni conţin sau ating tangenţial motive SF" (p. 256). Şi, deşi califică imaginaţia autorului drept inepuizabilă, după ce oferă exemple din „Verticity" sau din alte oraşe, Opriţă nu trece de pragul unor generalităţi, a căror subtilitate ne face să regretăm că nu a analizat în profunzime această operă, aşa cum a făcut cu altele, semnate de autorul nostru. Şi totuşi, sunt demne de redat, în cele ce urmează, nişte aprecieri care pun în evidenţă valoarea *Cuadraturii cercului* (p. 256):

> Scenete, mici fabule, parabole şlefuite migălos, anecdote cu tâlc, schiţele acestea provoacă imaginaţia printr-o multitudine de modele urbanistice, de virtualităţi edilitare. Fiecare în parte sfidează imposibilul (de unde şi sensul titlului). Sugerând prin însăşi acumularea lor ordonată o structură geometrică, ele includ uneori mici bijuterii de arhitectură utopică intrate pe orbita estetismului pur.

---

9 *Istoria anticipaţiei româneşti. Un capitol de istorie literară*, Iaşi, Feed Back, 2007.

Și mai jos (p. 257):

> Toate aceste transpuneri arhitectonice ale Utopiei
> sunt, în fond, capcane sofisticate, menite să încarcereze,
> să rătăcească, să dizolve spiritul uman mereu pândit de
> himere și de suferință.

Această din urmă caracterizare este ambiguă (oare aceste orașe se pot numi cu adevărat capcane?), ceea ce sugerează o anumită reticență. În fața unei opere care nu prezintă la prima vedere caracteristici S.F. concrete, Opriță pare a prefera alte scrieri ale autorului nostru, care să aibă într-adevăr trăsăturile respective, concomitent cu calitatea estetică ce constituie principalul criteriu valoric al istoriei sale. O atitudine similară poate fi observată și în cazul unei alte personalități din domeniul cercetării genului science fiction. Dacă Opriță este marele istoric al genului în România, Cornel Robu este teoreticianul cel mai strălucit pe care l-a dat această țară S.F.-ului mondial. Monumentala lui lucrare O cheie pentru science-fiction (2004) constituie o apropiere definitivă de această specie literară, din perspectiva esteticii sublimului. De asemenea, el a mai colaborat la diferite publicații electronice sau tipărite destinate cunoscătorilor genului și a participat la elaborarea diverselor istorii și dicționare generale ale literaturii române. Printre contribuțiile lui la Dicționarul analitic de opere literare românești (2007, ediție definitivă) figurează romanul parabolic menționat deja, Cupa de cucută, precum și principala culegere de povestiri S.F. a lui Săsărman, Himera, însă nu și Cuadratura cercului. Pesemne că și lui, ca și lui Opriță, i s-au părut mai interesante textele care se încadrau, fără să trezească prea multe ezitări, în literatura generală și, mai cu seamă, în genul S.F., tipul de literatură în care Robu s-a specializat. Chiar și așa, el a fost unul dintre puținii care au întâmpinat în 2002 reeditarea integrală a Cuadraturii cercului, cu o recenzie[10] în care a trecut în revistă toate vicisitudinile

---

10 Piața literară, 4 (2002), p. 4.

editoriale de care se lovise cartea pe parcurs și a subliniat unele trăsături pe care le va relua, mai amănunțit, într-o analiză destinată rubricii despre Gheorghe Săsărman din *Dicționarul scriitorilor români*, tomul IV, publicat în cursul aceluiași an. Cele trei pagini pe câte două coloane (179-181) care i-au fost dedicate presupun pătrunderea scriitorului în canon, cel puțin în acela promovat în cercurile de critici din Transilvania, dar Robu a pus și aici mai mult accent pe povestirile S.F., al căror caracter vădit narativ venea, după părerea lui, în contrast cu cel descriptiv al textelor din *Cuadratura cercului*, care în ochii criticului prezentau un interes mai redus, fiind un fel de „*decoruri* ce se susțin mai mult descriptiv și eseistic, prin speculație și meditație, și mai puțin narativ, prin fabulație, fiind, prin însăși natura lor, statice și expozitive în cea mai mare parte"[11]. Robu nu pare să pună prea mare preț pe numeroasele orașe care au, totuși, o poveste, și nici pe faptul că opera corespunde tipologic unui gen care, așa cum vom vedea, are în vedere spațiul, fie el geometric sau geografic, și al cărui ax este, implicit, descrierea. Robu mai afirmă și că avem de-a face mai degrabă cu un pretext literar, care deschide calea către meditația filosofică, sociologică și morală cu privire la destinul umanității, așa cum se desprinde și din semnele latente din construcțiile ridicate de către aceasta ori din consecințele lor dezastruoase. Mai mult decât atât, el indică în mod corect procedeul literar ales, deși nu ajunge să deducă din acesta corecta caracterizare a cărții ca geografie și istoriografie imaginare, unde actanții sunt colectivi și nu individualități, cum se întâmplă în proza ficțională curentă:

> Comună pieselor din volum le este tehnica de a sugera metonimic existența și mentalitatea ipoteticilor locuitori ai utopicelor arhitecturi, absenți din decor, sau prezenți doar generic, ca specie ori ca o colectivitate socială, mai rar ca personaje individualizate ori cel puțin nominalizate. Este, s-ar putea spune, o tehnică a basoreliefului,

---

11 Mircea Zaciu, Marian Papahagi și Aurel Sasu (ed.), *Dicționarul scriitorilor români*, R-Z, București, Albatros, 2002, p. 180b.

> fundalul constituindu-l prezentarea descriptivă a insoli-
> telor arhitecturi imaginare, descripție cu care se deschi-
> de fiecare text, pe acest fundal desprinzându-se apoi în
> relief, în partea secundă, grupuri umane ori siluete indi-
> viduale, antrenate uneori într-o incipientă mișcare epică.
> (p. 180a).

După această intrare bibliografică, Săsărman reapare men-
ționat în următorul dicționar al literaturii române, unul și mai
canonic, fiind vorba de cel publicat de Academie. Cuadraturii
cercului îi sunt rezervate doar câteva rânduri, în care se insistă
însă asupra caracterului ei borgesian și, drept urmare, asupra
filiației sale dintr-un tip de literatură generală respectată:

> [T]extul oferă, în maniera lui Jorge Luis Borges, o co-
> lecție de schițe pretins documentate ale unor orașe ima-
> ginare. În acest format narativ-eseistic se integrează op-
> tim diverse nuclee parabolice, fabula (punctând în zona
> degradării umanului) fiind sugerată sau chiar marcată.[12]

Și iată că operei i se acordă, în sfârșit, o atenție pe măsura
importanței pe care o are, tocmai în cea mai voluminoasă is-
torie a literaturii române recente, cea scrisă de Marian Popa în
2009. Nici aici nu își pierde eticheta tradițională și echivocă
de operă S.F., dar cel puțin este pe cale de a fi acceptat ca specie
literară demnă de considerație. Deși science fiction-ul este în
continuare delimitat de restul literaturii și abordat alături de
genul polițist, Marian Popa îi dedică mai multe pagini, dense
și pline de respect, în care explică în primul rând în ce fel a ser-
vit genul S.F. unor scopuri serioase, precum crearea unui cadru
propice umorului și satirei, și, mai cu seamă în cazul românesc,
alegoriei politice, moment în care se și face trimitere la nume-
le autorului nostru. În paginile ce urmează, trece în revistă un
mare număr de scriitori, cărora le interpretează operele fără

---

12 Mihai Iovănel, „Gheorghe Săsărman", în Academia Română, *Dicționarul ge-
neral al literaturii române*, VI, București, Univers Enclopedic, 2007, pp. 87-88.

prejudecăți. Deși nu pare să fi consultat istoria lui Opriță, cel puțin îl situează pe Săsărman într-un loc de frunte, dedicându-i unica analiză amănunțită din această secțiune, și acordă o deosebită atenție Cuadraturii cercului, pe care o califică drept volum memorabil de caracterologie urbană, al cărui scop filosofic, moral și politic se articulează simultan în jurul tendințelor colective, sub forma unor scurte sinteze istorice, unde arhitectura simbolizează ingenios avatarurile evoluției umane, o evoluție zadarnică, ce pune în evidență uniformitatea legilor în baza cărora se dezvoltă. Descrierile se adaptează naturii fiecărui oraș și dobândesc un caracter general datorită utilizării unor materiale provenind din societăți diferite. Este sugerată, pe această cale, profunda unitate antropologică a construcțiilor omenești, dar totodată se evită monotonia, prin marea varietate a mulajelor discursive folosite, ce variază de la proza lirică și imitarea unor texte clasice până la jurnalul de călătorie, fără a uita de amprentele utopiei sau de cele ale S.F.-ului însuși:

> Desigur, impresionează descrierile imaginare, de la cele personalizând neoliticul, la cele utopice și S.-F.; generalizarea se face și prin simultaneizarea materialelor de construcție, specifice unor civilizații diferite. Unele bucăți sunt poeme în proză, altele par niște pastișe tacitiene dominate de perfectul compus și corelatele sale, în fine, rezumate sau dări de seamă ale vreunui explorator din secolele 16-19.[13]

Un istoric al literaturii, nespecializat în mod direct în genurile speculative, a recunoscut în sfârșit că avem de-a face cu o operă valoroasă, și că valoarea ei nu se datorează numai sugestiilor conceptuale – deloc puține la număr –, ci și măiestriei cu care acestea preiau o ținută formală diversă și productivă literar. Bogăția stilistică ține, așadar, strict de priceperea scriitorului, și nicidecum de genul în care acesta a ales să își demonstreze iscusința

---

13 *Istoria literaturii române de azi pe mâine*, II, București, Semne, 2009², p. 939.

literară. Valoarea autentică a Cuadraturii cercului pare să fi dobândit recunoașterea pe care o merită, și în afara comunității de scriitori de science fiction. Chiar dacă vor mai plana asupra ei unele prejudecăți anacronice rămase încă în viață, ele se vor disipa cu trecerea timpului și odată cu noile generații de cititori și critici cosmopoliți, mereu la curent cu tendințele actuale de deschidere și împrospătare a canonului universal, cărora nu le va trece neobservată soarta Cuadraturii cercului în străinătate.

Această soartă favorabilă se datorează, probabil, și unei aprecieri crescânde a literaturii (neo)fantastice, explicabilă prin influența colosală pe care au exercitat-o asupra literaturii universale din ultimele decenii narațiunile lui Borges și, în mai mică măsură, cele ale lui Italo Calvino, având drept consecință un mare avânt înregistrat de literatura „fanteziei raționale" [imaginación razonada], adică aceea care pornește de la un „postulat fantastic, dar nu supranatural" [postulado fantástico pero no sobrenatural][14]. Acest fel de literatură, care este totodată și foarte amplă, se definește în opera acestor doi maeștri (și în cea a predecesorului lor, Kafka), prin înfățișarea unor lumi ficționale coerente, care însă nu își propun să redea realitatea așa cum e ea. Aceste lumi delimitează spații narative care pot fi apreciate fie și numai pentru preaplinul de imaginație etalat în calitate de obiecte ficționale autonome, care nu necesită absolut deloc cunoașterea realității contingente a lui „aici și acum" pentru a căpăta un sens propriu. Autonomia lor nu are însă nimic de-a face cu vreo intenție de evadare din real. Dincolo de jocul intelectual pe care îl includ adeseori, și care este în sine o sursă de plăcere estetică în toată regula și nu la îndemâna oricui, ficțiunile lor nu sunt de obicei străine de fabulă. Acest lucru le permite să se potrivească unor situații reale, manifestând uneori o intenție critică clară, fără a pierde prin aceasta avantajele

---

14 Această celebră caracterizare literară provine din prologul scris de Borges pentru romanul prietenului său Adolfo Bioy Casares, *La invención de Morel* [*Invenția lui Morel*] (1940). Am preluat citatul din volumul *Miscelánea*, Barcelona, Debolsillo, 2011, p. 28.

caracterului lor universal, adică ale capacității de a fi interpretate în contexte multiple, ce nu se limitează la împrejurările pur locale. În România, acest potențial este vădit în bogata producție literară speculativă din perioada comunistă, care a știut să profite, la fel cum s-a profitat și în alte țări din sfera sovietică (avem în vedere aici și opera lui Stanisław Lem), de pepiniera favorabilă acestei împletiri dintre rigoarea conceptuală și atenția acordată formei, fără ca prin aceasta să fie neglijată nevoia cititorilor de a urmări o intrigă în care acțiunea potențează adesea impresia de sublim ce se desprinde din perspectivele deschise asupra universului, dar și asupra societății. În niște țări unde domnea cenzura, sau autocenzura, ficțiunea speculativă îndeplinea astfel o funcție critică în raport cu discursul oficial și cu literatura promovată de acesta. Faptul însuși de a crea lumi fictive diferite de cea cotidiană, marcată de oprimare și penurie, favoriza transmiterea unor mesaje codificate, pe care cititorii știau să le citească printre rânduri. În același timp, distanța faptelor narate față de realitatea referenților empirici îi proteja pe autori, care altfel nu ar fi putut publica nicidecum o critică frontală la adresa sistemului. Precum fabulele esopice, realitățile imaginare din viitor sau din spații alegorice permiteau atât o interpretare literală, urmărind pur și simplu firul aventurii, cât și una metaforică, sub forma unui apolog care putea fi înțeles ca o imagine simbolică a disfuncțiilor din societatea respectivă (și nu numai, de vreme ce critica la adresa falsității era suficient de cuprinzătoare încât să poată avea în vedere și devierile specifice așa-numitei *lumi libere*). În acest context, nu este de mirare că speculațiile fictive cu nuanțe de parabolă au fost relativ frecvente în România comunistă, și nu numai în literatura science fiction, față de care se păstra o oarecare indulgență, tocmai fiindcă era considerată o specie paraliterară, deci din afara *establishment*-ului cultural, de care se ținea la distanță. Alte tipuri de parabole au fost mai puțin norocoase, așa cum demonstrează soarta unor distopii remarcabile, care au fost nevoite să aștepte Revoluția pentru a putea apărea pentru prima oară în țara în care au fost scrise, cum sunt de pildă *Biserica neagră* (1990), de Anatol E. Baconsky, sau *Guliver în Țara Minciunilor* (1992), de Ion Ieremia, în timp ce Cuadratura cercului fusese, la rândul ei, trimisă la tipar mutilată. În cadrul acestei serii strălucite de ficțiuni speculative, care criticau starea de lucruri din România și din afara ei, volumul lui Săsărman se remarcă prin profunda lui originalitate ca procedeu narativ. Romanele lui Baconsky și Ieremia adăugau cu măiestrie propriile note unor genuri literare încetățenite și cu prestigiu internațional, precum narațiunea simbolică kafkiană, respectiv călătoria imaginară după modelul lui Jonathan Swift, în timp ce Cuadratura cercului reprezenta un tip de ficțiune atât de nouă, încât a fost nevoită să-și găsească un nume (urbogonie), consacrându-se în paralel și independent de o carte analoagă structural și tematic: *Le città invisibili* (1972), de Calvino.

Având în vedere data publicării Orașelor invizibile, s-ar putea crede că autorul lor l-a influențat pe Săsărman, dar acesta din urmă a specificat limpede, în postfața traducerii franceze a cărții lui, că limba italiană îi era necunoscută, iar prima versiune românească a imaginarelor orașe ale italianului a fost publicată posterior (1979) primei ediții a Cuadraturii cercului. În plus, cele două cărți se aseamănă mai puțin decât ar putea lăsa impresia o lectură neatentă. Calvino practică o scriitură semeț poetică, ba chiar lirică, ce permite ca aceste ficțiuni urbane să fie citite ca o specie de poeme în proză. Deși în Orașele invizibile sunt evidente elementele de alegorie critică la adresa diverselor tipuri de habitat urban și, prin urmare, și la adresa grupărilor sociale dintr-un spațiu concret și determinant, dimensiunea intelectuală, speculativă, a cărții o percepem ca fiind secundară în economia textului, așadar subordonată artificiului formal și stilistic. În Cuadratura cercului lucrurile stau tocmai invers, căci, deși ea prezintă adesea trăsături poematice de o senină muzicalitate ce seduce, stilul său servește scopului de a trezi în imaginația cititorului construcții fictive coerente în alcătuirea și desfășurarea lor. Orașele imaginare ale lui Săsărman nu depind, așadar, de simple farmece stilistice, ca să obțină efectul dorit. Limbajul conferă orașelor o prezență atât de vie, încât aproape că ne invită să ne lăsăm purtați dincolo de cuvinte, ca să le putem urmări cu mai multă atenție sensul, sens ce rămâne enigmatic, dar într-o manieră sugestivă. Scriitura lui Săsărman creează, de fapt, impresia de transparență ce poate evoca limpezimea cristalină și elegantă a povestirilor lui Borges, pe care autorul nostru l-a recunoscut ca principală sursă de influență, în prologul ediției spaniole a Cuadraturii cercului. Săsărman a putut prelua de la el, printre altele, abilitatea de a îmbina, pe de o parte, rigoarea intelectuală cu care dezvoltă, în baza unui raționament impecabil, o ipoteză fantastică, dar care oferă o puternică senzație a realității, și pe de altă parte, calitatea stilistică a unei proze cântărite până în cel mai mic detaliu. Caracterul aparent accesibil al acesteia ascunde o elocuțiune complexă, unde fiecare cuvânt ocupă tocmai locul ce i se potrivește ca o mănușă și unde tropii și figurile retorice animă discret un discurs sobru, dar cum nu se poate mai îngrijit. Această măiestrie stilistică definitorie pentru Cuadratura cercului nu face decât să potențeze dimensiunea profundă a ideilor și a conceptelor care însuflețesc ficțiunea, cu rezultatul că ne face să punem sub semnul întrebării ceea ce înainte consideram ca de la sine înțeles, fie că este vorba de noțiunea de oraș, sau de însăși consistența universului ce ne înconjoară și copleșește, ori de câte ori stăm să medităm asupra lui. Atât scriitorul argentinian, cât și cel român propun, prin urmare, o literatură bazată pe gândire, dar pe o gândire care nu este transmisă ex cathedra, ci care se deduce dintr-o fabulă căreia fantezia îi împrumută suficientă valoare, fără să fie nevoie de mai mult. În sintagma borgesiană „fantezie rațională", ordinea cuvintelor nu este arbitrară: fantezia, imaginația primează, fiindcă este vorba, mai presus de orice, de literatură. Iar în cadrul acesteia, lui Gheorghe Săsărman îi revine meritul de a fi transpus, cu multă iscusință, modelul fanteziei speculative borgesiene într-un mediu textual mai puțin obișnuit, cum este cel al geoficțiunii.[15]

____

15 Preluăm termenul din cartea lui Alain Musset *De New York à Coruscant, essai de géo-fiction* [De la New York la Coruscant: eseu de geoficțiune] (Paris,

Ce se înțelege prin geoficțiune? După părerea noastră, ge-oficțiuni sunt toate textele în care descrierea unui spațiu ipotetic constituie elementul-cheie căruia i se subordonează celelalte, de natură structurală, inclusiv eventualele pasaje narative. Esența unor astfel de texte constă în zugrăvirea, cu mijloace lingvistice, atât a unui spațiu imaginar coerent, cât și a efectului acestuia asupra personajelor mișunând în interiorul lui, în calitate de ființe pe care le condiționează. Spre deosebire de epicul convențional, și urmând o practică curentă în genul de ficțiuni moderne cultivate de Kafka și Borges[16], textul nu vizează avatarurile unor personaje individualizate în timp. Dacă totuși apar personaje propriu-zise în geoficțiune (ele nu există în stare pură în orașele invizibile ale lui Calvino[17]), funcția lor pare a fi mai degrabă cea de a apropia cititorii, prin intermediul empatiei față de niște ființe imaginare, de locurile descrise, a căror prezență – îmbietoare și primejdioasă – este întărită prin contrastul cu figurile omenești, ce par a servi mai degrabă drept simple cadre de referință, așa cum în fotografiile cu săpăturile arheologice apare de obicei și un om, pentru ca privitorul să poată aprecia astfel mărimea reală a excavațiilor. Protagoniștii

---

PUF, 2005), unde autorul își propune să așeze bazele unei discipline care să constea în studierea orașelor așa cum apar ele în ficțiunea cinematografică, mai cu seamă în cea fictivo-științifică, cu scopul de a înțelege mai bine urbanismul real al orașelor contemporane și relația dintre imaginarul urban de diferite feluri și orașele imaginare.

16 După Jean Pierre Mourey (*Jorge Luis Borges: vérité et univers fictionnels* [Jorge Luis Borges: adevăr și univers ficțional], Liège, Pierre Mardaga, 1988, p. 152), „La Borges, la fel ca la Kafka, obiectele și locurile povestirii nu sunt doar miza sau cadrul acțiunii personajelor, ci ele se eliberează de istorie, *se impun prin ele însele*, astfel încât evenimentele nu fac decât să le dezvăluie ordinea" [*chez Borges comme chez Kafka, les objets et les lieux du récit ne sont pas seulement l'enjeu ou le cadre de l'action des personnages, ils s'émancipent de l'histoire, s'imposent pour eux mêmes de sorte que les événements ne font qu'en révéler l'ordre*].

17 Marco Polo și Kubilai Han dețin protagonismul în cadrul ficțiunilor urbane, dar redarea acestora se petrece independent de cadrul respectiv și este lipsită de orice personaj. Orașul este un întreg și apare zugrăvit ca atare: un personaj colectiv, din care individualitățile aproape lipsesc.

borgesieni fără nume din „Biblioteca Babel" sau „Loteria din Babilon" (ambele din *Ficțiuni*, 1944) există de pildă doar în raport cu locurile care îi adăpostesc sau îi întemnițează, și care le definesc hotărâtor actele. Acest fapt apare cât se poate de clar în subspecia fictivo-științifică a literaturii despre diversele dimensiuni spațiale, al cărei început fără egal a fost *Flatland* (1884), de Edwin Abbott Abbott, unde esențială este descrierea acestor dimensiuni, cu intenții satirice și/sau didactice și o intrigă în general rudimentară. Această specie reprezintă o variantă a geoficțiunii, prefixul făcând trimitere la geometrie – în calitatea ei de știință a spațiului. Dar același prefix a folosit și la desemnarea unei alte discipline a cunoașterii. Alături de acest tip de geoficțiuni geometrice, mai există un altul, a cărui bază conceptuală provine din geografie, în special din cea umană. Deși descrierea mediului fizic nu ar avea de ce să lipsească din conținutul ei, geoficțiunea geografică insistă mai degrabă asupra descrierii unor popoare imaginare și a obiceiurilor acestora. Din acest punct de vedere, aventura epică – în cazul în care ea există – este marginală, spre deosebire de alte genuri tematice care pleacă tot de la modelul retoric al jurnalului de călătorie. Utilizarea ficțională a unei societăți exotice cu scop speculativ vine de departe, iar lunga tradiție a călătoriilor imaginare (cum ar fi cele întreprinse de Gulliver și de imitatorii lui) nu face decât să confirme această vechime. Cu toate acestea, în geoficțiunea geografică nu interesează nici personajele, nici peripețiile călătorului închipuit, ci mai degrabă comunitatea descrisă și regiunea (insulă, oraș, etc) în care aceasta trăiește. Privită astfel, ea ne poate aminti de utopia clasică. Chiar și *La città del sole (Cetatea soarelui)* de Tommaso Campanella poate fi aparent considerată un exemplu timpuriu de geoficțiune, iar propriile obsesii geometrice ale acestui autor nu pot fi decât favorabile unei astfel de clasificări. Și totuși, utopia nu prezintă de obicei dimensiunea alegorică, de parabolă, întâlnită în mod curent în geoficțiunea modernă. Mai mult decât atât, exercițiul liber al creației literare ea îl subordonează scopului utilitar și didactic. Descrierea specifică utopiei este și expunere, când nu de-a dreptul argumentație, ceea ce limitează jocul fanteziei și plăsmuirea ei ficțională, care par fundamentale în cadrul geoficțiunii, unde modelul rațional oferit de știința geografiei (sau de cea a geometriei, după caz) reprezintă scheletul ce susține întreaga fabulă. Aceasta permite, ba chiar înlesnește construcțiile imaginare mai îndrăznețe, tocmai datorită scopului ei profund literar, și nu ideologic, indiferent cât de mult s-ar preta aceste construcții unor lecturi admonitorii, satirice, filosofice sau intelectuale în general, în funcție de gradul lor de înrudire cu literatura speculativă. De fapt, tocmai această libertate a imaginației pe care o presupune genul, și care vine în contrast cu disciplina și rigiditatea spațiilor utopice, i-a atras pe scriitorii apropiați de Avangardă. Aceștia trebuie să fi apreciat faptul că noutatea genului permitea să le fie satisfăcut pe drept cuvânt gustul pentru experimentele formale, fapt valabil și pentru Săsărman însuși (să nu uităm exemplul paginii albe dadaiste intitulată „Arca", ce a fost suprimată de cenzură). Câteva dintre modelele timpurii de geoficțiuni izbutite, precum *Tablete din Țara de Kuty* (1933), de Tudor Arghezi, sau *Voyage en Grande Garabagne* (1936), de Henri Michaux, se înscriu, pe bună dreptate, în curentele de avangardă. Ambele cărți constau, în speță, într-o serie de viniete descriptive despre uzanțele din țările indicate în respectivele lor titluri. Acele obiceiuri sunt înfățișate drept stranii, ba chiar absurde, înclinația avangardistă pentru incongruență fiind astfel pusă în serviciul unei reflecții cu privire la relativismul deprinderilor care determină categoria de parabolă satirică (la Arghezi) sau poetică (la Michaux) a civilizației noastre, pusă în fața oglinzii deformate a fantasticelor țări descrise.

Într-un alt registru, doar aparent mai tradițional, emană un aer de apolog și „Loteria din Babilon", o culme a geoficțiunii pe care am denumit-o geografică, așa cum „Biblioteca Babel" este o astfel de culme pentru cea geometrică sau dimensională[18].

---

18 Borges nu și-a propus să țină o prelegere de matematică cu mijloace ficționale. „Biblioteca Babel" e mai mult decât atât. Cu toate acestea, configurarea în cheie geometrică a bibliotecii constituie, încă din primul paragraf al textului,

În cadrul genului, „Loteria din Babilon" consacră o inovație esențială: obiectul privilegiat al descrierii geoficționale devine microspațiul urban. Spre deosebire de marile spații întâlnite la Arghezi sau Michaux, această ficțiune borgesiană face trimitere la un oraș-stat, așa cum era și venerabila urbe mesopotamiană menționată în titlu, și care în paginile Bibliei este Orașul prin excelență[19]. Deși urbanismul Babilonului nu este descris ca atare în textul lui Borges, limitarea spațiului la un singur oraș circumscrie perspectiva. Astfel, se poate renunța la cronotopul călătoriei ca modalitate de a-i conferi credibilitate descrierii socio-antropologice în cazul spațiilor mai extinse (insule, țări întregi, etc), iar imaginația se poate concentra asupra unui punct din care pot fi surprinse, ba chiar cuprinse, atât dispunerea fizică cât și comportamentul colectiv al celor ce locuiesc acolo, fiind astfel configurate o serie de experimente narative care facilitează, prin varietatea obiectelor lor urbane, urmărirea diverselor efecte speculative și estetice. Juxtapunerea unor tablouri de moravuri într-un cadru macrospațial unic este înlocuită de aceea dintre diversele spații urbane. Acestea invită – atunci când se confruntă în paginile aceleiași cărți – la o reflecție comparativă și pluridimensională despre semnificația aglomerării incomode a oamenilor în îngustimea unui oraș, precum în interiorul unui cerc. Acestei posibilități intelectuale evidente i se adaugă avantajul tipic literar al diversității celor scrise: pericolul monotoniei este evitat prin efectul pe care îl are crearea constantă a unor noi lumi ficționale care se succedă rapid, cu scopul de a spori

---

un element definitoriu al lumii ei. Se recurge la un lexic specializat în jurul figurii centrale a hexagonului ce orientează lectura, ceea ce explică faptul că au fost scrise cărți întregi despre dimensiunea matematică a povestirii „Biblioteca Babel".

19 Cu siguranță nu le va scăpa cititorilor subtila diferență din titlurile celor două povestiri, în ciuda faptului că ele fac referire la aceeași realitate istorică, de vreme ce Babel și Babilon desemnează unul și același lucru. Și totuși, „Babel" se referă la mitul turnului și la confuzia de limbi ce i-a urmat, oglindită în caracterul neinteligibil al cărților din biblioteca universală, în timp ce Babilon desemnează fără echivoc orașul antic ce a existat cu adevărat în trecutul istoric.

plăcerea lecturii, astfel cititorul neavând răgazul să se distragă, fiindcă i se oferă o înșiruire a faptelor nu numai felurită, ci și accelerată. Senzația permanentă de nou este obținută, într-adevăr, prin concizie. Nici nu ne-am familiarizat bine cu un oraș, că un altul ne trezește și provoacă imaginația și judecata. Astfel se petrece în cele două serii de geoficțiuni urbane mature scrise de Calvino și Săsărman, pe care le vom denumi „urbogonii", un termen fericit ales[20], care figurează în subtitlul *Cuadraturii cercului*. Ambii scriitori își însușesc lecția acelor povestiri de Borges și, după apariția unui precedent aproape necunoscut, pe care probabil îl ignorau[21], ei sintetizează calitățile genului și contribuie cu o nouă filă la cartea transpunerilor într-un regim fantastic ale diverselor tipuri de societăți, într-o polemică tacită cu realismul reducționist al reflexelor presupus fidele împrejurărilor zilei, în stilul acelui realism social sau socialist cultivat, liber sau impus, atât în Italia cât și în România. Calvino și Săsărman propun o alternativă care, deși a fost rareori exploatată în literatură[22], rămâne un model foarte valoros, dincolo de

---

20 Termenul „urbogonie" preia modelul lexical al „cosmogoniei" – narațiunea mitică ce aspiră să ofere un răspuns cu privire la originea cosmosului și a omenirii înseși. „Urbogonia" constituie o viziune mitică asupra orașului, perceput drept cosmos sau tot unitar.

21 Giovanni Papini era un scriitor foarte respectat la vremea lui și foarte influent, mai cu seamă în lumea hispanică (se număra printre preferații lui Borges). El a publicat în 1950 o carte cu titlul *Le pazzie del poeta* [Nebuniile poetului], unde figurează două geoficțiuni urbane care le anunță în special pe cele scrise de Săsărman, și anume „Una strana città" [Un oraș ciudat] și „La città della gioia" [Orașul bucuriei].

22 În istoria ei, geoficțiunea urbană pare să fie supraspecia literară care înglobează celebrul serial franco-belgian *Les Cités obscures* [Orașele obscure] (1983-2009), desenat de François Schuiten și cu un scenariu de Benoît Peeters. În literatură, exceptând scăpări puse pe seama ignoranței noastre, nu știm să existe colecții de urbogonii comparabile cu cele scrise de Calvino și Săsărman. Dar asta nu înseamnă că nu există exemple, în special în sfera italiană, precum *Le dieci città* [Cele zece orașe] (1983), de Marcello Argilli – o culegere de povestiri cu un cadru geoficțional ce se adresează unui public juvenil – sau unele texte („La Ciudad Rosa y Roja" [Orașul roz și roșu], „La ciudad incontenible" [Orașul de neoprit]), din volumul *La ciudad rosa*

diferenţele dintre autori. Aceste diferenţe rezultă din faptul că fiecare dintre ei are o personalitate literară marcantă, determinând înfăţişarea specifică fiecărei colecţii în parte, în cadrul genului pe care îl desăvârşesc. Colecţia lui Calvino este arhicunoscută, iar unele trăsături distinctive i le-am semnalat deja (lirismul predominant, artificiul verbal, etc). Colecţia lui Săsărman este însă mai puţin celebră, în ciuda faptului că reprezintă o paradigmă a geoficţiunii urbane, ale cărei mecanisme le exploatează până la epuizare, oferind o adevărată enciclopedie a genului, ca scriitură, dar şi a fenomenului urban, cu feluritele lui manifestări teritoriale şi istorice, ca tematică, totul surprins dintr-o perspectivă umanistă incoruptibilă.

Cuprinderea intelectuală a spaţiului se manifestă la Săsărman încă din titlul *Cuadraturii cercului*, care reflectă ideea conform căreia, în spatele oricărei realităţi concrete din spaţiu se află o alta, abstractă, matematică, încifrată în figurile geometrice la care universul poate fi redus pe hârtie, astfel încât diversitatea copleşitoare a formelor devine accesibilă exerciţiului raţiunii. În carte, fiecare povestire este precedată de o vinietă a autorului, în care oraşul pare să se reducă la o figură geometrică mai mult sau mai puţin complexă. Aceasta constituie, la rândul ei, un element al pătratului pe care îl formează toate vinietele împreună şi care figurează direct sub titlu, pe pagina de gardă a volumului. Semnificaţia unui astfel de pătrat, ca în orice desen nonfigurativ, nu este univocă. Geometria care face parte din

---

y roja [Oraşul roz şi roşu] (1999) al italianului de expresie spaniolă Carlo Frabetti. În mod surprinzător, aceste două urbogonii de Frabetti, la fel ca o alta, scrisă de Ricardo Doménech, intitulată „Modelo de ciudad" [Model de oraş] (1982; inclusă în *El espacio escarlata* [Spaţiul stacojiu], 1988) par să amintească mai mult de Săsărman decât de Calvino, dacă luăm în considerare împletirea elementelor geometrice cu cele geografice şi stilul cristalin şi obiectivizant al prozei lor. Tematica din „Modelo de ciudad" (din care nu se poate evada din cauza sistemului de autostrăzi care o încercuieşte) coincide tocmai în premisă cu „Motopia" lui Săsărman. Este vorba de un exemplu în plus de evoluţie convergentă în literatură, printre multe altele, care îl face pe comparatist să creadă că totuşi ar putea exista acel ceva atât de nebulos precum „spiritul epocii".

obiectul semiotic total denumit *Cuadratura cercului* nu explică mare lucru de fapt, dar își impune propria existență, la fel cum o fac hexagoanele din biblioteca Babel, precum o iluzie a ordinii care se dovedește a fi o simplă închipuire în fața haosului cosmic. Alcătuite matematic, vinietele indică, prin mijloace grafice, imposibilitatea pe care o exprimă titlul, deoarece problema matematică la care face aluzie nu este rezolvabilă. În mod analog, este desființată, în diverse povestiri, pretenția unor utopiști și arhitecți de a oferi rețeta orașului ideal, în care perfecțiunea geometrică ar corespunde exact unei ordini instituționale și le-ar asigura oamenilor fericirea. În „Castrum" sau „Isopolis", de pildă, dispunerea puritan geometrică a orașului îl face vulnerabil la impactul realității, în timp ce în „Utopia" orașul ideal este plăsmuirea unui artist și este lipsit de orice strop de viață. Săsărman observă, cu mult spirit de pătrundere, că ideea însăși de utopie ascunde o imuabilitate incompatibilă cu mersul inexorabil al existenței, mers care face orașele să evolueze concomitent și, de aceea, să nu poată fi reductibile la o concepție statică, geometrică. Paratextul pe care îl alcătuiesc titlul și vinietele se opune astfel unor viziuni urbane a căror concretizare în timp reflectă certitudinile iluzorii ale celor care le-au creat sau ale celor care le vizitează crezând că, fiind vorba de niște creații omenești artificiale, ele pot fi ușor de descifrat, până când dezamăgirea ultimă, mai mult sau mai puțin tragică, le dezvăluie faptul că orașul este o ființă organică, cu o viață proprie, și al cărei mister respectă mai degrabă – sfidând rigoarea intelectuală a operei – legile poeziei decât pe cele ale științei. Rațiunea poetică se suprapune, în acest caz, rațiunii științifice, care ar prefera o perspectivă sincronică a orașului ca obiect geografic care se prelează unui studiu obiectiv. În schimb, imaginația lirică le adaugă orașelor o profunzime diacronică ce combate orice urmă de paralizie (anti)utopică și alungă urbanul din analogia geometrică în favoarea celei organice, supusă legilor evoluției, la fel ca ființele vii. Geografia este astfel nuanțată prin intermediul istoriei, iar discursul textual se îmbogățește prin valorificarea consecventă a mijloacelor narative, în calitatea lor de reflecţie lingvistică a unei succesiuni de întâmplări sau situaţii, adică de vector al istoriei.

Săsărman nu se limitează la a-şi descrie oraşele imaginare. Registrul dominant rămâne cel descriptiv, astfel încât fiecare oraş se oferă grafic ochiului minţii cu mai multe sau mai puţine amănunte palpabile, în calitate de scenă inevitabilă a fabulei şi de centru focal al semioticii textului. Cu toate acestea, opera se distinge de toate geoficţiunile menţionate, cu excepţia „Loteriei din Babilon" borgesiene, datorită rolului cu o greutate relativă mai mare pe care îl joacă la el naraţiunea. Dacă lăsăm la o parte povestirile „Noctapiola", „Motopia" sau „Oldcastle", în care martorul obiectiv redă pur şi simplu obiceiurile locuitorilor, ca într-o fişă etnografică, în timp ce scena urbană apare drept imuabilă, putem spune că ficţiunile ce alcătuiesc Cuadratura cercului se remarcă prin dinamism. Fie din motive interne, ce ţin de creşterea şi declinul organic propriu, fie din motive externe, mai precis prin iruperea unor forţe ce le schimbă întregul curs evolutiv (invazii, catastrofe naturale etc), oraşele sunt expuse unui proces de schimbare care alimentează epicul, accelerându-l uneori în asemenea măsură încât putem urmări în două pagini ce se întâmplă într-o mie de ani. Acesta este, de pildă, cazul mai multor texte ce adoptă discursul istoriografic („Tropaeum", „Seneţia", „Protopolis", „Castrum", „Musaeum", „Homogenia", „Cosmovia", „Geopolis"), cu proza lor obiectivă şi cu stilul lor narativ pur eterodiegetic şi reticent faţă de ceea ce ţine strict de sfera individuală şi privată, detaliu ce permite accesul la o privelişte panoramică a oraşului pornind chiar de la originile sale, adică de la urbogonia lui, în sens literal. În alte exemple („Kriegburg", „Moebia", „Sah-Harah", „Arcanum" etc.), oraşul este contemplat prin ochii unui personaj, al cărui orizont parţial determină o viziune la rândul ei parţială şi, adesea, greşită, asupra unei realităţi urbane enigmatice. Nu lipsesc din Cuadratura cercului nici povestirile în care oraşul este fundalul pe care evoluează indivizi tinzând să îi fure protagonismul, până la punctul în care geoficțiunea adoptă o structură narativă cu un aer mai tradițional, în diverse apologuri despre putere, fie ea sexuală sau politică, precum „Virginia", „Záalzeck" sau „Atlantis", sau povestea „Quanta Ka" – o metaforă narativă a frustrării, excepțională în cadrul cărții, căci abordează o problemă de ordin personal, în locul uneia de natură colectivă, cum ne obișnuise volumul. Și totuși, nici măcar când epicul pare să predomine, istorisirile nu sunt povestite doar din plăcerea de a povesti. Chiar și atunci când relatarea unor peripeții se află în prim-plan, orașul se menține în fundal, ca o prezență constantă ce dă sens textului. Indiferent despre ce urbe e vorba – primitivă sau futuristă, ancorată într-un trecut ancestral și mitic, într-o epocă documentată istoric, despre care autorul încearcă să ofere o idee verosimilă prin imitarea ironică a discursului filologic și istoriografic (cum sunt, de pildă, falsa etimologie indoeuropeană din „Vavilon" sau frazele pseudo-hitite și tragicomice din „Hattușáș"), ori chiar într-un viitor terestru sau galactic conceput cu mult respect față de enciclopedia motivelor științifico-fantastice – toate aceste universuri urbane tind să creeze o impresie unică ce se reflectă în pătratul format din vinietele care îi servesc drept contraimagine grafică.

În ansamblu, Cuadratura cercului conturează o viziune totalizatoare asupra orașului refractar la falsa siguranță intelectuală a unor concepții urbane care încearcă să dreseze într-o manieră iluzorie, în sens pozitiv sau negativ, realitatea faptului că aglomerația dobândește ineluctabil un corp propriu, unanim, cum ar spune Jules Romains, de care se vor ciocni certitudinile facile ale celor ce doresc să o supună unei simple rațiuni instrumentale, fără să aibă suficient în vedere plasticitatea existenței, fie ea individuală sau colectivă. Din acest punct de vedere, speculația întreținută de diversele ipoteze urbane, ce se prezintă ca realități închegate în lumea ficțiunii, face loc unei lecții de modestie, dar și unui apel umanist la libertatea vieții și a zbaterii existențiale. Aceasta este o reacție la starea de anchilozare a unui urbanism teoretic, al cărui dogmatism modern – oglindit în ravagiile pe care le-a făcut în diverse orașe doctrina adepților necritici ai lui Le Corbusier – și-a propus Săsărman să îl denunțe în propria carte, așa cum el însuși consemnează în rândurile enciclopediei italiene, text care figurează în anexe. Cu toate acestea, contribuția lui la o viziune nici sectantă, nici artificială a existenței depășește interesul mai degrabă de ordin tehnic pe care l-ar putea trezi transpunerea literară a reflecției urbanistice a arhitectului-filosof care s-a dovedit a fi Săsărman în teza lui doctorală. Urbogoniile lui au o pronunțată latură etică. În paginile lor, originalitatea formei și însăși plăcerea pe care o presupune o scriere inovatoare – ce constituie o sursă continuă de uimire chiar și pentru cititorul mai puțin atent la dimensiunea retorică a operei literare – nu sunt doar vorbe goale. Opera lui Săsărman se ține la distanță de jocurile pur formale, cărora li s-au dăruit cu voluptate necontrolată nu puțini scriitori postmoderniști români. Fără să dea lecții, Cuadratura cercului apără angajamentul față de adevăr și datorie, în favoarea unei intervenții constructive asupra realității, ceea ce vine în contradicție cu multe stereotipuri ale epocii noastre.

Orașele în care oamenii sunt egali, cum este, de pildă, „Homogenia", sau cele în care, dimpotrivă, domnește o strictă stratificare socială, cum este „Vavilon", demontează mecanismele ideologice ale marilor sisteme sociopolitice contemporane, pe care Săsărman le supune unui tratament hiperbolizant ce le scoate în relief, până când devin bătătoare la ochi, elementele antiumane. Aceeași procedură de exagerare voită a liniilor este adoptată și în cazul orașelor care își ajustează tonul în funcție de fundalul comic sau tragic al aberației sociale constituind tema principală a apologului descriptiv. Obsesia ușor ridicolă și contraproductivă pentru igienă și asepsie oferă o lectură plină de umor în „Protopolis", unde locuitorii sunt atât de ostili oricărui fel de contaminare – chiar și sexuală sau rasială – încât puritatea lor se traduce printr-un necontenit regres. Un ton umoristic, sau chiar tragicomic dacă doriți, este adoptat de alte urbogonii, care pun sub semnul întrebării obiceiuri actuale ceva mai puțin nocive, cum ar fi turismul în „Hattușăș", cultul excesiv al istoriei și al eroilor în „Musaeum", ori panica ecologică sau demografică în „Geopolis", unde disputele dintre partidele sectante ating un grad de exagerare absurdă, care lui Eugen Ionescu i s-ar fi părut familiară, dacă ne gândim la „Trifoiul cu patru foi" (Nu, 1934). În schimb, realitatea tragică a războiului este abordată în „Kriegbourg" cu tonul cel mai adecvat, anume cu un soi de stupoare tragică. De asemenea, privirile îngăduitoare față de violența traficului automobilistic – care, în lumea noastră reală, face aproape la fel de multe victime ca și conflictele marțiale, cu diferența că războaiele se termină, în timp ce accidentele de circulație provoacă un masacru permanent –, constituie tema expusă în „Motopia" exact așa cum este, ca un Moloh al zilelor noastre, căruia nu încetăm să îi aducem ofrande, un Moloh monstruos și mecanic pe care Săsărman îl descrie ca pe o prezență copleșitoare și ca pe o sursă de groază disperată: din Motopia nu se poate evada, fiindcă este un oraș în care omenescul a încetat să existe în formă naturală. În fața unei asemenea viziuni de coșmar, transformarea în stare animală pare ieșită din comun, dar nu chiar atât de înfricoșătoare. Mai mult decât atât, ea se poate prezenta ca un soi de realizare (în mod paradoxal) fericită, măcar ca posibilitate adaptată unei anumite trăiri lirice a universului, cum se petrece în „Poseidonia", unde oamenii au învățat în sfârșit să-și țină gura, sau „Plutonia", orașul subteran al oamenilor-cârtiță, unde fiecare își ascultă instinctele rudimentare.

Revenirea în sânul naturii nu este, totuși, nici singura, nici cea mai bună soluție sugerată în Cuadratura cercului. Săsărman concepe orașe care, spre deosebire de acelea care alcătuiesc un catalog al relelor și al bolilor intelectuale din ziua de azi, se prestează unei lecturi optimiste, încifrate în destinul măreț al unei viziuni eroice. Din acest motiv, Cuadratura cercului este o carte profund etică, nu doar prin faptul că satirizează ceea ce este negativ, ci și fiindcă exaltă modelul unei umanități opuse egoismului indolent al societății de consum, al acestui „late capitalism" (capitalism târziu) atât de bine portretizat, prin intermediul literaturii științifico-fantastice şi a culturii postomodernismului, de Fredric Jameson. Din această perspectivă, până şi moartea îşi poate pierde conotaţiile înfricoşătoare, căci ea poate fi înfrântă dacă se poartă o luptă tenace. În „Oldcastle", probabil una dintre povestirile cele mai reuşite din volum, ceremonialul stereotipizat din povestirile de groază se răstoarnă, astfel încât locurile comune ale unui gen literar atât de banalizat întorc spatele fricii, în favoarea unei alegorii a propriei eliberări, căci spaţiul de dincolo de castelul fermecat reprezintă un pasaj iniţiatic, de-a lungul căruia morţii trebuie să muncească pentru a-şi merita libertatea obţinută la final, şi care nu era altceva decât destinul lor, încă de la bun început. În „Dava", alegoria efortului eroic apare şi mai limpede, căci alpiniştii care izbutesc să pătrundă în oraşul de pe culmi se întâlnesc acolo cu ceilalţi exploratori porniţi în cucerirea de noi teritorii pentru omenire. Metamorfozarea lor în vulturi ilustrează cu un simbolism transparent destinul lor măreţ, un destin care îi îndepărtează, până la urmă, de soarta comună a muritorilor, cărora ei nu le pot transmite sensul exaltării lor, poate fiindcă masele nici măcar nu înţeleg limbajul dăruirii totale de sine în numele unui ţel mai înalt decât împlinirea primară a viciilor şi a nevoilor. Acest ţel se cuvine a fi totodată dezinteresat, pentru a putea fi vrednic de o încununare precum cea care îl aşteaptă pe asceticul explorator, protagonist al povestirii „Sah-Harah" şi a cărui moarte încarcă de semnificaţie efortul său practic, o acţiune care îi permite să aibă acces la locul potrivit în ordinea universului. Moartea lui, precum zborul din „Dava" prezintă toate semnele unei transfigurări. Aceste oraşe reprezintă, aşadar, un pol al speranţei, cifrată în exerciţiul liber al unei voinţe imperioase de a căuta cunoaşterea şi adevărul, ceea ce apare în contrast cu oraşele dominate de oprimare şi minciună, precum acea „Moebia" în care împăratul tiran îşi obligă victima – exploratorul – să traverseze aceeaşi poartă, făcându-l să creadă, prin manipulare şi teamă, că este vorba de mereu altă intrare, cu scopul de a-şi justifica prin înşelăciune ordinul de decapitare a acestuia. „Moebia" aparține în mod clar seriei de monade urbane de coșmar care zdrobesc ființa umană și o anulează în beneficiul puterii, al ideologiei sau al tehnicii (să nu uităm tragedia din „Verticity", care ni se poate părea familiară, într-o epocă atât de tare expusă unor simulacre cum este a noastră). Acestei imagini distopice a orașului, Săsărman îi opune un urbanism aproape nediferențiat de peisaj, precum „Dava" sau „Arapabad", ori niște spații ne-utre sub aspect arhitectonic și care răspund mai degrabă unei motivații poetice, în care omul se sustrage condiționării socie-tății și atinge împlinirea prin afirmarea propriei personalități, indiferent că este vorba de un eroic iubitor de cunoaștere și de aventură – precum cei menționați în „Dava" sau „Sah-Harah" – sau de creatorul dăruit fără rețineri artei sale – cum e cel pe care îl întâlnim în „Antar." Această afirmare a individului în fața presiunii conformiste a colectivității nu presupune, totuși, vreo urmă de mizantropie. Eroii lui Săsărman acționează și spre binele celorlalți, așa cum face Joe, de pildă, cu tam-tam-ul său, atunci când își propune să îi învețe câte ceva despre muzică pe glacialii antarieni. În aceeași ordine de idei, impulsul amoros pune stăpânire pe câteva personaje, care evoluează confuze în orașe de o răceală reflectată într-o lipsă de comunicare pe care personajele respective o simt ca pe o forță anihilantă a dorinței de a-și împărtăși sentimentele, așa cum se petrece în „Verticity" sau în onirica urbogonie finală, „Arcanum", unde senzația de oprimare se degajă de astă dată nu din sistemul politic, ci din taina tragică a unei alterități inaccesibile. Lipsa empatiei și a comunicării din aceste orașe dezlănțuie o disperare existențială ce îmbogățește opera cu nuanțe metafizice, care îi conferă, la rândul lor, profunzime și mister. Cuadratura cercului adoptă, pe această cale, și un element de sugestie poetică și filosofică ce conferă și mai multă substanță fondului moral și critic evi-dent, adaugându-i valoare dincolo de civismul exemplar care se desprinde cu naturalețe dintr-un tablou liric simbolic, dar și riguros intelectual, al unor spații în care se împletesc, în mod inextricabil, cele două dimensiuni: urbs – orașul material – și civitas – comunitatea urbană ca entitate sociopolitică în sens larg. Săsărman reuşeşte astfel, cu a sa geoficţiune, să evite pericolul unei pure etalări manieriste a extraordinarelor lui abilităţi scriitoriceşti, oferind în acelaşi timp o panoramă enciclopedică a lumii noastre, atât în dimensiunea ei fizică, cât şi spirituală, având ca punct de pornire o analiză speculativă a fenomenului urban, a cărui complexitate este favorabilă reflecţiei şi unei asumări mature. Privită astfel, agreabila ambiguitate a parabolei serveşte drept antidot contra predicilor literaturii militante, fără ca prin aceasta să înceteze a ne adresa interpelări. Măiestria autorului se oglindeşte, printre altele, în faptul că a izbutit o astfel de carte fără să fi renunţat în prealabil la dreptul la libera imaginaţie. Ne oferă, aşadar, ocazia să visăm la societăţi diferite de cele care ne fac nefericiţi (sau poate fericiţi, cine ştie), înzestrându-le cu capacitatea de convingere şi cu forţa reprezentării pe care doar marii creatori de peisaje metafizice moderne le-au mai atins în scrierile lor: Kafka, Borges, Calvino şi, de ce nu, alături de ei, Săsărman însuşi.

Mariano Martín Rodríguez
Membru asociat al Centrului de Cercetări Literare şi Academice, Universitatea „Babeş-Bolyai" din Cluj-Napoc

(Traducere din limba spaniolă de Oana Presecan)

VAVILON

Privit în zare, oraşul semăna cu un zigurat dar, judecând după alcătuirea lui internă, trebuia comparat mai degrabă cu un stup de albine sălbatice sau cu un muşuroi de termite, reprodus la scară colosală. Spun asta deoarece, departe de a fi un turn masiv din cărămizi uscate la soare, Vavilonul era o suprapunere de etaje boltite, cu zeci de mii de încăperi întunecoase, adăpostind un întreg popor. O sintetică descriere a sa, destul de atrăgătoare, ne-o oferă textul lui Ioan (17, 5): *Vavilonul cel mare, mama curvelor şi a urâciunilor pământului.* Numele lui rămâne încă învăluit în mister; interpretarea, mai ales, stă sub semnul incertitudinii. Unii susţin că Vavilon derivă de la *vav-ili, ili* însemnând *domn,* sau *domnie,* sau *a domni.* Dificultatea maximă o implică însă tălmăcirea lui *vav,* rădăcină despre care nu se spune nimic în studiile comparate ale limbilor indo-europene, dar care ar putea să se tragă de la *bab,* adică *poartă.* În ce mă priveşte, sunt tentat să atribui acestui termen obscur semnificaţia de *egalitate,* sau *libertate.* Vavilon s-ar putea astfel traduce fie prin *domnia egalităţii, a libertăţii,* fie prin *libertatea domniei,* sensuri ce vor fi mai în amănunt lămurite în cele ce urmează.

După cum afirmam de la început, oraşul era alcătuit din etaje suprapuse - în număr de şapte - zidite din cărămizi de culori diferite. Fiecare etaj avea latura mai mică decât a celui pe care se rezema, astfel încât volumul global se înfățișa asemenea unei piramide în trepte. Prima treaptă, cea mai întinsă ca suprafață și de un alb mat, era locuită de sclavi. Sclavii aveau astfel legături comode cu ogoarele învecinate, pe care erau siliți să le cultive. Al doilea etaj, negru, fusese atribuit, în schimbul unor chirii moderate, meșteșugarilor și negustorilor, care se socoteau oameni liberi. Treapta a treia era purpurie și o ocupaseră militarii. Al patrulea etaj era construit din cărămizi albastre și se afla, încă de la zidire, în mâna preoților. Marii demnitari săpâneau treapta a cincea, de culoare portocalei. La al șaselea etaj, placat cu argint, se instalase regele, căruia îi aparținea, de altfel, întregul oraș. Umblau zvonuri că odăile de la etajul șase ar fi adăpostit cândva comori fabuloase și extraordinare opere de artă; nimeni însă nu putea susține că le-ar fi văzut vreodată cu adevărat. În fine, a șaptea treaptă nu era altceva decât templul cu totul și cu totul de aur al zeului Kaduk.

Etajele comunicau între ele prin rampe foarte înclinate și bine șlefuite, peste care slujitori puși anume vărsau în fiecare dimineață burdufuri cu untdelemn, pentru a le face cât mai alunecoase. Din această pricină, coborâșul era rapid și la îndemâna oricui, pe când urcușul reușea foarte rar, și numai celor mai iscusiți și abili cățărători. Legea însă, care îi declara egali pe toți locuitorii, nu împiedica pe nimeni să încerce, astfel încât, mai ales la asfințit, când untdelemnul începea să se zvânte, o mulțime tăcută se îmbulzea la piciorul fiecărei rampe, numeroasă la etajele de jos și tot mai restrânsă la celelalte. Puțini erau cei care să nu se fi încumetat niciodată să-și iscodească priceperea, dar și mai puțini izbutiseră. Și cu toate că, de la un etaj la celălalt, panta se făcea mai domoală, doar câțiva se dovediseră în stare, în lunga istorie a Vavilonului, să urce mai mult de două rampe.

Pentru a ajunge să fie vizitat, Vavilonul trebuia trecut în de șapte ori șapte rânduri prin foc și sabie, dărâmat și rezidit, pustiit și repopulat. Era necesară rostogolirea, ca a unei lungi serii de tăvăluguri, a asirienilor, elamiților, hitiților, perșilor, grecilor, arabilor pentru ca, în cele din urmă, nivelat și acoperit de nisipurile pustiului, să fie dezgropat de arheologi și să devină un important obiectiv turistic.

În vremuri de demult însă, în fiecare noapte, ideea - consfințită și în codurile de legi - a egalității dintre toți orășenii era reafirmată simbolic de însuși marele zeu. Acest gest uimitor se înfăptuia prin aceea că, în fiecare noapte, zeul își alegea drept soție o tânără fecioară de la primul etaj, al sclavilor, și petrecea împreună cu ea, în desfătare și jocuri, până dimineața. În zori când, încălțat cu sandale speciale antiderapante, regele urca în templu să oficieze serviciul divin, el găsea pe patul de aur trupul, cald încă, al sclavei și îl azvârlea de la acea înălțime formidabilă, fără să mai aștepte întocmirea certificatului de deces și - ceea ce e mult mai grav - fără să ceară autopsia. Nici o fecioară nu supraviețui pătimașei iubiri, vestitoare de egalitate, a nemuritorului Kaduk. Și dacă, după șaisprezece veacuri, una dintre cele patru soții ale vizirului din Samarkand n-ar fi dat viață Șeherazadei, nimeni n-ar fi bănuit, niciodată, că povestea despre nunțile nocturne ale zeului era o simplă născocire.

ARAPABAD

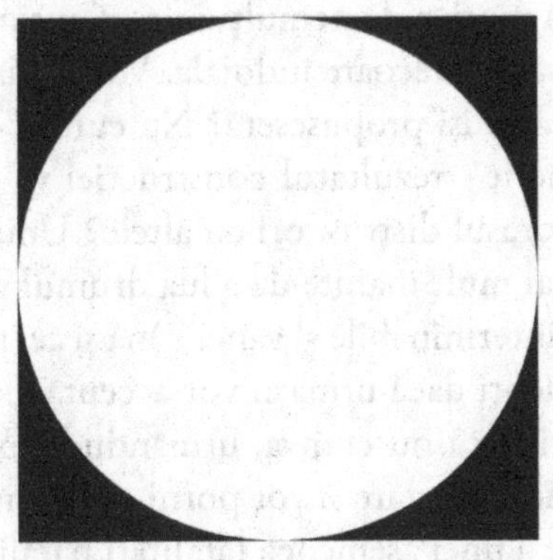

Şi-au strunit caii, au descălecat şi, întâmpinaţi cu temenele de slugi credincioase, s-au retras în umbra arcadelor să-şi răcorească tâmplele încinse de soare. S-au lăsat îmbăiaţi şi unşi cu untdelemn parfumat, s-au ospătat, şi-au desfătat auzul şi privirea cu tânguiri de flaute şi tamburine, cu mlădieri de braţe şi de torsuri feciorelnice. Au făcut dragoste cu nevestele lor favorite, au aţipit iepureşte şi în zori au coborît în curţile ferite de ochii vecinilor, să mediteze în versuri la roua trandafirilor abia îmbobociţi.

Cutreieraseră Pământul în lung şi-n lat, cunoscuseră toate credinţele şi toate urbele lumii. Uliţele strâmbe, zidurile oarbe, minaretele deşirate ale oraşului lor nu-i mai mulţumeau. Nici locul unde fusese ridicat nu le mai părea potrivit. Cât despre lâncezeala de dincolo de porţile ferecate, după care tânjiseră în pribegie, acum îi dezgusta profund. S-au întâlnit deci în curtea moscheii şi, în timp ce-şi spălau picioarele în apa purificatoare, au hotărît să ardă Coranul, să pună foc oraşului şi să construiască altul, lipsit de istorie şi fără asemuire. În aceeaşi zi, şi-au încărcat avutul şi haremul pe cămile, au dărâmat toate zidurile şi le-au lăsat pradă flăcărilor. Au încălecat pe caii lor iuţi şi, urmaţi de greoiul miriapod al caravanei, au pornit să caute locul cel mai potrivit pentru întemeierea nemaipomenitei citadele.

Au rătăcit mult, fără să se decidă asupra unei alegeri, găsind de fiecare dată motive de nemulțumire. Cu timpul, în sufletul lor a început să se strecoare îndoiala. Vor fi oare în stare să înfăptuiască ceea ce își propuseseră? Nu cumva - chiar dacă vor afla locul nimerit - rezultatul construcției va dovedi fortuite asemănări cu orașul distrus, ori cu altele? Unii regretau că nu chibzuiseră mai mult înainte de a lua drumul pustiului și provocau gâlcevi interminabile și vane. Până și cei mai consecvenți se întrebau uneori dacă urmașii vor accepta viața într-un oraș fără trecut, ori dacă nu cumva, urmându-le exemplul, aceștia vor incendia noua așezare și vor porni să întemeieze alta. Teribila presimțire a unei asemenea fatalități paraliză curând orice inițiativă.

De atunci, ereticul popor se târăște fără țintă prin nisipuri; din când în când, ca pentru a le reaminti blestemul, la orizont li se arată fantasma ademenitoare a citadelei celei neîncepute. Și, pentru câteva clipe, oamenii sunt cuprinși de o frenetică și mincinoasă fericire.

VIRGINIA

- Cine-i acolo! se răsti Antiope, ridicându-se în capul oaselor.

I se păruse că aude lipăitul unor tălpi pe lespezile de marmură; zgomotul de repetă. Smulse o torţă din suportul ei şi înaintă câţiva paşi. Cine îndrăznise oare să calce consemnul şi să pătrundă, în toiul nopţii, în palat? Ce naiba păzeau fetele de la intrare? Tocmai când să cheme garda, dintre coloane i se arătă intrusul; instinctiv duse mâna la şold, uitând că, înainte de a se culca, îşi lepădase sabia, cu centură cu tot. Privirile li se întâlniră, în lumina pâlpâitoare a torţei. Cu inima brusc fulgerată de săgeata lui Eros, temuta regină îşi plecă, sfioasă, pleoapele.

- Cum de-ai cutezat?... se împotrivi ea fără prea multă convingere braţelor viguroase care o săltară în aer, ca pe un prunc, făcând-o să simtă cum îi fuge pământul de sub picioare.

Nu bănuise niciodată, până atunci, că ar fi putut să fie purtată astfel, în legănarea abia perceptibilă, dar ameţitoare totuşi a unui trunchi viril, debordând de putere, pentru a fi depusă apoi, cu atâta uşurinţă firească, în aşternutul înmiresmat. Întrebarea stupidă care îi stăruise în prima clipă pe buze o părăsise, odată cu orice gând de împotrivire. Nu o mai interesa câtuşi de puţin cum pătrunsese acest tânăr tulburător până în iatacul ei, nici cum izbutise să traverseze cetatea atât de bine păzită a amazoanelor, pe străzile căreia nu călcase până atunci piciorul unui bărbat.

Învinsă fără luptă, Antiope se abandonă plăcerii de a descoperi dragostea, cu al cărei arsenal complet poporul ei fusese până atunci atât de inutil și de nebănuit înzestrat. Cu abilitatea de care numai o războinică perfectă putea fi în stare, deprinse - de parcă le-ar fi știut de când lumea - toate arcanele artei de a iubi și a se lăsa iubită: privirea mistuitoare, cu ochii mari, ocheada șăgalnică, azvârlită printre gene, îmbrățișarea crâncenă, sufocantă, mângâierea firavă, cu vârful degetelor, sărutul cast pe frunte, sărutul tandru pe pleoape, sărutul timid pe obraz, sărutul vinovat în palmă, sărutul pervers la rădăcina urechii, sărutul răscolitor, prelung, cu buze sângerânde, sărutul lacom, sărutul imponderabil, ca o umbră, ca o amintire...

Patima dezlănțuită a jocului îi răpi și ultima fărâmă de luciditate. Șoptea nume inventate pentru necunoscutul ei mire, îl chema, îl dorea fără s-o știe, fără să poată reda în cuvinte starea de cumplită așteptare, ajunsă la paroxism, care o chinuia cum nici cea mai teribilă rană n-ar fi făcut-o. Pe măsură ce îl simțea pe el mai aproape, starea aceea devenea și mai năpraznică, luându-i mințile, și țipătul neașteptat care îi porni din gâtlej, din rărunchi, sau poate de mai adânc, nu era atât de durere - o durere necunoscută, irepetabilă - pe cât era un semn de izbândă a firii împotriva tradiției deșarte care împilase până atunci orașul de fecioare.

Alarmate de pătrunzătorul țipăt, amazoanele aflate de pază veniră în goană și, zărind-o pe regina lor zvârcolindu-se și gemând, îl străpunseră cu lăncile pe cel care o ținea captivă sub greutatea trupului său, mai înainte ca ea să poată schița cel mai mic gest de împotrivire. Și până să se dezmeticească Antiope, ele smulseră cadavrul din îmbrățișarea profanatoare și îl târîră în piață, la intrarea în templul Artemisei, unde aveau de gând să-l lase să putrezeas-că. Nefericita regină răpi însă, într-o noapte, stârvul și-l îngropă pe ascuns.

Zadarnic încercă ea mai apoi, chiar cu prețul domniei, să spulbere androfobia amazoanelor, să pună capăt barbarului obicei de a răpi copilele cetăţilor vecine - cărora le era mai apoi retezat sânul drept, pentru ca, ajunse luptătoare, să mânuiască mai uşor scutul şi lancea - zadarnic propovădui dragostea, unirea femeii cu bărbatul, care de la început fusese hărăzită de natură drept împlinire a vieţii. Nici măcar miracolul - nemaivăzut la Virginia - al maternităţii nu avu darul să le convingă pe îndărătnicele ascete. Izgonită de pe tron, alungată cu pietre din cetate, destinul îi refuză Antiopei chiar şi ultima speranţă mângâietoare: adusese pe lume o fată!

TROPAEUM

La început a fost jungla şi, în inima ei - departe de malul mlăştinos al fluviului, într-un luminiş protejat cu garduri înalte de nuiele - câteva colibe adăposteau un trib de culegători, vânători şi pescari. De câteva ori pe an, uraganele devastau întinderea nemărginită şi verde, dar de fiecare dată, peste trunchiurile prăbuşite, printre buturugile carbonizate de trăznet, jungla renăştea, mai sufocantă, mai tiranică. Oamenii se obişnuiseră să-şi dreagă colibele cu multă uşurinţă şi încă de pe atunci îşi însoţeau opera de reconstrucţie cu un ritual care avea să fie transmis şi amplificat din generaţie în generaţie. Au trecut multe zeci de milenii până când - jungla retrăgându-se, puţin câte puţin, spre sud - oamenii au domesticit animalele şi au luat în stăpânire păşunile mănoase din luncă. Când un nou uragan le-a pustiit satul, şi-au durat case mai trainice, din trunchiurile lepădate de fluviu în prunduri.

Bârnele au ajuns, cu timpul, tot mai greu de procurat. După multe milenii, un uriaş incendiu a prefăcut în scrum întreaga aşezare, a ucis turmele şi a pârjolit păşunile. Foştii păstori au coborît mai aproape de fluviu, şi-au înjghebat adăposturi din cărămizi uscate la soare şi, învăţând să împrăştie sămânţa cea bună în mâlul roditor lăsat de revărsări, au devenit agricultori.

Şi cum începuseră să creadă în zei, şi continuau să se teamă de incendii, îşi aruncau în flăcări bătrânii, trimiţându-i astfel să medieze, în numele tribului, o înţelegere.

S-au scurs multe secole. Inundaţiile i-au obligat pe oameni să construiască diguri, să sape şanţuri de drenaj şi să-şi reîntemeieze oraşul pe o colină mai înaltă. Au inventat cărămida arsă, zidurile de incintă, turnurile şi porţile, galerele şi portul. Au început să facă negustorie şi au ajuns la gurile fluviului. Cam pe atunci au izbucnit câteva epidemii, printre care cea mai înfricoşătoare se dovedi ciuma. Puţinii supravieţuitori îşi lepădară morţii pe rug - ofrandă vicleană adusă sângeroşilor zei - şi luară iarăşi totul de la capăt.

Au mai trecut decenii. Capriciosul fluviu îşi mută albia, lăsând oraşul în amorţire şi lipsindu-l un timp de binefacerile comerţului. Din fericire, un rege întreprinzător puse să se sape un canal navigabil, lărgi vechiul port şi amenajă altul, pe noul curs al apelor. Întemeie o dinastie, încheie alianţe avantajoase, aranjă câteva căsătorii şi îşi împroşcă galerele în Mediterană. Însă nu după mulţi ani de la moartea lui, un cutremur teribil cufundă oraşul în deplină ruină. Oamenii nu cedară nici de data aceasta. Demnul urmaş al stinsului rege reclădi totul din piatră, înălţă altare de marmură pe care ucise, smulgându-le inima, sute de prizonieri şi încercă astfel să potolească perena mânie divină.

Cutremurul fu urmat de o bruscă schimbare a climei. Sub razele toride ale soarelui, întreaga regiune se transformă într-un pustiu. S-au mai scurs puţine luni şi spectrul înfometării se instală în oraş. Visătorul rege-arhitect fu asasinat şi înlocuit cu un triumvirat sub care, în scurt timp, fură duse la bun sfârşit mari lucrări de irigaţii. Portul maritim al oraşului căpătă o înflorire nemaicunoscută şi pe coastele învecinate se întemeiară primele colonii.

Peste câteva săptămâni, o erupţie vulcanică îngropă oraşul sub un strat gros de cenuşă. Cetăţenii, care se refugiaseră din vreme dincolo de hotarul primejdiei, îşi degajară locuinţele într-un timp record, cu o extraordinară îndârjire, şi reparară micile avarii. Statuia colosală de bronz, înroşită în foc, a zeului suprem fu îndopată cu copii orfani. Jertfele se dovediră şi acum zadarnice. Câteva zile mai târziu se descoperi că intrarea în port era blocată de un enorm banc de nisip. Numeroase galere eşuară. Înnisiparea portului era deplină. Ameninţarea declinului era mai acută ca oricând. Triumviratul se destrămă; un dictator frânse printr-o lovitură de stat rezistenţa vagă a potrivnicilor. Apoi construi o reţea ingenioasă de şosele, înfiinţă şapte porturi în locul celui închis şi supuse jumătatea de sud-vest a bazinului mediteranean, întemeind un adevărat imperiu maritim.

Imperiul avu o viaţă extrem de scurtă. Fără nici o declaraţie de război, clarvăzătoarele cohorte romane îl invadară, dându-i lovituri necruţătoare. În numai câteva ore, însuşi oraşul-metropolă - de atâtea ori readus la o viaţă tot mai clocotitoare, în înfruntarea aprigă cu natura - a fost definitiv ras de pe faţa pământului. Războiul înfăptui ceea ce nu reuşise o lungă şi vitregă istorie. După ce întreaga populaţie fu jertfită zeilor latini, pe locul arat cu brazde adânci al temutei cetăţi legiunile înălţară monumentul victoriei lor categorice şi extrem de operative. Lucrările durară doar câteva minute.

Din clipa aceea, calamităţile, cataclismele şi catastrofele naturale se răspândiră în cele patru vânturi, în întreaga lume, provocând disperare, alimentând setea de glorie şi stârnind ireversibil mult temuta rivalitate a semenilor.

SENEŢIA

Cândva, aici a vieţuit un popor de agricultori. Cândva, pe locul ruinelor de astăzi, se întindeau ogoare mănoase şi doar câteva bordeie răzleţe găzduiau modesta gospodărie a unor oameni deprinşi cu truda. Dar asta a fost demult, atât de demult, încât până şi arheologilor le va fi greu s-o dovedească.

Au urmat generaţii de pietrari şi dulgheri, de arhitecţi şi sculptori. Ei au întemeiat cea mai fermecătoare metropolă din câte a cunoscut istoria: au zidit palate şi catedrale, au croit bulevarde şi foruri, au tăiat canale şi au săpat fântâni. Au populat pieţele, podurile şi parcurile cu fantastice statui de bronz şi de marmură, au împodobit pereţii edificiilor cu fresce şi intarsii, bolţile - cu mozaicuri aurite, ferestrele - cu vitralii. Războinici şi lacomi, primii lor regi au întrecut în putere şi trufie cele mai vestite cetăţi ale continentului şi le-au prădat de aur şi argint, de perle şi nestemate. Mai înţelepţi, ultimii regi au adunat tezaure de artă, cărţi şi manuscrise de preţ, adăugând astfel supremaţiei în bogăţie superlativul rafinamentului şi al erudiţiei.

Faima Seneţiei a făcut repede înconjurul Pământului. Au mai trecut generaţii, şi acest oraş fără asemănare a ajuns locul de întretăiere a celor mai frecvente rute de elită: aici îşi trimitea monarhul sau demnitarul odrasla la studii, aici îşi petrecea luna de miere tânărul aristocrat ori cel cu stare, aici venea milionarul să-şi alunge plictisul, fata bătrână - să-şi joace ultima şansă, vânătorul de zestre - să-şi ademenească victima, scriitorul ilustru - să lucreze la un nou roman-fluviu. Şi deoarece a discuta despre avere trecea drept dovadă de proastă educaţie, toţi se străduiau să se arate cunoscători subtili ai arhitecturii, artei şi literaturii senete. Locuitorii oraşului trăgeau unele foloase de pe urma turismului, care devenise unica lor sursă de existenţă.

Mândrii de depărtaţii lor strămoşi, dar stăpâniţi de complexe de inferioritate şi de un profund dezgust pentru muncă, urmaşii lăsară urbea în voia timpului. Şi timpul îşi săvârşi opera; zidurile cedau presiunii bolţilor, fundaţiile se afundau sub greutatea zidurilor, coloanele se flambau, grinzile trosneau, cupolele se surpau. Molozul îngropa statuile, bălăriile năpădeau parcurile, gunoiul îmbâcsea forurile şi înfunda canalele. Pline de o bunăvoinţă abil regizată, muzeele lumii se oferiră să achiziţioneze tot ceea ce mai putea fi salvat de dezastrul iminent. Progeniturile falnicilor ctitori seneţieni se dedară hoţiei şi cerşetoriei. Curând, vizitatorii - tot mai puţin numeroşi, dar atraşi încă de măreţia palatelor căzute-n paragină, de legendele locului - se văzură nevoiţi să se lase escortaţi de veritabile gărzi înarmate. Costelivi, zdrenţăroşi şi dispreţuitori, localnicii îi întâmpinau pe luxoşii oaspeţi cu palma întinsă. Cu un egal dispreţ, cu invidie şi aroganţă, aceştia lăsau să cadă monede de aramă în palmele jegoase.

După îndelungate dezbateri de procedură, după ce mai multe rezoluţii eşuară fără a întruni majoritatea necesară, prestigioasa Comisie pentru protecţia monumetelor de pe lângă Confederaţia Mondială a Naţiunilor votă alocarea unor sume modeste, pentru finanţarea discutabilului proiect de conservare a vestigiilor ameninţate cu dispariţia. Proiectul n-a fost însă niciodată realizat, datorită opoziţiei dârze a seneţienilor care, într-o ultimă şi uluitoare sclipire a demnităţii ancestrale, respinseră orice ajutor.

Părăsite şi uitate, sufocate de rapacele asalt vegetal, fastuoasele ruine îi pândesc, din inima junglei, pe erudiţii arheologi ai viitorului, în timp ce ultimii descendenţi ai seminţiei senete - constituiţi într-o sectă secretă - cutreieră lumea, prorocindu-i o apropiată pieire.

PROTOPOLIS

Înainte de a construi colosala cupolă transparentă, oamenii nu s-au gândit prea bine nici la ce ar putea folosi, nici ce urmări are să aibă înălţarea ei. Cupola trebuia construită pur şi simplu pentru că ea fusese inventată şi pentru că întrecea tot ceea ce mintea omenească imaginase până atunci în acest gen. Odată construită însă, grupul de inventatori continuă să-i aducă unele perfecţionări care, pe neobservate, au declanşat consecinţe cu totul neaşteptate.

Istoria n-a păstrat numele iniţial al oraşului care, împreună cu un întins teritoriu învecinat, fusese acoperit cu acea calotă sferică confecţionată din material plastic. Cu timpul însă, el a fost supranumit Protopolis şi aşa a rămas cunoscut, până în zilele noastre. Simpla lui acoperire n-ar fi avut, probabil, urmări prea importante; căderea ploilor - şi aşa destul de rare la acea latitudine - oprită acum de cupolă, fusese suplinită printr-o stropire periodică, omogenă a plantaţiilor şi a spaţiilor verzi. Apoi, prin aplicarea, din elicopter, a unor pulberi extrem de fine pe faţa calotei, intensitatea radiaţiilor solare fu limitată la un prag convenabil. Rând pe rând, au fost adoptate sistemul de menţinere a temperaturii şi umidităţii în intervalul optim, procedeul *sterovac* de distrugere a agenţilor patogeni, metodele

„curate" de îndepărtare a resturilor menajere, de spălare a străzilor și de înhumarea a cadavrelor, tehnica uscată și cea umedă de suprimare a prafului, stârpirea prin ultrasunete a insectelor și a tuturor dăunătorilor ș.a.m.d.

Populația protopolitană se făcu repede remarcată printr-o excelentă stare de sănătate, prin reducerea aproape la zero a morbidității generale, eliminarea mortalității infantile și creșterea longevității. Pentru a proteja o asemenea evoluție demnă de cele mai elogioase aprecieri, orice străin - virtual purtător de agenți patogeni - era supus carantinei și unui tratament supărător, înainte de a i se admite intrarea în oraș; cât despre localnici, ei nu mai puteau părăsi Protopolisul, întrucât își pierduseră rezistența la boli și n-ar fi reușit să supraviețuiască unui contact cu lumea dinafară. Curând, izolarea urbei de sub cupola de plastic deveni totală.

Protopolitanii nu se arătau prea afectați de această situație. Ca să se adapteze cerințelor unei economii autarhice, își restrânseră preocupările la producerea celor strict necesare traiului. Și cum condiționarea globală a topoclimei le-o îngăduia, renunțară la îmbrăcăminte. Apoi, își părăsiră casele, lăsându-le să cadă în ruină, deoarece constataseră că viața în aer liber, în parcuri și păduri, e mai comodă și mai sănătoasă. Pădurile se întinseră în voie peste dărâmături, invadară străzile și piețele pustii. Oamenii dobândiră o statură tot mai atletică, învățară să alerge fără efort, să se cațere cu agilitate în copaci, în căutarea fructelor de pădure, să se arunce din creangă în creangă, în salturi formidabile.

O vreme, cultivarea ogoarelor, trecută în grija femeilor și a copiilor, le mai păru rentabilă. Bărbații se ocupau cu vânătoarea și pescuitul, căci animalele din păduri și ape se înmulțiseră și constituiau cea mai sigură sursă de hrană. Mai târziu, grâul și porumbul fură lăsate să crească la întâmplare, iar vitele, porcii, oile și caprele repuse în libertate se sălbăticiră. Gonite din cuștile grădinii zoologice, fiarele înfometate porniră să-și caute singure de mâncare.

Unica distracție a protopolitanilor rămăsese aceea de a face copii. Și trebuie să recunoaștem că la asta se pricepeau de minune, ba se pare chiar că nu dădeau greș niciodată. E drept că alegerea și mai ales câștigarea femeii favorite prilejuiau certuri și bătăi sângeroase între masculii înfierbântați, fiecare dorind-o pe cea mai ispititoare; dar deși asemenea conflicte se sfârșeau nu o dată prin sugrumarea celui mai firav, fecunditatea speței compensa cu prisosință pierderile. La un moment dat, populația deveni chiar îngrijorător de mare, în raport cu mijloacele tot mai modeste de subzistență. Împărțiți în cete, oamenii începură atunci să se războiască pentru locurile de vânătoare și de pescuit, pentru pădurile cele mai bogate în fructe comestibile. Mai întâi pe furiș, apoi cu mare pompă, prizonierii fură consumați de către învingători. Mandibulele creșteau, fruntea se teșea, gâtul se scurta, pieptul se bomba, umerii se lățeau, brațele se lungeau și, în cele din urmă, cei din Protopolis învățară să apuce crengile cu degetele picioarelor; stațiunea bipedă alterna în mod curent cu aceea patrupedă.

Restul omenirii urmărea cu vie curiozitate desfășurarea palpitantă a evenimentelor. De dincolo de cupolă, se filma cu teleobiectivul, se inițiau senzaționale transmisiuni de televiziune în direct. Iar la bursa pariurilor, cota de departe cea mai ridicată o înregistra întrebarea-pronostic: *Când va începe să le crească protopolitanilor coada?*

ISOPOLIS

Imaginaţi-vă un caroiaj alcătuit din două familii de drepte paralele echidistante, perpendiculare între ele, care ar desena pe un plan un câmp uniform de pătrate egale, ca o coală de hârtie milimetrică. Imaginaţi-vă acum că această hârtie milimetrică, mărită de câteva mii de ori, nu este altceva decât o platformă de piatră şi că în fiecare dintre nodurile nevăzutei reţele se ridică, zveltă, câte o coloană pe a cărei abacă sunt sprijinite capetele a patru grinzi de lemn, aşezate după liniile caroiajului. Pe grinzile principale se reazemă panourile pătrate casetate ale tavanului, iar fiecare casetă e acoperită cu o placă translucidă de alabastru. Şirul uniform al coloanelor continuă cât vezi cu ochii, în ambele direcţii; filtrată prin tavan, lumina difuză nu lasă umbre. Aşa arăta oraşul Isopolis, înainte de a fi fost incendiat din ordinul lui Alexandru Macedon. Spun gurile rele că, după o orgie cumplită, în evidentă stare de ebrietate, nevârstnicul cuceritor al lumii ar fi pus focul cu mâna lui. Pentru a înţelege însă că ordinul a fost pronunţat de o minte lucidă şi încă după o matură chibzuinţă, cititorii sunt rugaţi să poposească în acest oraş pe vremea când Marele Alexandru nu trecuse încă Helespontul.

Pe atunci Isopolis avea o asemenea întindere, încât locuitorii nu-i cunoşteau hotarele şi nici unul dintre ei nu-şi amintea să-l fi văzut vreodată din exterior. Omogenitatea alcătuirii, identitatea perfectă a careurilor din care se compunea oraşul, absenţa centrului şi a marginilor, a unui loc privilegiat şi a oricărui sistem preferenţial de referinţă aveau profunde urmări asupra vieţii derulate sub tavanul de alabastru. Aparent, oamenii semănau foarte puţin între ei, dar la o examinare mai atentă se putea constata că, oricât de mari ar fi fost deosebirile - care ţineau de înfăţişarea lor exterioară, de coafură şi modă vestimentară, de machiaj şi vorbire - ele erau rezultatul unei premeditări constante şi urmăreau să contracareze monotonia cadrului arhitectonic. Împestriţarea aceasta căutată era la fel de obsedantă şi de obositoare cum ar fi fost uniformitatea şi, dincolo de orice deosebiri, purtarea locuitorilor, mentalitatea lor se dovedeau surprinzător de asemănătoare. Toţi cetăţenii (care, evident, erau egali între ei, indiferent de vârstă şi sex, iar alte considerente de diferenţiere socială nu păreau să existe) se îndeletniceau cu operaţia obositoare şi de la bun început sortită eşecului a găsirii şi luării în stăpânire - ca primă treaptă de distincţie - a unui loc privilegiat. Oamenii se mişcau haotic, care încotro, fără încetare, omogenizând spaţiul şi din punctul de vedere al ocupării lui. Dacă undeva se forma, pentru câteva clipe, un gol sau, dimpotrivă, un nucleu foarte dens, care ar fi putut servi pentru orientare, mişcarea mulţimii le făcea să dispară imediat.

Uneori, foarte rar, câte un om se oprea, poate ostenit de atâta rătăcire, ori poate intuind că, în acel univers brownian, nemişcarea reprezenta singura posibilitate de a ieşi din comun. Dar intuiţia nu trecea poarta raţiunii. Pentru un timp, acel individ se constituia în centru absolut al oraşului, în punct zero al unicului sistem de coordonate stabil. El devenea rege, germen al sfârşitului propriului său regat. Din fericire, nici el, nici cei care îl înconjurau nu-şi dădeau seama de aceste lucruri şi pericolul era învins prin ignorare. Curând, insul se reintegra goanei fără ţel. De altfel, chiar dacă am presupune că soluţia ar fi fost realizată, ea s-ar fi anulat, în mod paradoxal, de la sine. Într-adevăr, dacă vecinii ar fi recunoscut singularitatea celui-care-stă

- recunoaştere necesară, altminteri monarhul neavând decât existenţă iluzorie - ei s-ar fi oprit şi, din aproape în aproape, repausul generalizat şi-ar fi pierdut singularitatea.

Iosopolis nu putea admite unicitatea.

Alexandru era expresia însăşi a unicităţii.

Adevărata cauză a incendiului se află în această contradicţie de neîmpăcat.

CASTRUM

Înainte ca Legiunea a XII-a *Ortogonica* să se aşeze pe acele meleaguri, nu exista decât drumul prăfuit şi şerpuitor, evitând - printre coline împădurite - întâlnirea decisivă cu un râu capricios. Mlaştina îşi pulveriza în fiecare vară ţânţarii pe deasupra pâlcurilor grăbite de drumeţi. Codrul era plin de sălbăticiuni şi răsuna de ciripitul gureş al păsărilor. Oraşul nu se născuse încă.

Au început cu drumul: l-au înlocuit cu o şosea dreaptă, pietruită, presărată cu poduri şi viaducte, croită parcă printr-o lovitură scurtă de sabie.

Râul l-au captat la izvoare şi l-au cocoţat, în chip de apeduct, pe un obsedant şir de arce egale, rezemate pe mii de piloni de granit. Din albia părăsită a râului au scos bolovani şi pietriş.

Arborii seculari i-au prefăcut în stive de bârne şi scânduri, rădăcinile le-au smuls şi le-au ars.

Mlaştina a secat apoi de la sine. Turba au utilizat-o în formidabilele lor cărămidării. Au fabricat milioane de cărămizi, ţigle, tuburi pentru conducte de apă şi canalizare.

În coasta unei măguri învecinate au deschis cariere, de unde au început să scoată blocuri paralelipipedice de calcar.

Colinele le-au nivelat, astupând văile şi depresiunile. Au

bătătorit o uriaşă platformă pătrată, cu laturile îndreptate spre cele patru puncte cardinale.

Totuşi, oraşul nu se născuse încă.

Pe cele patru laturi ale platformei au săpat două rânduri de şanţuri şi au ridicat câte două valuri de pământ. În interiorul lor au înălţat un zid înalt şi solid. La cele patru colţuri au construit turnuri masive.

Cu toate acestea oraşul nu se născuse încă.

Atunci comandantul legiunii îi chemă la el pe cei patru adjuncţi şi, desenând cu vârful sabiei în ţărână un pătrat, îl subîmpărţi, din două trăsături încrucişate, în patru pătrate egale.

- Am înţeles, au rostit, scurt, adjuncţii şi s-au întors la sublegiunile lor.

A doua zi, pe platforma bine bătătorită, au trasat cele două străzi principale: *cardo* şi *decumanum*. La intersescţia lor au construit forul, iar la capetele lor au înzestrat zidurile cu porţi fortificate şi şanţurile - cu poduri ridicătoare. Apoi, după ce comandantul s-a instalat în for, adjuncţii lui şi-au chemat adjuncţii şi, desenând cu vârful sabiei în ţărână un pătrat, l-au subîmpărţit în patru pătrate egale.

- Am înţeles, au rostit, scurt, adjuncţii adjuncţilor şi s-au întors la sub-sublegiunile lor.

Zilele următoare, în cele patru pătrate ale platformei, au trasat câte două străzi perpendiculare, la intersecţia cărora s-au instalat adjuncţii comandantului. Apoi, adjuncţii lor şi-au chemat adjuncţii şi le-au arătat cum se împarte un pătrat în patru părţi egale. Operaţia aceasta s-a repetat, pătrat cu pătrat şi stradelă cu stradelă, în ordinea crescătoare a puterilor lui patru, până la parcelarea întregii platforme în loturi minime şi pînă la nivelul soldaţilor, al celor-fără-de-adjuncţi. În mijlocul parcelelor pătrate, tăiate în cruce de câte două alei, soldaţii şi-au durat case identice, pătrate, sănătoase, cu atrium şi bazin.

Oraşul era gata. Toate străzile şi străduţele sale se intersectau perpendicular la distanţe egale. Ocuparea terenului relua întocmai structura ierarhică a legiunii, permiţând orientarea excelentă a şefilor şi făcând imposibilă eschiva subalternilor. Transmiterea dispoziţiilor era extrem de operativă, iar ordinele se îndeplineau cu o rapiditate uimitoare. Totul funcţiona cu precizie. Numai că, într-o bună zi, oraşul fu atacat de barbari.

După ce forţară, cu grele pierderi, una dintre porţile socotite până atunci inexpugnabile, asediatorii năvăliră în oraş. Fără să se sinchisească prea mult de străzile şi aleile pe care apărătorii efectuau manevre tactice desăvârşite, barbarii se năpustiră într-o goană haotică, călcând de-a curmezişul straturile de zarzavaturi de pe loturile ostaşilor îndureraţi. Apoi incendiară casele, îi uciseră pe cei care nu se aşteptau să fie atacaţi dinspre grădină şi pătrunseră în for. Întâmplarea făcu, în acele momente de derută, ca o lance să-l izbească drept în tâmplă pe comandantul legiunii. Ţeasta îi zbură în ţăndări şi subalternilor înspăimântaţi li se arătă atunci un creier cubic, pe feţele căruia se putea desluşi desenul regulat al unor circumvoluţiuni frânte în unghiuri drepte. Cuprinşi de panică şi de o presimţire lugubră, legionarii aruncară armele.

Mult mai târziu, istoricii romani au atribuit această înfrângere ignoranţei barbarilor în materie de geometrie.

Nu i se cunoaşte numele şi nici nu se ştie măcar dacă a fost botezat vreodată. Un motiv în plus pentru ca faima lui de cel mai controversat oraş al lumii să fie socotită oarecum întemeiată. Până şi existenţa îi este contestată uneori - şi poate pe bună dreptate, de vreme ce asupra ei s-au păstrat până astăzi doar patru mărturii, într-o oarecare măsură contradictorii. Iată-le, pe scurt:

„Misiunea noastră se încheiase. (...) Zidul chinezesc ar fi părut, desigur, un vierme anemic pe lângă giganticul oraş pe care îl clădiserăm şi al cărui trup robust ni-l imaginam întinzându-se, neîntrerupt, de la Atlantic la Pacific - o esplanadă monumentală de aproape 4000 de kilometri, traversând jungla potrivnică a Amazoniei şi lanţul Cordilierilor, ca un curcubeu de pace întins peste trupul Americii! (...) Mă obsedau încă imaginile şantierului: camioane grele aducând prefabricate şi evacuând arborii uriaşi, pe care îi smulgeam junglei, cu rădăcini cu tot, pe măsură ce înaintam; buldozerele, macaralele, compresoarele, toată armata de monştri metalici, cu al căror vacarm urechile mele fuseseră familiarizate ani în şir; feţele arse de friguri ale colegilor de echipă, privirile încruntate ale şefului ori de câte ori în cale ne apărea un nou obstacol...

Toate acestea rămâneau acum departe, de vreme ce atinseserăm coasta vestică, deși evenimentul se consumase doar cu o zi în urmă. Tovarășii mei, întinși în nisipul fierbinte, dormeau dezmierdați de vuietul talazurilor, pe care atâta vreme îl visaseră. Își meritau odihna. Mă lăsai cuprins de toropeală, sub adierea binefăcătoare a înserării...

Nu știu câte ceasuri - ori, poate, zile - am zăcut astfel, atinși ca de un somn magic. Când ne-am trezit, orașul - ale cărui edificii ultime le puteam admira chiar de pe plajă, mai înainte de a fi ațipit - dispăruse cu desăvârșire; de atunci, nu l-a mai văzut nimeni, iar toate strădaniile mele de a dezlega taina au rămas, deocamdată, zadarnice..." (Din jurnalul găsit printre lucrurile celebrului explorator Felix Fortuneanu, a cărui urmă s-a pierdut în Mato Grosso în anul 1982.)

„Aflăm din surse demne de încredere că, după trei săptămâni de tratative, salariații firmei *Nature and Lanscape Safeguard Co.* au obținut majorarea salariilor cu 2,7 procente; se așteaptă ca de mâine lucrul să fie reluat. (...) Greva s-ar datora nemulțumirilor provocate de anumite clauze obscure ale contractului.

Se pare că firma urmărește dezafectarea clădirilor unui oraș al cărui nume îl ține secret - un oraș nelocuit, după informațiile noastre - și reîntregirea, prin plantare masivă, a sitului natural, a ambianței originare. Contractul de muncă prevede angajamentul salariatului de a servi firma până la încheierea lucrărilor; (...) și se presupune că până atunci va mai trece des-tul de mult. Deși orașul nu părea să aibă o lungime mai mare de șapte kilometri, lucrătorii n-au reușit - nici până acum, după opt ani de dizlocare sistematică - să-și termine treaba. Mai mult, circulă zvonul că distanța care îi desparte de capătul opus al urbei se menține, în linii mari, constantă." (Agenția de știri *Prensa*, buletinul informativ nr. 13.768 din 8 septembrie 1975, fila 16.)

„Cea mai vie amintire din acel oraș - pe care l-am descoperit, cu atâta trudă, chiar în inima junglei, cinci sute de mile la apus de locul unde mă așteptam să-l găsesc - o păstrez despre o discuție a mea cu un șofer (...). Mă aflam tocmai pe punctul de a ieși, când l-am văzut trăgând pe dreapta și coborând din cabina înaltă a camionului; bănuiam că, asudat cum era și cu salopeta pătată de ulei, căuta un pachet de țigări sau cel mult dorea să bea un suc rece de ananas și - cum tot aveam de gând să cer cuiva lămuriri despre drumul către Pôrto-Velho - bucuros că mi-am găsit atât de repede omul, am revenit la bar și m-am cocoțat pe unul dintre scaunele acelea înalte, prefăcându-mă distrat, dar pândindu-l cu coada ochiului cum trece pragul și se apropie. S-a așezat alături și, timp de câteva minute, tăcurăm amândoi, sorbindu-ne băutura și spionându-ne reciproc.

- Ai face bine să te cari, îmi zise brusc, fără să mă privească. Cine dracu te-a pus să vii încoace!... Crezi că nu se vede că abia ai picat? reluă el văzând că tac și răsucindu-se, cu scaun cu tot, spre mine.

- Ai ceva împotrivă?

- Ascultă-mi sfatul și nu-ți mai da aere... Aici se petrec chestii ciudate; au venit și alții, mai breji, dar toți și-au luat tălpășița. (...) Știi ce fac eu, de vreo patru ani încoace? Mă plimb cu hardughia asta nenorocită, toată ziua, de la un capăt al orașului la altul, pe strada mare: la dus, car prefabricate; la întors, car copaci.

- Tu de ce-ai rămas?

- Cu noi, cei de-aici, e altceva; noi avem contract... De n-ar fi banii, de mult aș fi șters-o! Deși trebuie să fie nebun cine ne plătește, dacă o va face...

- Cum adică?

- Nu primim un sfanț, până terminăm treaba...

Se ridică, de parcă și-ar fi amintit ceva foarte important și ieși în grabă, fără să mai spună o vorbă și fără să plătească; i-am făcut semn băiatului să treacă în notă și consumația ciudatului meu interlocutor.

- Domnul are cont deschis, mă lămuri el pe un ton politicos, dincolo de care se ghicea un zâmbet atotștiutor și plin de dispreț." (O. Nyr-Dysseus: *Căutând capătul lumii*, pp. 271-273; Éditions de l'Équateur, Paris 1977.)

„Judecând după aparențe, putea fi luat foarte bine drept un oraș axial; avea lungimea de aproximativ 6,7 km. și lățimea - constantă - de 530 m. Îl deosebea de toate celelalte orașe terestre - cel puțin judecând după imaginea lui privită de la altitudinea stației noastre - faptul de-a dreptul uimitor că se deplasa (extrem de lent, e adevărat) de la est-nord-est către vest-sud-vest, cu o viteză variind între 30 și 50 m/h. Pe parcursul acestei translații, pulsa abia preceptibil, prin alternări aleatorii de contracții și dilatări - ceea ce, de altfel, ne-a determinat să recurgem la noțiunea de lungime medie. În cei aproape șase ani de când îl aveam sub observație, străbătuse peste 2000 de km., din inima continentului și până la țărmul peruvian, unde pare să se fi scufundat, cu încetul, în apele Pacificului." (Din comunicarea științifică *Elemente de cosmoscopie urbană experimentală*, prezentată la 24 aprilie 1980 în fața Academiei Franceze de către un grup de cercetători de pe stația orbitală KL-9.)

ZÁALZECK

- Aici, spuneau ei, o să întemeiem primul oraş al pământe-
nilor liberi.

300 de zile pe an cerul era de un albastru imaculat. În celelal-
te 65, ploua suficient pentru a face să rodească lanurile de grâu,
plantaţiile de măslini şi viţă de vie ale acelei regiuni deluroase.

De ce aici? Istoria nu o consemnează. Poate tocmai pentru
că 300 de zile pe an cerul era albastru.

Aşadar, au cioplit uriaşe blocuri de piatră, cântărind câteva
mii de tone fiecare, le-au şlefuit şi le-au asamblat într-o plat-
formă atât de bine nivelată şi atât de întinsă, încât rosturile nu
puteau fi observate decât de cei cu privire ageră, iar marginile
nu puteau fi zărite decât de cei mai înalţi de statură. Apoi au
îngrămădit aici oamenii întâlniţi pe o rază de aproape o mie de
kilometri, i-au povăţuit cum să cultiva mai spornic glia, cum
să se alimenteze raţional şi, ca să nu fie nici o pricină de ne-
mulţumire, i-au îmbrăcat pe toţi la fel, în straie albe. Au plecat,
încântaţi foarte şi convinşi că întronaseră pentru totdeauna cea
mai dreaptă orânduială.

Când s-au întors, după multe sute de ani, pe monumentala
terasă se lăţise o pecingine de temple, înjghebate din aşchiile
de piatră desprinse la cioplirea blocurilor primordiale. O mână

de preoţi, înveşmântaţi în aur şi purpură, oficiau cultul marelui zeu solar Záal, adunând în tezaurul altarelor sacre tot belşugul trudei zecilor de mii de sclavi care, dacă supravieţuiseră calvarului zidirii templelor, îşi împărţeau acum viaţa între arşiţa ogoarelor şi bezna bordeielor de lut, furişate în văile sterpe.

Înfruntând ameninţarea răstignirii, câţiva dintre aceştia păstrau, îngropate sub argila bătătorită a unicei lor odăi, straiele albe ale strămoşilor.

Mâhniţi şi dezgustaţi, întemeietorii primului oraş al pământenilor liberi au hotărît să stârpească bicisnicul neam terestru, socotindu-l nevrednic să poarte chip şi nume de om. Dar, pe când să-şi pună intenţiile în aplicare, unul dintre ei îşi descoperi vocaţia sacerdotală şi vru să-i doboare pe ceilalţi în sclavie. Lupta fu scurtă şi aprigă: astronava dispăru într-o formidabilă explozie.[23] Sclavii puteau să-şi vadă, netulburaţi, de cazna lor zilnică.

---

23 După unele opinii, o explozie nucleară

GNOSSOS

Beat de fericire, Icar își umflă aripile, ca pe niște pânze de galeră, în bătaia vântului. De la înălțimea amețitoare a zborului său, labirintul părea o simplă jucărie. Acesta era deci uriașul palat la a cărui zidire trudise și el săptămâni fără număr! Se auzi chemat: Dedal îl îndemnă să se grăbească, pentru ca fuga lor să nu fie descoperită înainte de vreme. Ar fi devenit atunci o pradă ușoară pentru vestita flotă a regelui Minos.

Neașteptat, în mintea lui se produse o limpezire. Înțelese că-i va fi cu neputință să se despartă de aceste locuri; nu exista decât o singură evadare și n-avea sens s-o caute aiurea. Senzația de plutire îi alungase orice spaimă și nu mai putea împărtăși nerăbdarea tatălui său. Prinse a se învârti în loc, maiestuos, cu seninătatea unei pajure îndestulate. Curentul ascendent îl purta tot mai aproape de Soare.

- Coboară, îi porunci Dedal, ceara aripilor n-o să reziste!

Icar plana lin, în cercuri mari, tot mai sus. Cuprindea aproape întreaga insulă cu o singură privire.

- Încetează jocul acesta stupid, strigă, exasperat, părintele-arhitect.

Acum nu-l mai auzea pe Dedal care, nevoit să-și cruțe forțele, se depărtase considerabil. Până în Sicilia era de străbătut drum lung. Icar îi făcu cu mâna semnul despărţirii. Apoi, minuscula şi alba alcătuire de ziduri îi polariză întreaga atenţie. Pentru o clipă se opri, suspendat în aer. Picături fierbinţi i se scurgeau pe spinare, gâdilându-l. Eliberat de gândul obsedant al evadării, se năpusti spre pământ cu viteza unui bolid. În cădere vertiginoasă, descria o spirală ale cărei inele se defăceau tot mai mult, pe măsură ce labirintul creştea sub irişii fas-cinaţi.

În ochii săi atotvăzători, labirintul devenise de nerecunoscut. Îi transfigurase planul şi îl ştia atât de bine, încât l-ar fi putut desena oricând, chiar şi cu pleoapele strânse. Nu rămăsese nici urmă de coridoare, nu se putea dibui nici unul dintre întortocheatele, înşelătoarele drumuri care nu duceau nicăieri. Palatul arăta ca un imens fagure, alcătuit din nenumărate încăperi de forme curioase, cu pereţi înalţi, lipsite de orice posibilitate de a comunica între ele. Cu o viteză înfricoşătoare, celulele - parcă tot mai numeroase - ale uriaşului fagure prindeau contururi precise. Icar distingea acum şi cele mai mici detalii. În acelaşi timp, fagurele însuşi creştea, se umfla, se întindea, acoperind orizontul. Nu mai era un palat, ci un întreg oraş. Aproape în fiecare celulă, înarmat cu câte un ghem de lână, un om se căznea să afle ieşirea, fără să bănuiască măcar că, chiar dacă ar fi izbutit să treacă prin zid, tot n-ar fi făcut altceva decât să se transfere într-o altă celulă, unde căutarea urma să înceapă de la zero. Dar nici măcar acest amăgitor soi de evadare nu le era îngăduit nenorociţilor captivi. Întregul univers, în centrul căruia se afla fiecare, se reducea pentru ei la pereţii înalţi, impenetrabili, de o albeaţă strălucitoare şi la inutilizabilul ghem de lână.

Ajunseseră aici din proprie iniţiativă. Unde se afla oare nevăzutul minotaur, pe care îşi închipuiseră că-l vor ucide cu sabia atârnată la şold? Într-o răsucire rapidă, Icar trecu neobservat pe deasupra capetelor cufundate în meditaţie. Traiectoria pe care o desenase în văzduh sfârşi pe lespezile de marmură ale unei celule pustii. Viaţa tăcută a oraşului-fagure îşi urmă rotirea, ca şi cum nimic nu s-ar fi întâmplat. Învingându-şi durerea, Dedal îşi fâlfâi aripile, în obositorul său zbor spre curtea regelui Cocalus.

Departe de privirea oricărui muritor, firul roşu, prelins printre dinţii încleştaţi ai lui Icar, schiţase însă pe albul marmurei soluţia hulită a singurei evadări posibile.

VERTICITY

Oraşul nu părea să aibă nici început şi nici sfârşit. Privit dintr-unul dintre elicopterele care-i dădeau mereu târcoale, el semăna cu un gigantic turn, ale cărui capete, micşorate de efectul perspectivei, se pierdeau în depărtări. De pe pământ, silueta lui deşirată, ca o sfidare adusă gravitaţiei, ţâşnea spre negurile bolţii; subsoluri adânci, subterane etajate şi fundaţii formidabile continuau, nevăzute, ca o veritabilă rădăcină, acest trunchi fără seamăn. La o înălţime de câţiva kilometri începeau să se ramifice tijele purtătoare de centrale heliotermice, înconjurate de corolele oglinzilor parabolice. Din loc în loc, platforme în consolă serveau pentru aterizarea şi decolarea vehiculelor zburătoare. Cota finală a oraşului nu putea fi precizată; înălţarea sa continua fără întrerupere, pe măsură ce creierul electronic central lansa comenzi ordinatoarelor care dirijau creşterea construcţiei. Deşi oraşul era viu, el putea fi comparat doar în închipuire cu un arbore; în realitate, n-a fost cuprins de nimeni cu o singură privire, iar vederile lui parţiale nu dădeau nici un temei pentru o asesmenea comparaţie.

Structura internă a oraşului era destul de complicată. Printr-o reţea de tuburi de mare presiune circulau apa şi mineralele extrase din subteran, azotul şi bioxidul de carbon de origine atmosferică

- materie primă pentru prepararea, cu ajutorul energiei solare, a alimentelor și bunurilor de consum necesare locuitorilor. În sâmburele construcției mai erau găzduite centralele de condiționare și climatizare, precum și instalațiile destinate circulației și comunicației. Nucleul tehnic era încins de un prim inel, alcătuit din spațiile publice; inelul exterior era destinat locuințelor. Acestea găzduiau și încăperile unde membrii familiei își desfășurau munca zilnică - o muncă intelectuală, întrucât toate celelalte activități erau automatizate și dirijate de ordinatoare.

Tânărul Nat se simțea stingher. Obținuse, după îndelungate insistențe, permisiunea de a vizita orașul. Cererea lui trezise însă multe suspiciuni autorităților, obișnuite cu o populație care, beneficiind de avantajele sistemului stereo-cromo-videofonic, de comunicații totale, renunțase demult până și la vizitele amicale, păstrate cândva în tradiție. De altfel, locuitorii orașului erau și foarte ocupați. Obligația de a munci fusese legiferată aici mai mult din motive formale, căci deprinderea unei activități utile era atât de adânc înrădăcinată, încât fiecare cetățean major îi dedica practic tot timpul disponibil. Toți aveau o sumedenie de îndeletniciri și, dispunând de o calificare polivalentă, efectuau mai multe operații simultan. Nimeni nu avea timp pentru tânărul vizitator.

În giganticul furnicar al Verticity-ului, Nat suferea de singurătate. Rătăcea ore întregi prin ascensoare rapide - și, de la o vreme, foarte rar solicitate - fără să întâlnească țipenie de om. După câteva zile petrecute într-o sală de documentare, ajunse să știe câte ceva despre oraș și istoria lui, însă prea puțin pentru a intra în legătură cu cei care locuiau aici. Se simțea atras, în mod straniu, de făptura imaterială a crainicei care anunța ora exactă; în cele din urmă, se decise s-o caute. Era o treabă nu tocmai ușoară: informații particulare nu erau furnizate oricui, și cu atât mai puțin unui străin; nu reuși în nici un chip să afle numele enigmaticei sale dulcinee. Pe măsură ce găsirea necunoscutei se dovedea tot mai dificilă, atenția îi era irezistibil acaparată de zâmbetul ei evanescent. Curând, Nat ajunse să aştepte cu nerăbdare clipa în care urma să se anunţe ora exactă. De altfel, operaţia se repeta, în principalele noduri de circulaţie, la fiecare jumătate de ceas. Absorbit cu totul de pasiunea lui, străinul nu luă în seamă faptul că puţinele localnice pe care le întâlnise erau departe de frumuseţea crainicei. Şi, cu toate că putea să fie la mijloc o simplă întâmplare, aceasta oferea o explicaţie ciudatei sale alegeri.

Nat nu simţea nevoia unei explicaţii; obsedat, suspectându-se singur - totuşi - de a se fi îndrăgostit orbeşte, ca un adolescent, el luă hotărârea de a pătrunde, cu orice risc, la centrul de emisie. Pe parcursul investigaţiilor sale, continua, bineînţeles, din 30 în 30 de minute, să se adâncească în extazul orei exacte - emisiunea preferată şi singura care-l interesa. Avu astfel prilejul să constate că, de fiecare dată, crainica îşi schimba toaletele. În cursul nopţii, ea purta lungi cămăşi vaporoase, sau îşi etala nudul, şi atunci Nat simţea sângele urcându-i la tâmple; întindea uneori braţele spre iluzoriul trup şi îl sfâşia, neputincios, plimbându-şi degetele prin aer.

- Numai de n-ar fi vreo stră-străbunică - se ruga el, amintindu-şi vag o povestire a lui Edgar Allan Poe - ori fantoma vreunei dive din veacul trecut...

Când, după un lung periplu, ajunse, în sfârşit, la centrul de emisie, constată că ruga îi fusese, oarecum, ascultată. Imaginile cromospaţiale, ca şi banda sonoră, erau compuse - după un program elaborat de dispecerul automat, pornind de la opţiunile exprimate de abonaţi - din elemente disparate, stocate în memoria centrului. Disperat, Nat pricepu, în sfârşit, că se îndrăgostise de idealul de frumuseţe feminină al locuitorilor acelui oraş, ceea ce nu părea de natură să-l consoleze. Asemenea sculptorilor antichităţii, dispecerul modela făptura crainicei nu copiind un tipar anume, nu redând trupul şi chipul vreunei celebre stele - fie ea, între timp, îmbătrânită, ori de mult stinsă din viaţă - ci pur şi simplu sintetizând, într-o personificare ideală, acele proporţii şi trăsături pe care cetăţenii le considerau desăvârşite.

Se imagină îngenuncheat în faţa Venerei din Millo, îmbrăţişând postamentul pe care se ridicau superbele picioare de marmură ale zeiţei. Se dispreţuia, zicându-şi apoi că Pygmalion avusese măcar scuza de a se fi îndrăgostit de propria lui creaţie. Totuşi, chinuitoarea iubire continua să-l mistuie.

Abia mai târziu, după ce se stabili definitiv în Verticity, după ce locuitorii oraşului îl admiseră printre ei, după ce începu să le descifreze tainele, Nat înţelese că nici unul dintre aceştia nu găsea nimic nepotrivit în pasiunea lui pentru himerica făptură a crainicei. Căci, sluţiţi de-un secular sedentarism, robii noului Vavilon îşi cultivau elevatul simţ estetic în orgii secrete, printre amante şi amanţi impalpabili, părelnic încarnaţi la comanda robotului de agrement al casei.

POSEIDONIA

Cu timpul, oamenii se vor obișnui, desigur, să trăiască sub apă. Se vor lăsa ademeniți de palatele - pustii deocamdată - ale orașului submarin, cu ziduri de mărgean, cu candelabre împodobite de perle vii; se vor abandona străzilor întortocheate, ferite de arșiță și de îngheț, de crivăț și de obsesii pluviale, piețelor verzi-albastre, cu soare blând, niciodată orbitor, adâncurilor lichide, necunoscătoare de spaimă de diluviu...

Cu timpul, plămânii lor vor deprinde meșteșugul disocierii oxigenului de apă; stomacul lor - gustul rafinat al algelor, al peștelui crud, răpus cu dinții; trunchiul lor - arta plutirii elegante, a unduirii hipnotice și a zvâcnirii fulgerătoare. Trupul li se va alungi, căpătând contururi de torpilă, membrele li se vor adapta înotului, inteligența li se va ascuți, ca și botul. Vor popula Poseidonia, vor trăi în belșug pe întinsele plaiuri acvatice, vor cunoaște plăcerea inefabilă a tumbelor amfibii și tot mai rar îi va încerca nostalgia condiției terestre, bipede, originare.

Cu timpul, oamenii vor semăna, mereu mai mult, cu delfinii...

Dar, până atunci, o, cât de greu le vine să facă primul pas, să învețe prima regulă, de aur, a aparențelor - tăcerea!

MUSAEUM

La început nu era decât un oraş oarecare...

S-a întâmplat apoi ca, printr-un capriciu al destinului, într-una dintre casele sale - o casă oarecare - să vadă lumina zilei un prunc năstruşnic; înverşunat, de mic, împotriva condiţiei banale, pe care părinţii i-o inoculau cu meticulozitate şi adâncă evlavie, îşi puse în gând să forţeze porţile inefabile ale nemuririi. Posteritatea îi recunoscu geniul (poate cam în pripă), iar exemplul său deveni curând molipsitor. Aşa se explică faptul că, nu peste multă vreme, oraşul se umplu de genii şi aproape că nu era casă în care să nu se fi născut sau să nu fi locuit, măcar pentru o lună, una dintre numeroasele personalităţi încununate de gloria talentului.

Iată, dar, în ce împrejurări - şi dând o dovadă de intuiţie profetică remarcabilă - primăria schimbă numele oraşului în *Musaeum* şi adoptă faimoasa *Decizie*, constituită mai apoi în bornă a începutului unei noi ere (după cum se ştie, musaeumienii continuă şi astăzi să facă numărătoarea anilor de la acea dată...). Act de înaltă înţelepciune, pătruns de pios respect faţă de ilustrele figuri ale înaintaşilor şi faţă de istorie, *Decizia* interzicea cu străşnicie, sub ameninţarea pedepsei capitale, dărâmarea, sub orice motiv, a vreunei case. Nici o cărămidă nu putea fi urnită de la locul ei şi cea mai mică modificare - chiar și a interioarelor - implica riscul nedoritei întâlniri cu plutonul de execuție.

Poate că *Decizia* nu s-ar fi bucurat de o atât de îndelungată valabilitate - orașul neputându-se întinde la infinit - dacă unul dintre cei mai mari inventatori ai tuturor timpurilor - și care locuia, după cum era de așteptat, tocmai în acea urbe - n-ar fi imaginat un sistem extrem de ingenios, care permitea fiecărei noi generații să-și ridice construcțiile peste acoperișurile celor existente. Zeci de orașe moarte, suprapuse, îl înălțau, în creștet, pe cel viu...

Cu timpul, o diviziune a muncii de un tip aparte a restrâns la numai trei numărul profesiunilor fundamentale. Cea mai mare parte a populației își desfășura activitatea în legătură cu orașele de dedesubt: se ținea o evidență riguroasă a arhivelor, se alcătuiau fișe biografice detaliate pentru fiecare locuitor care viețuise cândva pe acele meleaguri, se elaborau voluminoase tratate de istorie generală a așezării, de istorie aplicată la cele mai variate sectoare ale vieții sociale; se cercetau relațiile dintre structurile urbane suprapuse, succesiunea stilurilor, influențele reciproce cu restul lumii.

Reprezentanții celei de a doua profesiuni musaeumiene importante se îndeletniceau cu operația dificilă de ridicare a schelelor și de construire a orașului destinat generației viitoare. Era, fără îndoială, o meserie de mare răspundere, care solicita cunoștințe tehnice multilaterale și în ale cărei secrete erau inițiați, în fiecare an, un număr de tineri remarcați în liceu pentru sârguință și conștiinciozitate.

În fine, câțiva, puțini la număr - cei câțiva aleși - creau opere nepieritoare despre viața minunată pe care o duceau locuitorii Musaeumului. (Printre ei se mai rătăcea, din când în când, câte unul care-și îngăduia aluzii voalate la viața pe care ar fi putut-o duce dacă crucialul act n-ar fi fost adpotat; dar, pe drept cuvânt indignată, populația îl ucidea cu pietre, cu toate că linșajul fusese scos în afara legii.) Lista completă a zecilor de generații de creatori autentici ocupa un loc special în tratatele de istorie. Casele lor erau musaeificate, iar trecerea fiecăruia prin viață era marcată prin numeroase plăci comemorative. Adevărul este însă că operele lor rămâneau cu totul necunoscute, deoarece nimeni n-avea timp să le examineze, și nici măcar creatorii înșiși nu-și puteau face, reciproc, acest serviciu, într-atât erau de ocupați cu munca lor.

Noaptea, după ce larma dulgherilor cățărați pe acoperișuri se potolea, liniștea era întreruptă, uneori, de un zumzet surd, obsedant, urcând din adâncuri. Înfricoșați, musaeumienii se zăvorau atunci în casele lor, unde se îmbătau, ori se îndopau cu somnifere, ori își înfundau urechile cu dopuri de ceară, ca să nu mai audă. Cei mai curajoși se aventuraseră cândva în jos, printre orașele apuse, dar nici unul n-a mai revenit la lumină.

Și nimeni n-ar fi putut spune dacă acele nocturne emisii sonore erau gemetele giganticului eșafodaj, încovoindu-se sub povară, șuierul vântului trecând printre ruine, șoaptele fără noimă ale lapidaților neîngropați, sau, poate, corul alcătuit din milioanele de glasuri, pițigăiate, ale șobolanilor...

În oraşul acela, alcătuit din cartiere absolut identice, pe străzi identice se înşiruiau case identice, în ale căror încăperi identice se aflau oameni identici. Ceea ce era (şi nu era) ca şi cum oraşul ar fi fost alcătuit dintr-un singur cartier, cu o singură stradă, ocupată de o singură casă, în a cărei singură încăpere s-ar fi aflat un singur om. (Ar trebui chiar să ne întrebăm dacă nu cumva această din urmă imagine reprezintă singura variantă reală posibilă a tipului descris mai sus.)

Totuşi, oraşul exista, întocmai aşa cum este el definit în prima frază. Toată dificultatea fusese de a concepe proiectul unei urbe cu cartiere, străzi şi case absolut identice, ca şi de a proiecta case cu încăperi perfect asemănătoare. Odată aceste două praguri depăşite, construcţia oraşului s-a realizat cu o extraordinară rapiditate şi precizie, având în vedere faptul că mii de case erau executate după unul şi acelaşi tipar - ceea ce constituie, fără îndoială, idealul de totdeauna al constructorilor. În ultimă instanţă, înălţarea oraşului s-a rezumat la două operaţii fundamentale: producerea în milioane de exemplare a unicului element prefabricat şi montarea caselor pe amplasamentele stabilite prin proiectul de sistematizare - ceea ce consta în simpla asamblare a câtorva sute de asemenea prefabricate.

Inițial, locuitorii Homogeniei, ca mai toți oamenii, erau departe de a se asemăna în vreun fel între ei. Dar viața într-un oraș cu o structură atât de omogenă exercită asupra lor de la bun început, într-un mod cu totul insesizabil, o acțiune ciudată. Mai întâi, după ce se convinseseră că le-ar fi fost imposibil să-și identifice locuințele, renunțară la ideea însăși de a avea un anumit domiciliu și făcură apel la soluția cea mai comodă, aceea de a ocupa, de fiecare dată, încăperea liberă cea mai apropiată. De altfel, oamenii nici măcar nu mai percepeau repetata schimbare de reședință, deoarece orașul fiind omogen, spre orice casă s-ar fi îndreptat, aveau de parcurs același drum. Apoi, pentru că ar fi fost destul de obositor să-și poarte cu ei garderoba, dintr-un loc într-altul, în peregrinările lor, se generaliză rapid portul unei uniforme extrem de simple și practice - un fel de pelerină largă, distribuită gratuit, aceeași pentru bărbați și femei - care, fiind confecționată dintr-un material ieftin, era aruncată de îndată ce se murdărea.

Pasul cel mai greu a fost să se renunțe la tradiția, adânc înrădăcinată, a familiei. Vreme îndelungată, familiile fură nevoite să umble mereu împreună, pentru că, odată despărțite, ar fi fost imposibil să se regăsească. Pe lângă faptul că era incomod, acest gen de perpetuă migrație făcea imposibilă desfășurarea normală a producției, a învățământului, a celorlalte activități sociale, organizate pe cu totul alte baze decât grupul familial. Sub presiunea evenimentelor, fu decretată dizolvarea familiei și obligativitatea fiecărui individ matur de a educa și hrăni copiii găsiți în încăperea în care se retrăgea pentru odihnă sau întâlniți pe stradă.

Urmarea se dovedi dramatică: nu era zi în care să nu fie descoperite câteva zeci de cadavre, ale unor inocenți răpuși de foame. Dar familiie se destrămaseră, și ar fi fost imposibil, acum, să fie reconstituite; evoluția lucrurilor se precipită, iar singura consecință a stingerii tot mai masive din viață a pruncilor fu deprinderea, dobândită treptat, de a nu mai face copii. Nu peste mult, procrearea începu să fie socotită o gravă imoralitate, iar aducerea unui urmaș pe lume - pedepsită prin lege.

Noua viață a homogenienilor declanșă efecte biologice neașteptate. Diferențele dintre sexe se șterseră treptat; nu se mai năștea nimeni, dar nici nu mai murea nimeni și, cu timpul, variațiile de vârstă dispărură și ele. În cele din urmă, când pieri orice particularitate morfologică individuală, când toți locuitorii orașului ajunseră la fel ca statură, înfățișare și alcătuire, între ei încetaseră de mult să mai existe deosebiri de gânduri și, la drept vorbind, gândirea însăși amuțise. Oameni identici se mișcau identic - ca niște mecanisme perfect sincronizate - în încăperile identice ale caselor identice, de pe străzile...

KRIEGBOURG

- La dracu', exclamă Richard, ţinând mâna streaşină la ochi. N-ar strica să cercetăm mai de aproape vistieria acestor oameni de treabă.

Henry tăcea. Cuprinsese dintr-o privire bastioanele robuste ale cetăţii, încununate de flamura portocalie, cu un leu roşu brodat la mijloc. Încercase cu ochii grosimea zidurilor, adâncimea şanţurilor, trăinicia porţilor, adulmecase primejdia ascunsă a crenelurilor, a meterezelor şi *mâchicoulis*-urilor, calculase numărul probabil al combatanţilor, cântărise raportul de forţe şi şansele de reuşită ale unui asediu.

- Priveşte turlele acestea, insistă Richard, sunt mai numeroase chiar decât ale Florenţei! Cât aur şi câte pietre scumpe trebuie să zacă în beciul puturos al primăriei!

- E pace, mârâi prinţul.

- Câte femei tânjesc şi câte fete se ofilesc de doruri secrete! Să nu ne lăsăm stăpâniţi de egoism...

- Henry rânji.

- Pe cai! tună el, atins în punctul cel mai vulnerabil.

Flamura albastră cu roze se desfăşură fluturând în galopul zornăitor al armăsarilor. Cu vizierele lăsate, cavalerii se năpustiră asupra celei mai apropiate porţi. Luaţi pe neaşteptate, apărătorii uitară să ridice podul: pândarii adormiseră la posturi. Asediul fu crâncen. Până să se înfierbânte catranul, până să fie fierte untdelemnul și apa, până să se adune garda, atacatorii cuceriseră primul bastion și își deschiseră drum în cetate. Un măcel îngrozitor se dezlănțui între zidurile acesteia. Cei atacați luptară cu înverșunare și nici unul dintre ei nu se lăsă prins de viu. Cedară palmă cu palmă, casă cu casă, acoperind cu cadavrele lor străzile strâmte.

Când, după cinci zile și cinci nopți de urgie, ultimul apărător își străpunse gâtul cu spada, nevoind să se predea, orașul căpătase o înfățișare sinistră. Pretutindeni zăceau stârvuri intrate în descompunere, iar duhoarea era plimbată de vânt prin toate ungherele. Fioroșii învingători desfundară butoaiele pântecoase de prin pivnițele caselor mai arătoase și se așternură pe chiolhanuri. Apoi, mirosind a sânge, a sudoare și usturoi, bărboși și ațâțați de băutură, își făcură intrarea triumfală în iatacul plânselor văduve, le răsturnară pe pernele groase și le consolară cu multă convingere. Numeroase tinere, care își purtau durerea prea la vedere, primiră și ele alinări binevoitoare. Câteva fecioare se lăsară îngenuncheate fără multe mofturi.

Dormiră apoi, cu toții, de-a valma, o zi încheiată.

- Parcă spuneai ceva de-o vistierie, mormăi prințul, în timp ce Richard se chinuia să-l încalțe.

- Cufere pline cu comori, bine ferecate, ne așteaptă în beciul primăriei.

Pe drum, Henry fu încercat de o stranie neliniște. Cercetă atent flamurile albastre, care le înlocuiseră, în vârful turnurilor, pe cele portocalii. Privi în preajmă-i. Parcă prea erau, totuși, multe cadavrele. Și parcă prea erau, unele, descărnate. Neliniștea-i spori când zări, într-un gang, schelete albite de vreme. Nu-i venea să creadă că locuitorii cetății și-ar fi lăsat morții neîngropați.

- Ce zici de ciolanele astea?

- Par să zacă aici de vreo câteva luni, încuviință Richard.

- Sau de câțiva ani, îngână, gânditor, prințul.

Copleşit de griji, Henry coborî treptele de piatră. Vistieria era, într-adevăr, ticsită de vase de aur şi argint împodobite cu nestemate, lăzi cu galbeni, perle şi giuvaieruri. Câteva momente uitară de orice grijă, desfătându-şi ochii cu tabloul fabulosului tezaur. Aurul şi diamantele sclipeau în lumina pâlpâitoare a făcliilor. Brusc, prinţul îl scutură de braţ pe Richard: comoara era împresurată de câteva zeci de trupuri, aflate în diferite faze de descompunere şi purtând costume, arme şi armuri provenite din toate ţările lumii. Într-o fracţiune de secundă, în mintea lui se declanşase revelaţia cumplită a adevărului. Vedea cum, atraşi de opulenţa cetăţii, războinicii se năpusteau asupra ei, val după val, cum foştii asediatori, îmbătaţi de victorie şi vlăguiţi de orgii, deveneau victimele facile ale următorului asalt. Spectrul unui apropiat deznodământ îl obseda.

- Să plecăm! răcni el, înspăimântat.

- Să plec?! Doar dacă mi-aş fi pierdut minţile... îi răspunse incitat Richard.

- Trebuie să ne salvăm, cât mai e timp! Alarmă! urlă nenorocitul, suind în grabă câteva trepte, pe când celălalt îi implânta în spate sabia.

Horcăind, Henry se prăbuşi printre cadavre.

- Era prea mult pentru doi, conchise Richard, cu nostalgie.

Peste câteva ceasuri, asupra cetăţii se abăteau alţi viteji, însetaţi de bogăţie şi amor, purtând în frunte, pe un stindard violet, doi şerpi cusuţi cu fir auriu. Veneau în rânduri strânse, puternici, necruţători, gata să-i dovedească lui Richard că ceea ce i se arătase în lugubra piv-niţă ar fi fost prea mult chiar şi pentru unul singur.

MOEBIA sau ORAŞUL INTERZIS

Citise în Memoriile lui Marco Polo că renumita capitală era alcătuită din mai multe incinte concentrice, comunicând prin porţi monumentale cu streşini suprapuse, ca ale pagodelor. Prima incintă înconjura Oraşul Exterior. Urma Oraşul Mongol, sau Mijlociu, şi Oraşul Interior, supranumit Oraşul Imperial. În fine, în mijlocul acestuia se afla Oraşul Interzis, Oraşul Sacru unde nici un european nu pătrunsese încă. Călăuza îi atrăsese atenţia asupra zădărniciei încercării sale, dar nu avea de gând să renunţe. Va fi primul străin care va vizita Oraşul Sacru!

- Prea bine, îi spuse atunci călăuza. Urmează-mă!

Străbătură prima incintă fără prea multe complicaţii. Străzile erau drepte, iar casele, din câte îşi putea da el seama, reproduceau la o scară redusă planul oraşului, cu zidurile lui concentrice. Trecătorii, care semănau între ei atât de mult, încât numai după veşminte îi puteai deosebi, îşi vedeau de treburile lor, fără a-i arăta că l-ar băga în seamă. La următoarea poartă i se ceru să prezinte scrisorile de acreditare. Oraşul Mongol nu părea să difere mult de cel Exterior, atâta doar că locuitorii lui se dovedeau încă şi mai indiferenţi la trecerea străinului. Intrarea în Oraşul Imperial, cu palatele şi grădinile sale, îi fu admisă numai după o lungă așteptare. I se făcu însă cunoscut, cu acest prilej, că însuși Marele Han îl va primi la reședința sa.

Marele Han îl primi zâmbitor, cu un ceremonial demn de trimisul unei mari puteri. Fu servit un prânz întocmit dintr-o duzină de feluri de bucate, gătite după rețetele celor mai rafinați gastronomi ai imperiului, intercalate cu tot atâtea sorturi de ceai. Urmă un spectacol de pantomimă, cu actori costumați și mascați într-o manieră grotescă, apoi își făcură apariția dansatoarele care, în sunetele unei melodii stranii, executară un dans plin de grație. Străinul socoti momentul potrivit pentru a-și expune cererea.

- Desigur, desigur, încuviință Marele Han, urmărind cu imperturbabilul său zâmbet mișcările hipnotizante ale dansatoarelor. Oaspetele nostru nu va găsi supărător faptul că, în drum spre Orașul Sacru, va mai avea de trecut prin câteva porți...

- O, nicidecum, am și început să mă obișnuiesc.

- Era de așteptat, continuă să zâmbească Marele Han. Oaspetele nostru nu ne va lua în nume de rău faptul că, dată fiind cerința ca numai celor aleși - lăudat fie numele Domnului! - să li se îngăduie accesul în Orașul Sacru, la fiecare poartă i se va pune câte o întrebare.

- Pare un lucru de înțeles.

- Și nici nu va socoti nedrept să-și ofere capul chezășie pentru răspunsurile pe care le va da, conchise marele Han.

Străinul tăcu. Gâtul îi înțepenise într-un fior de gheață.

- Oaspetele nostru se poate răzgândi încă, îl privi, zâmbind, cel în puterea căruia se afla.

- Accept orice condiții, zise străinul, stăpânindu-și teama.

Marele Han lovi ușor cu un ciocănel într-un gong de aramă. Îndată se arătară doi oșteni înarmați, care îl însoțiră pe oaspete spre șirul de porți pe unde i se spusese că va trebui să treacă. Încadrat de o adevărată escortă, ajunse în fața porții de la care avea să înceapă cumplita încercare. Clădită din marmură albă, între ziduri de cărămizi smălțuite, era încununată de un triplu acoperiș, cu muchii răsfrânte. De sub olanele aurite, lucind orbitor în soare, își scoteau capetele căpriorii, din lemn de pin acoperit cu un lac roșu. Cele două canaturi, închise, ale porții erau turnate din bronz. În fața lor, așezat pe o rogojină, înveșmântat în alb, un bătrân cărunt, cu barba rară, îl aștepta surâzător. Chipul lui semăna uimitor cu acela al Marelui Han, al oștenilor, al călăuzei și al tuturor bărbaților întâlniți în această țară, dar străinul, chinuit de gândul nerostitei întrebări la care avea să răspundă, încetă să se mai mire.

- Câte porți te despart de Orașul Sacru? grăi bătrânul.

Oștenii își cumpăniră săbiile, gata să le tragă din teci.

- Dacă aș răspunde, chibzui cu voce tare străinul, mi-ar rămâne, desigur, cu una mai puțin!

Canaturile de bronz se rotiră fără zgomot: ghicise! Escorta îl urmă, printre ziduri de-a lungul cărora se desfășurau, în reliefuri joase, scene cu dragoni înaripați. Culorile vii ale cărămizilor smălțuite îi plăcură. Zidurile erau înalte, urmau un contur sinuos și, din loc în loc, erau încununate cu turnuri identice. După o oră de drum, interesul pentru dragoni și culorile smalțului îi pieri cu desăvârșire, făcând loc unei senzații de secătuitoare monotonie. Când ajunse din nou în fața unei porți cu olane aurite, vegheate de un bătrân cu barba rară, i se păru firesc să fie întâmpinat cu același surâs enigmatic și de aceleași canaturi de bronz. De data aceasta însă, hainele înțeleptului erau de culoarea purpurei. Dacă n-ar fi fost acest amănunt și drumul chinuitor pe care îl străbătuse, ar fi putut să jure că se mai afla încă în fața primei încercări.

- Ce te aduce la mine? întrebă înțeleptul.

Oștenii se mișcară grabnic și se auzi sunetul lamelor de oțel lunecând pe arama tecilor.

Bunăvoința Marelui Han mă aduce, răspunse străinul.

Din nou se clintiră canaturile de bronz, și din nou se pomeni călcând cu teamă printre zidurile smălțuite. Se văzu pentru a treia și pentru a patra oară în fața unei porți, și de fiecare dată găsi răspunsul cel mai potrivit la vorbele iscoditoare ale înțeleptului cu barba rară. Și tot așa, până la zece. Și când, după un drum istovitor, adus încă o dată în fața porții de către vaj-nicii oșteni cu săbiile pregătite, un bătrân în straie negre îi puse cuvenita întrebare, străinul se zăpăci într-atât, încât nu înțelese nimic. Oștenii traseră săbiile.

- Prin câte porți ai trecut? repetă surâzător bătrânul.

Săbiile se ridicau încet, sclipindu-și tăișurile.

- Prin zece porți am trecut, vorbi repede străinul.

Canaturile de bronz rămaseră neclintite. Brațele înarmate ale oștenilor erau înălțate mult deasupra capetelor. Străinul se întrebă dacă nu cumva ar fi trebuit să numere și cele trei porți pe care le străbătuse înainte de a ajunge la Marele Han.

- Treisprezece! gemu el, rugător.

Înțeleptul surâdea, mângâindu-și barba rară. Și, în vreme ce oțelul zvâcnea, fulgerând, zise:

Apoi ridică de pe lespezi căpățâna șiroind de sânge și o azvârli peste grămada de tigve pe care străinul n-o observase.

Nu se știe cu certitudine când anume a apărut, când a început să se dilate și nici ce forțe îi alimentează expansiunea. Puțini sunt cei care au îndrăznit să abordeze subiectul dificil al prospectării viitorului său, deși mulți se tem că nimic nu-i va putea opri creșterea. Motopia este un oraș în explozie. Dar este el, oare, un oraș?

Imaginați-vă o arie delimitată - destul de apoximativ, de altfel - de un cerc cu diametrul cam de 100 kilometri. Perimetrul acestui cerc este alcătuit din peste 100.000 de exemplare dintr-un soi de combine gigantice, așezate una lângă alta, angajate într-o lentă mișcare radială, către exterior. Pe măsură de, depărtându-se de centru, între ele încep să se formeze intervale libere, alte combine se aliniază în frontul de activitate. Rostul acestor adevărate uzine ambulante, complet automatizate, este de a pregăti ofensiva.

Colinele și dealurile sunt nivelate, depresiunile sunt umplute, până și muntele cel mai prăpăstios este redus la un perfect plan orizontal. Pădurile sunt transformate în cherestea și celuloză, pământul vegetal din câmpii este înlăturat și tescuit în lacurile anume desecate, fluviile sunt prefăcute în canale acoperite și întreaga faună este valorificată pe cale indus-trială. Combinele nu execută însă o simplă operație de nivelare: în urma lor, prinde contur o fabuloasă rețea rutieră, alcătuită din autostrăzi multietajate, dezvoltate în zeci de direcții, intersectate uimitor în dantelării de beton și asfalt. În ochiurile acestei rețele sunt situate parcaje supra și subterane, garaje-turn, cu câteva zeci de nivele, hale zăvorâte de enigmatice porți de metal. La câteva sute de metri deasupra solului plutește, zi și noapte, un nor albăstrui, întins, învăluind întreg orizontul.

Orașul este locuit, în exclusivitate, de fecunda specie a omobilelor. Viața acestora este relativ puțin cunoscută, din pricini lămurite ceva mai jos. Totuși, unele consemnări au fost făcute de către câțiva reporteri temerari, care au reușit să se înapoieze de aici, în mod miraculos. Având în vedere tulburarea lor pronunțată chiar în urma unei șederi extrem de scurte, precum și numeroasele puncte în care relatările se contrazic reciproc, informațiile socotite demne de a fi puse în circulație sunt extrem de sumare.

Existența - cea publică, cel puțin - a omobilelor începe la porțile halelor, de unde ies în grupuri compacte, din oră în oră. Se pare că aici își fac apariția numai exemplare mature, de mare litraj. Diferite subspecii se deosebesc între ele doar prin tipul și poziția inimii, transmisie, suspensie, și alte asemenea date anatomice. Fiecare familie este caracterizată printr-o anume construcție a caroseriei, diferențierile individuale localizându-se mai ales la nivelul liniei, culorii, numărului de faruri sau limitându-se strict la numărul de înmatriculare. O trăsătură comună, asupra căreia toate relatările sunt identice, este prezența unui ochi roșu, ca o rană sângerândă, în creștetul indivizilor, unde clipește hidos, fără un sens inteligibil.

Omobilele manifestă o vitalitate irezistibilă, consumată mai ales printr-o deplasare, aparent lipsită de noimă, cu viteze considerabile, în cuprinsul rețelei de autostrăzi, anume destinate acestui scop. Lipsa de sens este, într-adevăr, doar aparentă: în realitate, pe parcursul acestui magic dans al vitezei, se desfășoară, în forme specifice, procesul selecției naturale. Goanei demențiale pe benzile de asfalt îi supraviețuiesc doar exemplarele cele mai robuste, cu reflexe drăcești, bine adaptate ritmului infernal al existenței. Orice defecțiune a frânelor, a sistemului de direcție și semnalizare implică riscuri cumplite; cea mai ușoară deviație a coloanei vertebrale este fatală. Vehicule speciale, de mare tonaj, transportă cadavrele până în preajma halelor, unde - după o presare prealabilă în forme paralelipipedice - ele sunt recuperate în mod misterios, servind probabil la complicata procreare a noilor bolizi.

În afara orelor de îndelungată, îndârjită înfruntare rutieră, a luptei zilnice pentru existență, omobilele cunosc și scurte răgazuri, în incinta parcajelor. Tăcute, nemișcate, insensibile la apropierea rivalelor, ele zac într-o ciudată toropeală, întoarse adeseori cu spatele spre giganticul ecran pe care rulează, interminabil, un film apăsător, inspirat din viața dură a excavatoarelor. Când nu și-o consumă pe autostrăzi, familiile motopiene își petrec noaptea în garajele-turnuri, atinse de un somn metalic, fără vise.

Amănuntul cel mai îngrijorător al vieții locuitorilor Motopiei - și care face de-a dreptul odioasă creșterea malignă a urbei - este modul lor de a se hrăni. Pe scurt, aici se practică antropofagia. Principalul aliment al omobilelor sunt oamenii. Atrași din orașele lor patriarhale printr-o propagandă mincinoasă, dar bine regizată, capturați datorită unei naivități proverbiale, oamenii ademeniți sunt descărcați, în număr mare, în gările și aerogările Motopiei, de unde sunt fie azvârliți direct haitelor flămânde, fie transportați, în vrac, în depozite speciale - numite pompos hoteluri și legate nemijlocit de edificiile în care familiile localnice își petrec noaptea - pentru a le fi serviți de vii la micul dejun. Sătule, ghiftuite, cu burțile atârnându-le la câteva degete de fața asfaltului și aplecându-se leneș la curbe, omobilele pornesc apoi să-și digere prada. Frunțile lor teșite, opace, ascund gânduri dintre cele mai obscure. Cu excepția celor câțiva reporteri, amintiți mai sus - și care sunt adevărații noștri mântuitori, căci primejdia cea mare nu este atât existența Motopiei, cât ignorarea acestei existențe - nimeni nu s-a mai întors din lugubrul oraș. În paranteză fie spus, telefoanele și scrisorile entuziaste, prin care cei ajunși acolo își exprimă, chipurile, încântarea sau își anunță hotărârea, de-a dreptul neverosimilă, de a se stabili pentru totdeauna în acea urbe, nu pot fi socotite altfel decât acte disperate, smulse sub amenințarea morții, dacă nu chiar plăsmuiri ordinare, grotești, contrafaceri integrale.

Supraviețuitorii povestesc lucruri înfiorătoare despre cruzimea fără margini a omobilelor, care ucid adeseori nu pentru a se hrăni - de altfel se hrănesc numai cu oameni vii - ci din pură plăcere. De îndată ce încep să devină conștienți de pericolul care-i amenință, gândurile prizonierilor se adună concentric în jurul unei posibile, salvatoare evadări. Și, cum singura soluție este aceea a unei fugi pedestre, ei încearcă să părăsească celulele nefastelor hoteluri. Sadismul rafinat al localnicilor abia acum își arată adevărata măsură: ieșirile nici măcar nu sunt păzite. Omobilele știu - și cinismul lor întrece orice închipuire - că, pe parcursul celor câteva zeci de kilometri, până la hotarele Motopiei, chiar de-ar fi să umble numai noaptea, când traficul este mai redus, iar ziua să se ascundă, oamenii au de străbătut sau de traversat atâtea benzi de asfalt, încât numai o minune le-ar putea îngădui să reușească. Din fericire, câteva asemenea minuni s-au produs. Dar un număr uriaș de fugari au plătit cu viața aceste rare miracole. Căci, lăsându-i să spere și surprinzându-i apoi pe rând, hăituiți și înfometați, omobilele i-au strivit necruțător, scrâșnind sinistru, și le-au lăsat stârvurile să putrezească pe locul cumplitelor execuții, neîngropate, să le albească oasele pe asfalt, pentru ca înspăimântătoarele hârci să atragă și altora atenția, să le sugrume de la început orice gând de împotrivire.

ARCA

...

COSMOVIA

Crezuseră, multă vreme, că ceea ce socoteau a fi oraşul lor, se afla în centrul Universului, că numeroasele corpuri cereşti care îl înconjurau nu făceau altceva decât să se deplaseze întocmai cum le poruncise Staris, întemeietorul legendar al Cosmoviei. Până într-o zi, când unul dintre ei, mai sprinten la minte, demonstră că astrele nu se mişcă la întâmplare, cum s-ar fi putut crede, ci după legi precise; mai mult, el dovedi că stelele şi planetele, galaxiile şi nebuloasele se găsesc în relaţii reciproce de masă, distanţă şi viteză determinate, că nu există un punct fix în Cosmos, un centru al Universului, şi că mişcarea absolut reală a Cosmoviei în spaţiul extragalactic era dictată de aceleaşi legi, fiind dirijată, practic, de poziţia reciprocă a galaxiilor învecinate.

Odată astronomia ştiinţific fundamentată, inteligenţa cosmovienilor înregistră o dezvoltare spectaculoasă; aproape că nu trecea săptămână fără să se facă o descoperire de mare importanţă, iar în fiecare lună luau naştere câteva discipline noi. Curând, cunoaşterea evoluă îndeajuns pentru a permite descifrarea documentelor aflate în arhiva ignorată până atunci a Urbei. Această operaţiune extrem de laborioasă - declanşată printr-o întâmplare şi încredinţată unui grup de savanţi iluştri - se soldă cu revelaţii surprinzătoare. Mai întâi, stabiliră că oraşul lor nu era altceva decât o uriașă astronavă, scăpată de sub control, care rătăcea acum printre abisuri. Apoi, că Staris existase într-adevăr: el fusese primul comandant al navei. În fine, mai rezulta din cuprinsul documentelor că, la un moment dat, membrii expediției avuseseră de înfruntat atacul unui grup de indivizi stranii, veniți nu se știa cum și de unde. Lupta fusese îndelungată și extrem de dură, iar rezultatul ei final nu era nicăieri consemnat. Pe scurt, cam acestea erau concluziile care puteau fi trase după parcurgerea întregii arhive - adică a ceea ce mai rămăsese din ea la acea oră. Evident, era posibil ca multe documente să fi fost distruse chiar în cursul luptei, ori în numeroșii ani de deplină ignoranță - nimeni nu știa câți anume - care trecuseră de atunci.

Abia după ce vâlva senzaționalelor dezvăluiri prinse să se potolească, cosmovienii începură să perceapă implicațiile profunde ale acestora. Se aflau, așadar, în posesia unei preis-torii - sau, mai exact, a unei protoistorii; pe neașteptate, întrebări dintre cele mai dramatice se făcură auzite: de unde veneau, încotro se îndreptau, de cât timp străbăteau, fără țintă, ce-rurile, și până când vor continua această goană absurdă? Dar, mai cumplit decât toate celelalte angoase, îi frământa incertitudinea fundamentală, imposibilitatea de a afla dacă erau urmașii unor supraviețuitori din rândurile eroicului echipaj, ori ai huliților agresori. Neparvenindu-le nici cea mai sumară indicație asupra înfățișării combatanților, oricare dintre cele două ipoteze era în egală măsură posibilă, dar inconsistentă totodată; pe de altă parte, nici presupunerea că ar fi fost descendenții comuni, ai victimelor și ai agresorilor, nu putea fi categoric respinsă.

Câteva generații trăiră sub spectrul acestui teribil echivoc. În cele din urmă, însă - ostenind să se tot întrebe dacă poartă în vine sânge de eroi ori sânge damnat - locuitorii Cosmoviei căzură de acord că faptul nu părea să mai aibă nici un fel de importanță. Sfârșiră prin a constata că până și lipsa de destinație a călătoriei lor le devenise absolut indiferentă și, câțiva dintre ei, găsind-o cât se poate de firească, îi demonstrară chiar necesitatea.

SAH-HARAH

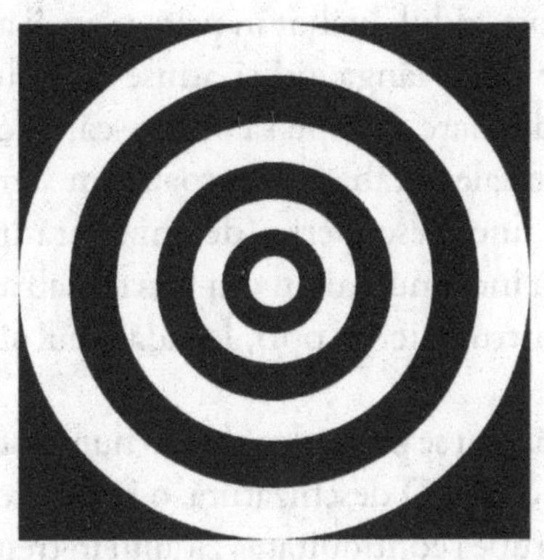

Lordul Knowshire își stăpâni cu greu emoția; în fața lui, la numai câteva mile, se deslușeau zidurile roșii, lucind în lumină, ale Sah-Harahului. Pentru o clipă, uită întâmplările tragice ale drumului, uită destinul nefericit al tovarășilor săi și dezertarea călăuzelor, uită totul cu excepția fascinantei imagini pe care, în sfârșit, o avea în fața ochilor. O visase ani în șir, repetând cele câteva citate din Abu-Abbas, pe care ajunsese să le știe pe de rost în original, comparând inscripțiile copte de la Abydos cu papirusul, mai vechi cu două milenii, des-coperit în mormân-tul anonim de la Deir-el-Bahari și rămas încă, până în acel mo-ment, fără o explicație certă. Și iată-l, în sfârșit, ajuns la țintă. Își îngădui, preț de-un moment, să încerce gustul mult-râvnitei victorii: fusese plătită scump. Își săltă în spinare sacul în care purta tot ceea ce îi mai rămăsese din averea expediției și por-ni cu pași hotărâți spre zidurile strălucitoare de granit, care îi aruncau de departe o ultimă și irezistibilă provocare.

Pe măsură ce se apropia, forma circulară a orașului devenea tot mai limpede. Lordul îi aprecie din ochi diametrul: nu putea fi mai mic de două mile. În exterior, Sah-Harahul înfățișa ne-așteptatului său vizitator un zid continuu, alcătuit din blocuri de piatră perfect lustruite și îmbinate, înalt cam de 60-70 de picioare și lipsit de orice ieșind, de orice denivelare. De departe, oraşul arăta ca şi cum ar fi alcătuit un unic, colosal edificiu cilindric, acoperit cu o calotă sferică, destul de turtită. Pe măsură ce lordul se apropia, zidul, înălţat în prim plan, îi ascundea vederii calota. Ajunse chiar lângă zid şi atinse cu palma piatra roşie, înfierbântată de soare. Începu să ocolească, în căutarea intrării. După calculele sale, străbătuse aproape un sfert din circumferinţă când, în fine, descoperi o deschizătură înaltă şi strâmtă, atât de strâmtă încât numai un om foarte slab ar fi cutezat să se strecoare înăuntru. Aici se opri, lepădă sacul şi chibzui ce avea de făcut.

Intrarea - căci nu se putea decide să o numească poartă - era de o simplitate şocantă. O deschizătură, o fantă prelungă şi întunecată, care întrerupea continuitatea zidului în treimea lui inferioară. Nimic înfricoşător, nici un element menit să înspăimânte sau să oprească pe acela care ar fi îndrăznit să treacă mai departe: nici urmă de porţi ferecate, de zăvoare, sfincşi sau himere. Şi totuşi, privind intrarea, temerarul lord Knowshire simţi cum un fior neplăcut îl străbătea din creştet până în tălpi. Dar era mult prea târziu ca să mai dea îndărăt şi, după un minut de cumpănă, trecu peste nevăzutul prag. Cu toate că era de o zvelteţe proverbială, cu toate că zilele de marş prin pustiul torid îl făcuseră încă şi mai costeliv, fu nevoit să înainteze lateral, cu bărbia proptită într-un umăr şi târînd de curea sacul în urma lui. Contrar aşteptărilor, cât şi legendelor care circulau pe seama unor asemenea locuri, intrarea nu era străjuită de acele trape sau curse perfide, care să îi piardă până şi pe cei mai prudenţi şi ingenioşi asediatori. Dimpotrivă, foarte curând deschizătura aceea strivitoare se lărgea, prefăcându-se într-un coridor nu prea lat, e drept, dar potrivit unui mers comod. Lumina venea de undeva de sus, aerul era respirabil, pardoseala urca într-o pantă abia simţită, pereţii erau netezi, iar coridorul cotea uşor şi constant, spre stânga: curbura lui părea să urmeze îndeaproape forma zidului exterior.

După câteva ore de umblet, lordul pricepu că forma coridorului nu era circulară, căci ar fi trebuit, după toate probabilităţile, să ajungă din nou la intrare, sau într-un punct prin care mai trecuse. Coridorul își continua neabătut traseul, cotind mereu, câte puțin, spre stânga. Nu se înșela: drumul se răsucea într-o uriașă, domoală spirală, al cărei capăt rămânea pentru el imprevizibil, deoarece nu îi putea calcula cu precizie curbura, nu cunoștea grosimea pereților și nici nu putea aprecia dacă spirala se prelungea tocmai până în centrul colosalei construcții sau se sfârșea mai curând. Nu avea decât o singură posibilitate, să meargă consecvent înainte, învârtindu-se de fapt în jurul zidurilor.

Serile erau foarte scurte la acea latitudine și, cum lumina coridorului venea totuși de afară, lordul se pomeni brusc într-o tainică semiobscuritate. Mai avu timp să-și consulte cronometrul și să-și scoată povara pe care o ducea în spinare. Întunericul era deplin. Ore în șir, nu auzise alt zgomot decât acela, amplificatr de ecou, al propriilor săi pași. Acum își încordă auzul, dar zadarnic; nici cel mai slab sunet nu îi clinti timpanele. În liniștea netulburată a nopții, doar respirația și bătăile rare, ritmice, ale inimii sale erau singurele semne de viață. Închise ochii. Imaginea coridorului, legănată în cadența pașilor, îi stăruia în minte. Apoi, frânt de oboseală și de stăpânite emoții, bărbatul se cufundă într-un somn fără vise.

Noaptea trecu fără incidente. Totuși, pentru prima dată de când pornise în expediție, lordul se trezi cu sentimentul unei fatale curgeri a timpului. Cercetă încă o dată conținutul des-tul de sumar al sacului: un binoclu, o hartă, o busolă defectă, un jurnal în care de multă vreme nu mai notase nimic, o carte de care nu se despărțise niciodată, câteva cutii cu cartușe pentru revolverul atârnat în șold, un bidon plin pe jumătate cu o apă clocită, pesmeți, ciocolată, cutii de conserve, un cuțit și... cam atât. Cu multă zgârcenie, mâncarea i-ar mai fi ajuns pentru câteva zile. Apa - pentru cel mult trei. Situația lui nu era deloc liniștitoare. Porni. Trebuia să meargă înainte. O clipă se temu că o luase în sens opus, dar fusese numai o părere: drumul cotea ușor spre stânga, deci totul era în ordine.

Dificultatea acestui drum comod abia acum începea să se arate: mai trecu o zi, trecură două și, încă înainte de a se împlini săptămâna, foamea şi, mai ales, setea îl secătuiră. Pasul i se făcu nesigur, privirea i se tulbură, curbura vagă a coridorului ajunse să îl obsedeze. Somnul îl părăsi şi, de altfel, nici nu se mai oprea în timpul nopţii. Cu tot întunericul, imaginea drumului i se săpase atât de adânc în retină, mereu aceeaşi, încât o avea neîncetat în faţa ochilor, servindu-i noaptea drept călăuză. Umbla mereu, fără să mai poată deosebi ziua de noapte, fără să le mai numere, cu gândul la capătul coridorului, care se îndărătnicea să rămână imprevizibil. Îl cuprindea furia, de teamă că s-ar putea întoarce din drum, deşi ştia că s-ar fi stins de sete cu mult înainte de a ajunge la ieşire. Şi îl îngrozea gândul că, neputincioase, picioarele vor refuza să-l mai poarte şi atunci se va prăbuşi, se va mai târî o vreme şi va pieri fără să dea de capătul blestematului coridor.

Se împiedică şi căzu, lovindu-se dureros la genunchi. Abia acum îşi dădu seama că umbla într-un întuneric deplin. Întinse mâna, bâjbâind, în căutarea peretelui, de care voia să se sprijine. Degetele întâlniră oasele unui schelet. Se ridică cu greu: trebuia să plece mai departe. Era convins că, dacă ar fi rămas pe loc, să se odihnească, nu s-ar mai fi ridicat niciodată. Înainta mai precaut şi, curând, când se lumină cu adevărat, mai întâlni câteva schelete. Un licăr de luciditate îi îngădui să constate că raza cercului în care se răsucea devenise acum mult mai mică, iar curbura coridorului sporise considerabil. Mai avea puţin şi ajungea în centru. Răsufla cu multă grutate, limba i se umflase, foamea îi spinteca măruntaiele. Hotărî să se debaraseze de sacul pe care îl purtase până aici şi nu-i mai era de nici un folos. Îşi lepădă ghetele, apoi hainele, una câte una. Senzaţia ireversibilităţii, cu care se trezise în prima dimineaţă, pusese, între timp, stăpânire pe întreaga lui fiinţă.

Când se furişă, complet gol, în sala circulară din mijlocul numuliticului oraş Sah-Harah, lordul Knowshire trecuse dincolo de capătul puterilor. Se rezemă de perete şi, înainte de a se lăsa să alunece, încet, pe pardoseală, izbuti să cuprindă cu o privire întreaga încăpere. Ceea ce văzu ar fi avut darul să uluiască pe orice muritor: sala era înconjurată de douăsprezece jilţuri din aur masiv, în care se ridicau, durate din fildeş şi pietre preţioase, statui ale lui Osiris. Pereţii din alabastru, sculptaţi în basorelief, alcătuiau o uriaşă friză, compusă din scene ale Cărţii Morţilor, intercalate cu şiruri de hieroglife. În mijlocul încăperii - între mese de bronz încărcate cu ulcioare şi coşuri, pline cu miere, grâu, vin şi curmale - se înălţa un splendid sarcofag din argint. Capacul sarcofagului fusese sprijinit în două vergele din lemn de cedru. Alături, pe un scaun a cărui simplitate contrasta cu fastul întregii încăperi, atârnau veşminte de purpură.

Vrăjit, lordul se ridică şi, parcă plutind, făcu câţiva paşi. Trupul lui nu mai simţea nici o durere, setea şi foamea pieriseră, sau încetase el să le mai înregistreze. Uitase cu desăvârşire ce l-a adus până aici. Cu priviri rătăcite, se apropie de sarcofag şi, fără să acorde atenţie meselor îmbelşugate care îl înconjurau, privi înăuntru pentru a se convinge că sarcofagul era gol. Se mişca încet, cu gesturi lente, hieratice, ca împlinind un ritual sacru. Luă hainele de purpură şi se îmbrăcă. Apoi, cu multă grijă, ca să nu doboare capacul, se lungi în sarcofag. Un surâs straniu i se întipări pe buze. Se stingea lin, fără să observe hotarul dintre cele două lumi, ca şi cum un asemenea hotar nici n-ar fi existat.

Murise.

Vergelele putrede trosniră, împroşcând pulbere fină; capacul greu al sarcofagului se prăbuşi cu un zgomot asurzitor. Pe capac fusese sculptat chipul lordului Knowshire, transfigurat de un inexprimabil surâs. Aştepta acolo, de patru milenii, întâlnirea cu originalul.

Locuitorii Sinurbiei se simţeau încercaţi de o nelămurită nostalgie...

Mai întâi, pe aici se legănaseră apele liniştite ale golfului, contrastând pitoresc cu stâncile ţărmului prăpăstios. Apoi, după ce s-a născut ideea de a se construi, în preajma suprapopulatei insule, un oraş plutitor, apele golfului au prins să fie brăzdate de nave cu siluete bizare. Până la inaugurarea primului cartier - al constructorilor - n-a trecut nici o lună. Curând, i s-au adăugat şi celelalte cartiere, centrul, locurile de muncă şi de destindere; constructorii şi-au strâns apoi uneltele şi au plecat, la bordul bizarelor nave, tot atât de neaşteptat precum veniseră. Menirea lor le hărăzise o nestatornicie fără remediu.

Oraşul, suspendat peste genunile verzui, marine, avea căile de circulaţie astfel dispuse, încât orice intersecţie să fie evitată. Autostrăzile, liniile de metrou, cele de monorai şi aleile pietonilor alcătuiau, la un loc, un imens păienjeniş, dispus pe mai multe nivele şi din ochiurile căruia se desfăceau esplanade sau pieţe monumentale, flancate de edificiile publice reprezentative ale urbei. Deşi întreţineau o viaţă civică intensă, agitată, la ei acasă sinurbienii deveneau tăcuţi, meditativi, de parcă abia atunci ieşea la iveală adevărata lor fire. În consecinţă, dintre toate construcţiile, locuinţele se bucurau de cea mai mare consideraţie. Casele - asupra cărora moda europeană nu izbutise, de-a lungul unui secol, să exercite nici cea mai slabă influenţă - îşi păstraseră nealterată o simplitate devenită tradiţie. Mobilierul destinat depozitării era abil mascat după pereţii glisanţi; pereţi asemănători făceau posibilă separarea sau reunirea mai multor încăperi. Drept scaune sau paturi servea pardoseala însăşi, a cărei elasticitate şi duritate puteau fi reglate după dorinţă. Printre culorile luminoase ale interioarelor, albul era dominant. În salon, într-o nişă a unui perete, era expus privirilor un tablou, o sculptură, ori un simplu vas cu flori.

Şi totuşi, locuitorii Sinurbiei se simţeau atinşi de o nelămurită nostalgie...

Într-o bună zi, unul dintre ei începu să-şi prefacă curtea într-o grădină, unde se strădui să reconstituie, în miniatură, peisajul insulei originare: stânci, nisip, muşchi, arbuşti, un ochi de apă şi un pod arcuit, o potecă din câteva dale de piatră, un chioşc cu streaşină răsfrântă. Ideea se dovedi molipsitoare: în scurt timp, fiecare locuinţă se îmbogăţi cu câte o grădină, amenajată după priceperea proprietarului, dar amintind negreşit peisajul natal. Pe dată, nostalgia îi părăsi pe sinurbieni.

În mod inexplicabil, apele golfului - proverbiale pentru calmul lor - îşi pierdură liniştea. Faţa mării se încreţi în talazuri tot mai ameninţătoare. Soarele pieri după o perdea întunecată de nori. Un formidabil taifun zgâlţâi oraşul din temelii. Temeliile rezistară. Construite cu spirit de prevedere, edificiile, străzile, casele rezistară. Numai grădinile fură complet devas-tate de furia apelor; în zori, când furtuna se potoli, locul grădinilor fusese luat de avene adânci, prăbuşite, în fundul cărora sticlea, întunecat, câte-un ochi de mare.

Îndârjiţi, oamenii astupară sinistrele puţuri, refăcură planşeele şi reîncepură amenajarea grădinilor, de care îşi simţeau acum organic legată existenţa. Un nou taifun le zădărnici truda, şi încă unul, şi încă... Mai mulţi dintre ei, înfricoşaţi, istoviţi, abandonară lupta. Numărul celor care se dădeau învinşi

creştea vertiginos. Curând, doar primul grădinar, cel care-i în-
văţase pe locuitorii Sinurbiei cum să-şi alunge nostalgia, se mai
încăpăţâna să-şi reinstaleze, în curtea peticită, arbuştii, stâncile
şi chioşcul. Dar cum isprăvea, iarăşi se pornea taifunul.

Îl sfătuiră să renunţe. În zadar. Atunci, fierbând de ură, îl îm-
brânciră în fundul prăpastiei iarăşi căscate din mijlocul curţii
sale şi pe care el tocmai se pregătea s-o astupe. Ochiul de mare
luci sălbatic şi plescăi, înghiţându-l. Se întoarseră rânjind la ca-
sele lor, escortaţi de blestemele şi bocetele văduvei, de sfâşieto-
rul plânset al celor trei orfani. Apele golfului se liniştiră, cerul
se însenină; taifunul nu se mai abătu de atunci asupra oraşului.
În fiecare curte, însă, un ochi de mare stătea de veghe.

Sinurbienii sufereau acum, dar nu din pricina nelămuritei
nostalgii de odinioară; o spaimă cumplită îi tortura şi, de fieca-
re dată, vederea întunecatei guri care luase locul fiecărei grădini
le trezea coşmaruri. Pe ascuns, îşi adunară familia şi avutul şi,
unul câte unul, părăsiră oraşul, pierzându-şi urma în furnicarul
insulei. Aici, în deplină siguranţă, îşi răscumpărară crima, învă-
ţându-i pe insulari arta aleasă a grădinilor.

STEREOPOLIS

Al şaselea simţ - stereognoza, cum fusese supranumit sim-
ţul special al orientării în spaţiu - nu avea şanse să fie integrat
eredităţii. Verdictul categoric al geneticienilor provocase o vie
agitaţie în rândul populaţiei setreopolitane şi stârni comentarii
aprinse în întreaga lume. Vizionari de geniu imaginaseră pro-
iectul temerar al oraşului spaţial, în care să fie abolită tirania
orizontalei şi a verticalei, a unghiului drept, a planului; lungi
generaţii de constructori trudiseră pentru a pregăti apariţia
acelor materiale şi tehnologii care să facă posibilă o asemenea
înfăptuire. Nimeni nu prevăzuse teribilul deznodământ.

Oraşul spaţial - Stereopolis - era acum o realitate. O realita-
te în care multidecamiliardara omenire îşi pusese nădejdea, ca
într-o supremă şansă a supravieţuirii. Devenise evident că nu-
mai posesiunea integrală a celor trei dimensiuni în organizarea
urbană ar mai fi putut să împiedice acoperirea întregii suprafeţe
a planetei cu covorul unui neîntrerupt oraş, care să se sufoce
treptat, în propiul său ţesut malign. Curba, oblica, suprafeţele
tridimensionale, spaţialitatea făceau posibilă nu numai compu-
nerea liberă, organică, a funcţiunilor, ci şi ocuparea deplină a
mediului, rezolvarea raţională a problemelor constructive, în-
sorirea şi ventilarea optimă, distribuirea comodă a bunurilor

de consum şi colectarea eficientă a deşeurilor. Fuseseră pregătite câteva zeci de amplasamente, unde prototipul stereopolitan urma să fie reluat în variante perfecţionate. O duzină de şantiere îşi şi începuseră activitatea; complicatul proces de asamblare a elementelor spaţiale era dirijat de cele mai puternice ordinatoare.

După ce proaspeţii stereopolitani îşi luară în primire noile reşedinţe, au început să apară primele semne îngrijorătoare: oamenii nu reuşeau să se adapteze le cerinţele cu totul inedite ale orientării. Era ca şi cum o furnică, obişnuită să se deplaseze de-a lungul unui pai sau printre tulpinile unui lan de grâu, ar fi fost îngropată într-un morman de nisip, de unde să i se pretindă să iasă de îndată la lumină. Se înregistrară numeroase dispariţii - mai ales în rândul bătrânilor şi al adolescenţilor, care nu erau în măsură să recurgă la sprijinul călăuzelor electronice - iar timpul pierdut cu drumurile zilnice era incomparabil mai mare decât înainte (deşi distanţele de parcurs erau acum mult mai scurte), ceea ce provocă nemulţumiri. Sub presiunea opiniei publice, a unor susţinute campanii de presă, fură adoptate măsuri speciale de suplimentare a mijloacelor de transport şi de perfecţionare a sistemului de ghidare automată. Numărul celor care se rătăceau scăzu vertiginos; apăru însă o boală stranie, botezată ulterior stereopolită, care făcu vâlvă în întreaga lume. Iniţial, cei atinşi de această maladie sufereau de ameţeli, însoţite de o senzaţie persistentă de greaţă. Apoi li se deregla echilibrul şi erau atinşi de dureri occipitale pătrunzătoare. Până să găsească medicii o explicaţie, până să se decidă asupra unui tratament, pacienţii sucombau, căci boala se angaja într-o evoluţie extrem de rapidă. În cele din urmă, s-a convenit asupra faptului că singura soluţie era ca persoanele abia atinse de stereopolită să fie evacuate din oraş; în acest fel, deşi nu se obţinea o vindecare deplină, era posibil ca (după o lungă convalescenţă) foştii bolnavi să fie reintegraţi într-o activitate utilă - evident, sub interdicţia de a se întoarce vreodată la Stereopolis.

Cum numărul îmbolnăvirilor creştea vertiginos, s-a trecut la măsuri preventive: întreaga populaţie a oraşului fu supusă unor teste speciale, asemănătoare celor practicate la selecţionarea candidaţilor pentru expediţiile cosmice de lungă durată. După promovarea etapelor preliminare urma un antrenament intensiv, care asigura o relativă imunitate. Nu se admiteau „corigenţe"; spre binele lor, toţi cei lipsiţi de aptitudini erau evacuaţi. Cu timpul, boala se stinse şi foarte rar se mai ivea câte un caz-două. Vizitatorii erau sfătuiţi să nu rămână în oraş mai mult de o săptămână, iar cei care doreau să se stabilească aici definitiv - dacă nu erau respinşi de la primele teste - îşi făceau stagiul de antrenament prescris. S-ar fi zis că situaţia fusese definitiv rezolvată. Între timp, câteva noi oraşe spaţiale erau pe punctul de a fi date în folosinţă. Comisiile de selecţie triau de zor candidaţii, antrenamentele primelor serii începuseră, unii se şi instalaseră. Se aştepta ca, de la o zi la alta, să aibă loc inaugurarea oficială. Atunci se petrecu adevărata lovitură de teatru: s-a constatat, cum spuneam, că stereognoza - cu atâta trudă dobândită de localnici - nu se transmitea urmaşilor decât cu totul întâmplător.

Cel mai crunt loviţi de această concluzie a geneticienilor erau locuitorii Stereopolisului înşişi. De dragul copiilor, mulţi părăsiră oraşul, pentru a constata apoi că nu se puteau readapta spaţiului urban ortogonal, predominant bidimensional, tradiţional; în cele din urmă, câţiva se înapoiară. Alţii renunţară să mai procreeze; dar era împotriva firii şi nu putea să dureze mult.

- Mi-e teamă pentru viitorul acestui oraş... cugetă Arhitectul.

Vedea oameni abandonându-şi copiii pentru a nu le periclita viaţa, îi vedea internându-i în instituţii speciale până la vârsta când urmau să fie supuşi testelor - şi vai de cei ce nu le vor absolvi! Vedea cum, lipsită de sens, familia însăşi se dezintegra, pregătind societatea pentru un nou tip de libertate individuală, dar cufundându-l pe individ în bezna izolării, a singurătăţii şi amărăciunii.

Oare să nu existe şi o altă cale?

PLUTONIA

Săpa. De ani, de veacuri, poate de la zidirea lumii, săpa într-una, neobosit. Între timp, uitase cu desăvârşire ce anume îl împinsese la asta: spectrul unei inevitabile catastrofe termonucleare, hiperpopularea suprafeţei terestre, vreun instinct ancestral brusc redeşteptat sau simpla curiozitate... În definitiv, mobilul iniţial nu mai avea acum nici o importanţă; dobândise convingerea că singura lume adevărată era aceea a străfundurilor pe care le sfredelea neîncetat, că întreaga existenţă supraterană - de a cărei realitate se îndoia tot mai mult - nu era decât o contrafacere, o experienţă sterilă, lipsită de viitor. Oraşele de la suprafaţă îi stârniseră întotdeauna o profundă neîncredere; credea sincer că esenţa ultimă a arhitecturii stă în spaţiul interior. Sus, la lumina zilei, exteriorul nu putea fi niciodată anihilat, pe când aici, în Plutonia, nu exista nimic altceva decât interiorul, chintesenţă a arhitecturii veritabile. Des-coperise o vocaţie!

Oraşul era acum, pentru el, o savantă înlănţuire tridimensională de cavităţi hipogee - galerii, coridoare, săli, puţuri - de forme şi dimensiuni neîngrădite decât de limitele propriei sale imaginaţii. Un labirint prin ale cărui încăperi îi plăcea să zburde, atingând cu palmele pereţii netezi, gata să deschidă un nou abataj, ori de câte ori tensiunea fluxului spaţial îi părea nesatisfăcătoare. De fapt, tocmai această posibilitate nelimitată de transfigurare, mobilitatea structurală cvasi-organică, o socotea drept principală trăsătură pozitivă a orașului subteran.

Săpatul îi procura satisfacții multiple: nu era numai efortul extaziant de concepere a fiecărui nou traiect, de integrare armonioasă a părții într-un întreg a cărui viziune o relua de fiecare dată, nici doar travaliul binefăcător, fortifiant al mușchilor, rotirea ritmică a articulațiilor, ci un mod de existență, de o deplinătate copleșitoare. E drept, văzul îi slăbise; ca să nu-i intre țărână în ochi, se obișnuise să țină pleoapele lipite și nici nu era sigur că va mai reuși să și le dezlipească vreodată. În definitiv, la ce i-ar fi putut folosi văzul? Perceperea spațiului interior nu era cu nimic condiționată de vizualitate, cu atât mai mult cu cât însuși sensul plutonian al noțiunii de interior implica întunericul deplin. Și, chiar de-ar fi fost să se facă lumină, chiar dacă i-ar fi fost dat să vadă, reprezentările nu-i puteau fi decât perturbate datorită eventualelor iluzii optice. De văz se putea deci lipsi, căci mai mult l-ar fi încurcat.

Pe când cu auzul era cu totul altceva; dobândise un auz extrem de fin, s-ar fi putut lua la întrecere chiar cu liliecii, era absolut sigur. Auzul îi îngăduia să se orienteze fără greș în complicatul labirint al galeriilor subterane, să-și recunoască de la mare distanță prietenii și dușmanii, să evite rocile friabile sau nesigure, să ocolească coridoarele care amenințau să se prăbușească. Când lucra, era suficient să-și întrerupă pentru câteva momente zorul și, de îndată, din toate direcțiile îi parveneau semnele sonore ale unei intense activități; pretutindeni se săpa cu râvnă. Niciodată, nici pentru o clipă măcar, nu se simțea singur.

Și parcă era vorba numai de auz! Simțul tactil îi era de o acuitate nu mai puțin remarcabilă. Desigur, nu putea să nu observe că membrele i se scurtaseră, că palmele și tălpile i se lățiseră; știa asta deși era aproape orb, la fel cum știa că pe tot trupul îi crescuse un păr scurt, des și moale. Dar cu câtă precizie reușea acum să deosebească - numai după o singură atingere, chiar și cu părțile mai puțin sensibile ale trupului - straturile de diferite durități sau texturi, să precizeze granulația pietrișului și a nisipului; să distingă rădăcinile, fundațiile, conductele, bolovanii... Identifica de îndată, pe pipăite, o treabă făcută de mântuială, dar și o capodoperă de inginerie; boltirile sale savante, ingenioase, erau durate parcă pentru veșnicie.

Cel mai miraculos, cel mai pătrunzător dintre simțurile lui era, fără îndoială, mirosul: îl ajuta să descopere fântâni și izvoare, pânze de apă freatică, să se țină departe de cimitire și să-și dobândească hrana. Depista cu mare precizie culcușul fiecărei larve, mușuroaiele de furnici, vrejul fraged al unei râme tinere, hambarele bine păzite ale popândăilor. Mai presus de orice, mirosul îl călăuzea fără greș către înnebunitoarele înlănțuiri de dragoste, la amintirea cărora judecata i se tulbura. Nu-și putea imagina o expresie a fericirii mai apropiată de desăvârșire decât urmăririle delirante, prin pământul complice, pe traiectorii imprevizibile, care se sfârșeau într-un amestec ciudat și exploziv de sfiiciuni feciorelnice și perverse încleștări de incisivi, în îmbrățișări paradoxale de trupuri cilindrice, unsuroase, îmbâcsite de pulbere.

Totuși, în rarele clipe de răgaz, când își îngăduia să viseze, gândurile lui se îndreptau nu către iubirile trecute sau viitoare, ci - într-un mod greu de explicat, dar semnificativ - spre Geneză; și-l închipuia pe Ziditor, zeul plutonian suprem, în chip de cârtiță uriașă, scurmând demiurgic galeriile Universului în tenebrele mucede, fără de hotare, ale neființei.

NOCTAPIOLA

Privit de sus, foarte de sus, pare un întins arhipelag. Mai de aproape, seamănă cu o imensă pădure, presărată cu lacuri. Abia pentru ochiul pedestrului, orașul își dezvăluie exis-tența aseptică și ciudată. Îmbrățișarea dintre pământ și ape, dintre stânci și pădure, dintre zidirile naturii și cele ieșite din mâna omului este, ca nicăieri în lume, purtată pe culmile abolute ale armoniei.

Casele, răsărite parcă la întâmplare, pe maluri de lac și de lagună, printre pini și mes-teceni, se află la distanțe apreciabile una față de alta și pentru a le cerceta pe toate ar fi nevoie de vreme îndelungată. Cu cercevele albe, lăcuite, cu ferestre mari, lăsând să treacă lumina în ambele sensuri, casele dispun de un confort pe măsura celor mai ridicate exigențe: printre altele, sistemul de condiționare a aerului - o licență suedeză - permite ca în fiecare încăpere să fie menținute condițiile dorite de temperatură și umiditate.

Aleile sinuoase sunt așternute cu pietriș gălbui, sortat, spălat și reîmprospătat cu grijă în fiecare primăvară. În iarbă, sculpturi de granit și de bronz veghează visătoare. Noctapiola este un oraș fără noroi și fără praf, fără crime, spargeri sau adultere. Este un oraș fără lună și, desigur, fără îndrăgostiți. Viața de aici ar putea să fie socotită destul de plictisitoare.

Într-adevăr, în timpul zilei nu se întâmplă nimic, de parcă așezarea ar fi părăsită. Între locuințele adâncite în tăcere, aleile pustii desenează vagi semne de întrebare, ca pentru a spori misterul și melancolia statuilor. Orele trec neobservate; ceasuri nu există, iar măsurarea timpului este cu strășnicie interzisă. Când se lasă întunericul - iar nopțile sunt, fără stele și lună, sumbre și lungi - oamenii încep să dea semne de viață: o lumină pătrunzătoare năpădește brusc încăperile, și atunci, prin ferestrele mari, ei pot fi observați cum se adună în jurul unor mese de o opulență nemaiîntâlnită. Nimeni n-a reușit încă să explice pe ce căi ajung cele mai alese mâncăruri ale tuturor continentelor să alimenteze ospețele de fiecare seară ale noctapiolienilor, după cum nimeni n-a putut da o explicație cât de cât plauzibilă în legătură cu rostul statuilor și al aleilor, știut fiind că locuitorii acestui oraș nordic nu au fost văzuți decât într-o singură zi a anului părăsindu-și casele.

La miezul nopții, luminile se sting. Ferește-te , străine, să fii surprins de sosirea acestui ceas la Noctapiola; nici unul dintre temerarii care au dorit să guste o asemenea experiență n-a scăpat cu viața! În zori, cadavrele lor înfricoșătoare, mutilate și dezmembrate, nu mai sunt bune să relateze nimic.

O singură dată pe an, și numai cu aprobare specială, veneticii sunt tolerați aici după miezul nopții: la solstițiul de vară. În această noapte nu moare nimeni; însuși soarele, deși însângerat, rămâne suspendat deasupra orizontului, supunând bezna. Puținii călători care au avut șansa să fie admiși în oraș în această unică noapte albă, povestesc fascinați cum, din adâncul apelor, pornesc să cânte, în surdină, voci neomenești, nostalgice. La auzul lor, porți nebănuite se deschid și, în mijlocul unor nimburi strălucitoare, noctapiolienii coboară trepte de piatră, pentru a se adânci în valuri. Tineri și vârstnici, bărbați și fete, femei și copii, ca atinși de otrava unui stupefiant, calcă pe lespezile ude și, cu mișcări lente, se cufundă în apa verzuie și rece. Despuiate, trupurile lor albe, marmoreene, de o frumusețe păgână, se lasă înghițite de unde, în vreme de glasurile nevăzute se potolesc; prin porţile întredeschise, continuă să năvălească aburi fierbinţi, mirositori a coajă de mesteacăn.

Rămâne de neînţeles mobilul rătăcirii lor subacvatice, ca şi mecanismul miraculos care le îngăduie să supravieţuiască prelungitei scufundări: după câteva ceasuri, când, sleiţi de puteri, se caţără pe maluri, noctapiolienii nu par dispuşi să răspundă la întrebări, oricât ar fi ele de întemeiate. Şi, în vreme ce porţile se închid fără zgomot în urma lor, soarele prinde iar să se ridice, orbitor, pe boltă.

Hexgonal, simetric şi sclipitor de curat, oraşul fusese dăruit cu toate cele necesare unei existenţe demne şi fericite. Şanţurile adânci şi late comunicau cu albia râului şi puteau servi, în timp de pace, drept crescătorie de peşte, piscină şi bazin pentru spectacole nautice. Zidurile de o grosime nemaipomenită, adăpostitoare de tainice înşiruiri de bolţi, nu constituiau numai un redutabil obstacol potenţial în calea oricărui asalt, ci şi un excelent arsenal, un depozit răcoros pentru butoaiele de vin şi untdelemn, un spaţios hambar pentru grâne şi un siloz de fructe şi legume foarte convenabil. Dincolo de porţile fortificate - străjuite de turnuri cu orologii - se deschideau străzi drepte, pavate, care se intersectau formând pieţe şi piaţete. Pieţele erau împodobite cu statui de marmură şi fântâni. Râul era traversat de poduri de piatră somptuoase, arcuite, flancate de sculpturi pline de farmec. Fiecare familie dispunea de o locuinţă onorabilă, într-una dintre numeroasele case cu etaj care mărgineau străzile secundare. Locuinţele aveau odăi spaţioase, instalaţii de apă şi canalizare.

Pe străzile cele mai importante - şase la număr - erau înşiruite magazine, ateliere şi manufacturi, hanuri, cârciumi şi berării, şcoli, cazărmi şi băi publice. Pieţele găzduiau case ale breslelor, biserici, biblioteci și muzee, tribunale, închisori și eșafoade, hale, bâlciuri și arene. În forul către care convergeau cele șase străzi principale, se aflau primăria și catedrala, bursa și universitatea, amfiteatrul și locul de adunare a cetățenilor. Orașul era brăzdat de canale, cuprindea grădini și parcuri, cu bazine și lacuri a căror răcoare primenea văzduhul. Totul era gândit după cele mai alese reguli ale arhitecturii, ale moralei, politicii și filozofiei. Cetățenii se bucurau de libertăți apreciabile și îi desemnaseră prin vot direct și egal pe dregătorii lor, care conduceau treburile urbei după legi înțelepte.

Locuitorii acestei cetăți păreau totuși să aibă un cusur: nemișcarea. Asemeni celor care trăiau cândva în anticul Pompei, asemeni eroilor basmului despre Frumoasa din pădurea adormită, ei încremeniseră, ca la o lovitură de baghetă magică, în atitudini dintre cele mai bizare. Aici, înveșmântat în neagra-i sutană, preotul rămăsese pironit cu ochii în corsajul unei dreptcredincioase cucernice, căzute în genunchi. Colo, venerabilul orator fusese surprins adresându-se patetic unui auditoriu somnolent. În altă parte, saltimbancul se oprise în aer, în timp ce executa un triplu salt-mortal. Despuiată, cu cărnurile atârnându-i, o femeie între două vârste poza interminabil unui pictor mediocru. Condamnatul la moarte înlemnise cu gâtul la numai două degete de securea prăvălită a gâdelui, sub privirile îndobitocite ale câtorva sute de gură-cască. Un bătrân scofâlcit găsise, în sfârșit, răgazul să cerceteze pe îndelete, cu ocheanul, rotunjimile tinerelor cliente ale unei băi publice. Când să fie adus pe lume, un copil se răzgândise tocmai la jumătatea drumului, spre deznădejdea viitoarei sale mame. Un puști hămesit adulmeca aburii strecurați perfid din bucătăria vecinilor. În încăperile sordide ale unui bordel, câteva perechi își prelungeau la infinit desfătarea de-o clipă. Un pungaș de duzină înțepenise cu mâna în buzunarul ajutorului de primar, în timpul spectacolului de pantomimă. Berea turnată în halbe înghețase parcă în aer, refuzând să mai părăsească cepul...

Nemulțumit, Scamozzi smulse planșa, o mototoli și o zvârli peste maldărul de schițe neisprăvite ale orașului ideal.

Sub recile bolți ogivale, rezemate pe fantastice nervuri de piatră, ecoul pașilor bântuia nestingherit. Perpetua noapte înmormântase utilitatea vitraliilor care împăienjenau întunecatele orbite ale ferestrelor: culorile lor vii ar fi putut să fie admirate doar de afară, în rarele clipe când lumina palidă și tremurătoare a făcliilor răzbătea prin geamuri. Numai că toți se aflau înăuntru, și nimeni nu găsise încă ieșirea. Fiecare ușă deschisă comunica negreșit într-o altă sală, sau într-un gang. Scările de lemn scârțâiau îngrozitor, armurile și panopliile aruncau bizare reflexe metalice, iar întinsele pardoseli de piatră erau atât de bine lustruite, încât ar fi fost curată nebunie să te depărtezi de reazemul sigur al zidurilor. Uneori, când ecoul pașilor se stingea cu totul, liniștea mai era tulburată doar de câte un urlet sinistru, care izbucnea pe neașteptate. Înspăimântate, nocturnele făpturi o luau la fugă, doborînd cu un zgomot infernal armurile și halebardele, rostogolindu-se pe trepte și izbindu-se orbește de stâlpii cenușii, ca niște lilieci cu urechile astupate.

Cine le-ar fi putut spune cum ajunseseră aici? Cei care se obișnuiseră cu gândul existenței în tenebrosul labirint al Castelului nu-și aminteau nici măcar de când se aflau înăuntru, căci timpul nu mai avea de atunci importanță și scurgerea lui părea chiar să se fi oprit. Noii veniți, terorizați de ideea conlocuirii cu atâtea generații pe care le socotiseră de mult cufundate în neființă, mai încercau o vreme să descopere procedeul de a deosebi pe presupușii vii de fantome. Nicicând n-ar fi bănuit, înainte, că acest lucru e atât de dificil. Abia după ce se dumireau că aici nu se mai aflau între cei vii, că ei înșiși sunt morți de-a binelea, se așterneau cu sârg să învețe abecedarul fantomenlor începătoare: cum să stârnească ecou de pași fără a se clinti din loc, cum să plutească fără primejdie pe pardoselile șlefuite și mai ales cum să declanșeze formidabilul urlet, în clipele de liniște profundă.

Pe neobservate, traiul le devenea mai senin. Li se încredința supravegherea noilor veniți și instruirea lor. Aflau că perpetua noapte nu-i decât o aparență, că e ritmată de întreruperi, numite zile, în timpul cărora ei încremeneau pe pereți, în chip de portrete. Apoi li se admiteau scurte întrevederi cu muribunzii, ba chiar și cu viii de rând. Obsesia găsirii unei ieșiri nu-i părăsea însă niciodată. Dimpotrivă, pe măsură ce își desăvârșeau calificarea, deveneau tot mai perseverenți. Se strecurau prin ganguri și prin beciuri, urcau în pod, cotrobăiau prin cămine, se furișau prin cele mai îndepărtate unghere ale trainicei lor temnițe, forțau uși înțepenite, porți grele, care nu mai fuseseră urnite de nimeni. Își făceau stagiul prin apocalipticele gravuri ale lui Dürer, pentru a deprinde mânuirea coasei, își stilizau silueta și veșmântul și, în cele din urmă, izbuteau să străbată până și cele mai groase ziduri. Atunci potretele atârnate pe pereții Castelului, ultime mărturii ale trecerii lor prin viață, se scorojeau, se decolorau, își pierdeau conturul și personalitatea, prefăcându-se în jalnice pânze murdare. Iar ei, singuratici sau în cete, porneau să colinde lumea, spre a-și împlini, în sfârșit, menirea.

GEOPOLIS

Fuseseră încercate toate variantele posibile: planeta ajunsese, fără îndoială, la limitele ultime ale locuibilităţii. Întreaga ei suprafaţă era ocupată de un neîntrerupt oraş, care îşi prelungea cartierele până la altitudinea celor mai înalte lanţuri muntoase, pe suprafaţa şi în adâncurile mărilor şi oceanelor, în zonele altădată deşertice sau acoperite de gheţuri, şi chiar în măruntaiele subsolului. Nici o şansă nu fusese ignorată, nici unul dintre proiectele cât de cât rezonabile nu rămăsese nerealizat.

Acomodarea la condiţiile particulare ale diferitelor tipuri de cartiere ramificase treptat trunchiul viguros al speciei geopolitane. Rasele istorice cedaseră locul altora, caracterizate prin diferenţieri de cu totul altă natură, mult mai profunde. Îşi făcuseră apariţia oamenii-cârtiţă, oamenii-delfin, oamenii-pasăre, oamenii-amfibie... O singură rasă nu părea dispusă să se nască: aceea a oamenilor-fuzee. Lipsită de suport genetic, familia astronauţilor nu reuşea să se constituie într-o entitate biologică distinctă, adaptată structural la condiţiile dificilei lor existenţe. Geopolis nu se putea, deci, extinde în spaţiul cosmic: făurirea ipoteticului Cosmopolis rămânea de neatins. Iar populaţia continua să se înmulţească!

În acea epocă au început să prolifereze aşa-numitele şcoli sau secte ale supravieţuirii. Cei mai numeroşi partizani - de toate rasele - întrunea şcoala optimiştilor; ei socoteau că limitele abordării cosmice a problemei erau temporare şi că - mai devreme sau mai târziu - exodul spaţial va fi realizabil, permiţând popularea altor corpuri cereşti, colonizarea (echitabilă pentru toţi geopolitanii) a planetelor cu un mediu prielnic vieţii, din sistemele învecinate. Pe nedrept porecliţi *visătorii* - căci optimiştii erau activi şi perseverenţi - influenţa lor asupra opiniei publice ajunsese destul de puternică, spre marele noroc al tuturor; într-adevăr, speranţele fiindu-le astfel alimentate, geopolitanii găseau resurse pentru a rezista unui trai tot mai incomod, servituţilor tot mai numeroase. Acest fapt era cu atât mai important, cu cât rezulatele - ţinute în cel mai strict secret - ale cercetărilor nu păreau a fi încurajatoare.

O a doua şcoală, cu o putere de înrâurire similară, nu exista; dintre cele de mână secundă, câteva se făceau remarcate prin virulenţa ideilor vehiculate. Secta medicizilor înfiera măsurile imunoprofilactice şi activitatea sanitară în general, socotind progresele medicinei, ale biofizicii şi ale geneticii drept responsabile pentru criză. Secta primitivilor, oarecum înrudită, propovăduia reîntoarcerea la sălbăticie, abandonarea tuturor cuceririlor civilizaţiei, aducătoare de nenorociri. Neoyoghinii vedeau în asceză, în interiorizare adevărata salvare a omenirii, recomandând postul, sinuciderea prin înfometare; în variante asemănătoare, sinuciderea în masă era insistent prescrisă de alte secte. Otrava, focul, pumnalul, ştreangul, glontele, sursele de radiaţii letale deveniseră adevărate obiecte de cult. Unii mergeau până acolo încât cereau Primăriei Supreme să supună unui plebiscit ideea sinuciderii globale. Adepţii unor viziuni apocaliptice, destul de numeroşi şi ei, făceau apel fie la cărţile sfinte, fie la teoria cataclismelor, fundamentându-şi concluziile când pe ştiinţă, când pe revelaţie. Alţii, mai moderaţi, se mulţumeau să propună uciderea bătrânilor, a pruncilor, sau anticoncepţia absolută. Secte fanatice promovau teza supremaţiei unei anumite rase, cerând instaurarea hegemoniei acesteia şi exterminarea raselor pretins inferioare. Excelau în această privinţă câteva grupuri clandestine, iresponsabile, ale oamenilor-cârtiţă; ele incitau la război, bizuindu-se pe atuul deloc neglijabil al controlului asupra uzinelor subterane de sinteză alimentară şi al monopolului asupra surselor de materii prime. Realitatea este, însă, că un război ar fi fost lipsit nu numai de sens - deoarece ar fi echivalat cu o sinucidere generală - ci şi de obiect; adaptaţi cum erau la mediul lor de viaţă, oamenii-cârtiţă - ca şi ceilalţi, de altfel - nu s-ar fi ales cu nici un câştig de pe urma ipoteticei exterminări a altor rase, căci disputa nu se purta atât asupra hranei, cât asupra spaţiului. Drama omenirii se repeta înăuntrul fiecărei rase, în termeni identici. În fine, reprezentanţii şcolii mesianice, sau *farfuriştii*, cum erau numiţi în batjocură, aşteptau o salvare care să vină din exterior, dintr-o altă lume locuită, din direcţia unei posibile civilizaţii extrageopolitane.

Atunci se petrecu un lucru de nimeni prevăzut: planeta porni să se umfle, dimensiunile ei începură să crească - mai întâi discret, pe neobservate, apoi tot mai evident. Creşterea se producea calm, fără şcouri, fără cataclisme, fără prăbuşiri ale scoarţei sau erupţii vulcanice, fără deplasări de continente, fără cutremure şi fără să se formeze noi lanţuri muntoase. Configuraţia continentelor rămăsese la fel ca mai înainte şi, dacă astronomii n-ar fi dat asigurări ferme că, într-adevăr, dimensiunile planetei se schimbaseră şi în raport cu cele ale sistemului stelar, s-ar fi putut crede că oamenii erau cei care îşi modificaseră talia, micşorându-se de câteva ori. Pe geopolitani îi aştepta dificila misiune de a integra oraşului lor - ale cărui construcţii prinseseră proporţii colosale, odată cu planeta însăşi - noile structuri (miniaturale, desigur, în raport cu dimensiunile de acum ale celor anterioare), care să reintroducă scara umană în acea lume a giganţilor. Civilizaţia reîncepea de la zero - sau, oricum, de la o limită foarte apropiată - pe o planetă stranie, ai cărei locuitori uriaşi plecaseră, parcă, nu se ştie unde... Şi nimeni nu reuşi să explice mai apoi uluitorul fenomen, datorită căruia specia geopolitană - redusă, peste noapte, la o existenţă liliputană - fusese salvată.

Aşadar, iată-i ajunşi în pisc! Cei trei alpinişti se îmbrăţişară, în tăcere. Deasupra lor, pe cerul de un albastru intens, acelaşi vultur plana cu aripile nemişcate. Era un vultur uriaş, mândru şi nepăsător. Îl mai cercetară o dată, cu nelinişte şi puţină invidie. Apoi, la fel de nedumeriţi asupra filozofiei trufaşe a păsării, începură să desfăşoare drapelele celor trei naţiuni pe care le reprezentau. Abia după ce auziră faldurile de mătase zbârnâind sub vântul înălţimilor, oamenii şi-au îngăduit răgazul de a privi în jur. Şi atunci le-a fost dat să descopere cea mai măreaţă vedere ce se înfăţişase vreodată unui muritor. Versantul sudic, socotit pe drept cuvânt inaccesibil, era legat printr-o creastă zimţuită şi fragilă de un al doilea pisc, care nu figura pe nici o hartă. Dar nu bucuria de a adăuga o descoperire geografică senzaţională prestigioasei lor performanţe sportive le produse fiorul straniu şi electrizant al insolitului, ci forma uluitoare a muntelui necunoscut. Mai puţin înalt decât vârful pe care puseseră piciorul, dar mult mai prăpăstios chiar decât acesta, cel de al doilea pisc avea jumătatea superioară modelată în chip de gigantică fortăreaţă încununată cu ziduri, turnuri şi metereze săpate în stâncă. Să fi fost doar un capriciu al naturii, un rezultat spectaculos al jocului inepuizabil al hazardului? Greu de crezut. Cercetată cu binoclul, fortăreaţa îşi dezvăluia tot mai convingător liniile decise, muchiile vii, marile suprafețe netede, formele ordonate, volumele geometrice. Totul pleda pentru ipoteza că se aflau în fața unei grandioase înfăptuiri a omului. Dar cine, cu ce intenție și mai ales cu ce unelte să fi dăltuit în roca dură a muntelui acest oraș inexpugnabil, ignorat până atunci de întreaga lume?

Atracția unei noi aventuri, mai fascinante decât și-ar fi putut visa vreodată, puse stăpânire pe mințile celor trei temerari exploratori. Șeful grupului se opuse însă propunerii de a prelungi expediția, deși el însuși era încercat de aceeași tentație. Misiunea lor fusese îndeplinită. Drumul de întoarcere nu era nici el lipsit de primejdii și până la cea mai apopiată bază de aprovizionare aveau de coborît câteva zile. Nu erau pregătiți să înfrunte riscuri noi, imprevizibile. Vor reveni cu un grup mai numeros, echipați și înzestrați corespunzător.

Tot ceea ce spunea era perfect logic. Numai că, plimbându-se agitați pe micul platou din vârful muntelui, alpiniștii făcură o nouă descoperire: nu erau, așa cum crezuseră, primii! Desigur, drapelele arborate de predecesorii lor fuseseră smulse de vijeliile cumplite care bântuiau la acea altitudine. Dar semnele certe ale trecerii pe aici a cel puțin patru expediții anterioare, socotite dispărute, ieșeau unul câte unul la iveală - două plăci din oțel inoxidabil prinse în stâncă, un container paralelipipedic și un tub cilindric, închise ermetic, conținând mesaje și numele exploratorilor. Dezămăgirea le fu scurtă și făcu numaidecât loc unei explozii de entuziasm: abia acum devenise limpede că singurul sens al ascensiunii lor trebuia să fie escaladarea piscului-fortăreață, a cărui ademenitoare siluetă se profila spre sud, la cale de cel mult o zi. Hotărârea era luată și nu mai puteau pierde nici o clipă. Înserarea îi găsi în șeaua de unde pornea acea creastă cu dinți ca de ferăstrău, care îndeplinea pentru cetatea de cremene rolul podului-ridicător. Își petrecură noaptea în sacii de dormit bine fixați în corzi, căci instalarea unui cort era aici de neconceput.

Adevărata încercare începu în zori, odată cu traversarea crestei. Muchia era atât de îngustă și abruptă, încât în repetate rân duri au fost nevoiţi să o încalece pur şi simplu şi să se deplaseze, târîndu-se pe burtă, în lungul ei. Se mişcau încet, cu multă precauţie, suspendaţi deasupra uni abis de peste o mie de metri. De câteva ori, unul dintre ei a ajuns pe punctul de a se prăbuşi, dar de fiecare dată ceilalţi doi au reuşit să-l salveze. În amurg când, cu degete sângerânde şi hainele sfâşiate, cei trei alpinişti sfârşiră de parcurs cumplita punte, puterile lor atinseseră limita secătuirii. Cele câteva zeci de trepte care îi mai despărţeau de monumentala intrare a fortăreţei le urcară cu eforturi supraomeneşti. Porţile erau deschise.

Privit de aproape, fantasticul oraş întrecea într-adevăr orice închipuire. Zidurile sale, tăiate în stâncă, erau perfect lustruite, întreaga fortăreaţă alcătuind un monolit cu muntele din care părea să fi crescut în mod inexplicabil. Nu era o construcţie propriu-zisă, o spurapunere de blocuri de piatră, ci o colosală sculptură, o savantă şi minuţioasă operă de stereotomie, desfăşurată la o scară grandioasă. Nu încăpea nici cea mai slabă umbră de îndoială: natura nu putea fi în stare de o asemenea ispravă. Această certitudine nu aducea însă prea multă lumină în identificarea autorilor. Cine erau ei? Cine erau sau fuseseră locuitorii cetăţii? Ce nevoie teribilă determinase săvârşirea unui asemenea miracol şi ce fel de priceperi vrăjite l-au coborît pe acest vârf singuratic din tăriile imposibilului?

Vlăguiţi, gata să se aştepte la orice, exploratorii trecură pragul fortăreţei. Străzile erau pustii, iar construcţiile care le flancau, de forme dintre cele mai neaşteptate, păreau şi ele nelocuite. Pe neobservate, oboseala îi părăsea, în vreme ce curiozitatea, stârnită tot mai mult, îi împingea înainte. Monolitismul şi monocromia alcătuirilor printre care se strecurau încă cu teamă le produceau o impresie extraordinară: părea de necrezut - şi totuşi aşa era - ca trotuarul, pereţii, acoperişurile, turnurile şi contraforţii să nu fie decât faţetele uneia şi aceleiaşi stânci, şlefuite cu răbdarea unui giuvaiergiu. Pustietatea halucinantei urbe le sporea uimirea.

Deodată atenţia le fu solicitată de un zumzet abia perceptibil, care prindea să răzbată din inima oraşului. Grăbiră pasul. Străzile deveneau mai largi, iar edificiile mai impunătoare, pe măsură ce se apropiau de centru. Zumzetul se făcu mai desluşit, aducând cu un ritm menţinut în surdină. Rimtul se înteţi. Îşi simţeau puterile parcă renăscând. Acum aproape că alergau, tot mai indiferenţi la monumentalele temple şi palate pe lângă care treceau. Mânaţi, ca de o irezistibilă atracţie, de obsedantul zgomot ritmic, a cărui intensitate creştea vertiginos, exploratorii goneau către o nevăzută ţintă. La capătul cursei îi aştepta o ultimă descoperire.

În mijlocul unei întinse pieţe, pe o platformă supraînălţată, sute de bărbaţi executau un dans ciudat. Ritmul asurzitor al paşilor perfect sincronizaţi producea acel zgomot care îi călăuzise până în piaţă. Fără a mai sta pe gânduri, noii veniţi îşi lepădară poverile şi se alăturară dansatorilor. Recunoscură printre ei pe membrii dispăruţi ai unor expediţii care escaladaseră înaintea lor piscul şi ale căror însemne le găsiseră în ajun. Recunoscură alţi exploratori, ale căror urme se pierduseră cu ani în urmă în Alpi, Anzi, Pamir sau Himalaia, în savanele Africii, în jungla Amazonului, în pustiurile Australiei sau în gheţurile Antarcticii. Recunoscură navigatori şi aviatori, cutezători pionieri ai adâncurilor marine şi ai măruntaielor pământului, pe primii eroi ai epopeii cosmice. Şi, în timp ce dansul era în toi, văzură cum în piaţă continuau să sosească, din toate părţile, alţi oaspeţi.

Robiţi de vraja dansului, încetară să-i examineze pe ceilalţi. Cu braţele ridicate, fiecare executa paşii fatidici, simţindu-şi membrele tot mai uşoare. O fericire dureroasă le inunda inimile, căci fiecare înţelesese că dansul îl cufunda totuşi într-o ireversibilă singurătate. Iar când văzură cum braţele li se prefac în uriaşe aripi, cum trupul li se acoperă cu pene şi cum degetele, terminate cu gheare de oţel, li se desprind de platformă, ei se înălţară, semeţi, unul câte unul, spre zenit, încercând să cuprindă măcar cu privirea pe toţi cei de dragul cărora ridicaseră cunoaşterea omenească pe culmile fără-de-întoarcerii. Câte n-ar fi avut să le spună! Încovoiatul plisc nu reuşi însă decât să scoată un ţipăt deznădăjduit, care se pierdu neauzit în văi lipsite pînă şi de ecou.

- Sunteţi creaţia noastră! Fără noi, n-aţi fi existat nicodată, strigară elenii, învălmăşindu-se printre scânteietoarele statui pe care se rezema bolta de azur.

Mai înverşunat decât toţi, Phidias îşi înălţă braţele spre cer:

- Cu mâinile mele v-am dăltuit, cu aceste degete pline de bătături v-am dezgropat ochii din marmura Parosului şi a Pentelicului!

- Aşa e, încuviinţă mulţimea într-un glas.

Se adunaseră aici, la poalele Olympului, toţi bărbaţii iluştri ai antichităţii greceşti. Surâzători şi reci, zeii se arătau cu totul indiferenţi faţă de trufia răzvrătiţilor. Nemişcate, nenumăratele lor făpturi albe păreau gigantice coloane în templul nemărginit al Universului.

- Mă tem că greşim, chibzui în sinea lui Platon. Aceste statui sunt, poate, creaţia noastră, a lui Phidias şi Praxiteles, a lui Scopas şi a altora. Dar ele nu sunt decât copii palide ale adevăraţilor, nemuritorilor zei, umbrele lor, chipul unic accesibil nouă al ideii de nemurire.

---

24 A nu se confunda cu oraşul antic Olympia, din Elida, renumit pentru întrecerile sportive care se desfăşurau aici din patru în patru ani şi pentru statuia din aur şi fildeş a lui Zeus, operă a lui Phidias, socotită pe atunci printre cele şapte minuni ale lumii

Însă, de teama gloatei dezlănțuite, înțeleptul vocifera și el, în rând cu ceilalți, ținându-le isonul.

- Oricând vă pot distruge, căci eu v-am dat viață și vă voi lua-o când voi voí, își continuă Phidias provocarea, în aclamațiile demosului.

Piscul se învălui într-un nimb de ceață. O briză ușoară porni dinspre munte. Oamenii nu luară în seamă primele semne ale apropiatei furtuni.

- Mă tem că greșim, chibzui în sinea lui Aristotel. Aceste coloane ale orașului veșnic sunt, poate, chiar zeii și nu suntem noi cei care i-au creat. Dar întreaga noastră istorie nu-i decât o clipă din viața lor fără de început și sfârșit, și e firesc ca făpturile lor să ne pară nemișcate.

- I-am învins chiar și pe perși, exclamă, înfierbântat, Pericles. Trebuie oare să ne temem acum de zeii noștri, de propriii noștri zei?

Sute de războinici îl aclamară.

- Să-i sfărâmăm, răcni Phidias, smulgând o lance din mâinile unui soldat.

Lumina soarelui păli. Nori negri se rostogoleau peste cupola albastră a orașului, întunecând-o. Frunțile zeilor se pierdură în neguri.

- Ne înfruntă, urlară oamenii, scoși din minți.

În loc să-i înspăimânte, amenințarea furtunii îi întărâtase. Înarmați cu lănci și săbii, cu topoare și răngi, se năpustiră asupra statuilor, cărora nu le ajungeau nici până la glezne. În aceeași clipă, atacatorii încremeniră, în atitudinea agresivă a unei demențiale furii dis-trugătoare. Rămaseră o vreme așa, neclintiți, la fel de albi ca și zeii.

Apoi, din pumnul ridicat al lui Zeus izbucniră fulgere, și pe întregul firmament porni potopul. Treptat, trupurile împietrite ale oamenilor se subțiară sub puhoiul de ape. Ploaia le spăla creștetul și umerii, le dizolva falangele fragile. Armele căzură din mâini, cu zgomot. Curând, mulțimea pieri ca în vis. Albeaţa trupurilor înmărmurite se dovedise a fi aceea înşelătoare şi efemeră a sării.

Când ploaia se potoli şi albastrul cerului se lăţi iarăşi până la orizont, printre trunchiurile de marmură albă ale zeilor nu mai rămăsese decât un butoi plin cu saramură, în care plutea mucul stins al unei lumânări.

HATTUŞAŞ

Delaporte se apropia tăcut de tabăra arheologilor. Dăduse de trei ori ocolul zidurilor, fără să descopere măcar o singură poartă. Străjuită de turnuri masive, cocoțată prin nu se ştie ce minune în creasta unei prăpăstioase coline, fortăreaţa rămânea, la modul cel mai propriu, de nepătruns. Zidurile, înalte de aproape treizeci de metri şi alcătuite din blocuri uriaşe de andezit, nu puteau fi escaladate şi chiar urcuşul până la picioarele lor ar fi fost inabordabil pentru un om fără o îndelungată practică de alpinist. Delaporte îşi trecu pe celălalt umăr coarda făcută colac. Inelele de oţel se ciocniră, scoţând un clinchet vesel. Îşi privi palmele umflate; două degete de la mâna dreaptă îl usturau cumplit. La câţiva paşi, îl urmau Arik, Akurgal şi Bozkurt, care îl însoţiseră în expediţie.

În aşteptare, savanţii se adunaseră în faţa cortului lui Texier jr. Delaporte îi văzu de departe, dar el nu dădu nici un semn.

- E clar, spuse Rosenkranz care, ca de obicei, mesteca o pastilă de *chewing-gum*.

- Desigur, încuviinţară, într-un glas, Kan şi Balkan.

Ceram evită să se pronunţe înainte de sosirea micului grup. De altfel, pe feţele obosite ale improvizaţilor alpinişti se citea limpede că orice speranţă se dovedise zadarnică. Curioşi, făcură cerc în jurul noilor veniţi.

- Texier a descoperit un oraș fără porți și ne-a poftit aici ca să-i admirăm silueta, glumi fără pic de entuziasm Delaporte.

- Pe scurt, întări Bozkurt, n-am făcut nimic.

- Chiar nimic?

- Nimic! răspunse, amărât, Arik.

Tăcură. Texier se simți obligat să dea explicații:

- Nu-s de vină eu că n-are porți. Amănuntul acesta, trebuie să recunoașteți, nu face decât să sporească senzaționalul descoperirii mele. Să dai așa, din senin, peste un oraș de acum trei milenii, perfect păstrat până în zilele noastre!

- Foarte bine, dar ce ne facem?

Urmă o lungă dezbatere. Forrer propuse săparea unui tunel în colina stâncoasă, care să debușeze în mijlocul orașului. Laroche îl contrazise aprig, susținând că dinamitarea unei porțiuni de zid ar fi fost mult mai economică. Messerschmidt sugeră organizarea unui bombardament aerian și recomandă utilizarea elicopterelor. Moortgat se opuse categoric:

- Nici mort n-am să fiu de acord cu una ca asta! Să avem șansa unică de a găsi orașul care a supraviețuit mai bine de trei milenii oricăror distrugeri și să-l distrugem tocmai noi, arheologii?! Adică ce, noi nu putem trăi decât printre ruine?

Delaporte socoti că e cazul să intervină:

- S-ar putea să avem neplăceri cu locuitorii, Moortgat are dreptate.

- Care locuitori? sări Hogarth.

- Orașul e locuit, îl lămuri Bozkurt.

- Când urcam colina i-am auzit vorbind, adăugă Akurgal. Au voci puternice, pătrunzătoare.

- Și abia acum spuneți! îi certă Hrozný, care se străduia de câteva săptămâni să deducă limba celor care construiseră fortăreața, pornind de la alcătuirea zidurilor. Ce spuneau?

- N-am reținut decât două cuvinte, care se repetau mereu: *mûrsilis* și *hántilis*.

Hrozný înmărmuri.

- Exact cum îmi imaginam, bâigui el. Să mergem, am putea încerca să le transimtem un mesaj!

Arheologii se năpustiră în direcția colinei. Texier mergea în frunte, cu o sprinteneală uimitoare pentru vârsta lui. Porada și Koschaker îl urmau la câțiva pași. Venea apoi grosul expediției și, în coadă, epuizați, cei care abia se întorseseră în tabără. Vorbeau mai mulți deodată, cuprinși de un entuziasm subit și suspect.

- Mai rămâne varianta calului troian, explica Rosenkranz.

- Un mesaj! țipa, surescitat, Hrozný care, cu toată graba plecării, reușise să ia cu sine o pâlnie de gramofon.

- *Múrsilis*, repeta mereu Delaporte.

- Liniște, porunci Texier când ajunseră la poalele colinei.

După ce larma se potoli, Hrozný duse la gură pâlnia de gramofon și urlă din toate puterile:

- *Sullát sullatár, sullamí salatiwár*!

Îndată, de dincolo de ziduri, un cor de voci răspunse:

- *Labárna hastáya, tabárna asharpáia*!

- Ce naiba mai e și asta? se înfurie Ceram.

Texier îi făcu semn să tacă. Hrozný ridică din umeri, nedumerit, în semn că nu înțelesese nimic.

- *Mitánni*! *Mitánni*! țipă el în pâlnie, aproape disperat, într-o ultimă și zadarnică încercare de a găsi un limbaj comun.

Ceilalți nu răspunseră. Zidurile cenușii ale fortăreței dădeau minutelor de desăvârșită tăcere o ținută marțială. Apoi, pe neașteptate, de la cele două capete ale colinei își făcură apariția, în rapide care de luptă trase de cai mărunți, războinicii hitiți, purtând arcuri gata încordate și topoare de bronz. Roțile mari, de lemn, uruiau asurzitor, acoperind zgomotul copitelor și răcnetele sălbatice ale pletoșilor luptători. Savanții căzuseră într-o nimicitoare ambuscadă. Orice împotrivire ar fi fost zadarnică.

Brusc, carele se opriră.

- *Hattilí supiluliúma*, vorbi un războinic din flancul drept, pe un ton negociator.

- Nu răspunde, îi strigă Moortgat lui Hrozný, să nu fie cumva o provocare!

- *Assúwa samúha tawanánna*, insistă războinicul.

- *Karkemíș gasgás datássa*, i se alătură unul din flancul stâng.

Din fortăreață răzbi corul nevăzut:

- *Ziúla, zálpa huwarúwas! Ziúla, zálpa huwarúwas!*

Războinicii se înfierbântară:

- *Hattușíl gurgúm kumúhu, telipínu putuhépa!*

- *Hánis kánes pihassássis, hátti hálys muwatállis!*

- *Arnuwándas kizzuwátna, pentipsáni purushánda, pámba pála tapassánda!*

Primul se prăpădi Hrozný, al cărui cord nu putu rezista acestei avalanșe lexicale. Hitiții slobozirá săgețile; topoarele fură azvârlite cu aplomb. Câțiva savanți, loviți în plin, se prăbușiră. Căpetenia războinicilor ridică o mână. Ostilitățile încetară.

- *Vous avez voulu voir Hattușáș*, vorbi căpetenia într-o franceză de manual. *Hé bien, vouz allez être exaucés!*

Câțiva luptători îi legară pe puținii supraviețuitori care, îngroziți, amuțiseră. Cadavrele fură azvârlite în carele de luptă. Delaporte, în agonie, răcnea înspăimântător și fu străpuns cu o lance. În aceeași clipă, printre stânci, chiar la baza colinei, se deschise, scârțâind sinistru, o poartă. În câteva minute, hitiții, împreună cu caii, carele și prizonierii lor dispărură în gura neagră a tunelului și poarta se închise la loc, redevenind stâncă de neclintit. După alte câteva minute, orice urmă a incidentului dispăruse. Apoi zidurile fortăreței se năruiră fără zgomot, ca în vis.

Nimeni nu i-a mai văzut de atunci pe onorabilii savanți, membri ai expediției arheologice Texier jr. Doar tabăra, pustie, continuă un timp, martor tăcut, să amintească lumii tragicul lor sfârșit. Apoi, vânturile, ploile și curiozitatea localnicilor o prăvăliră, cort după cort, în pulberea multicoloră.

Căutau un loc unde să pună temeliile primului oraş lunar. Relieful extrem de accidentat ar fi fost, el singur, suficient pentru a le face misiunea dificilă; dificultatea era însă considerabil accentuată de faptul că solul satelitului natural al Terrei era plin de urmele lăsate de numeroşii vizitatori care îi precedaseră. Nu era vorba, aşa cum s-ar putea crede (desigur, numai de către cei aflaţi în necunoştinţă de cauză), despre cutii de conserve, borcane sparte, hârtii, mucuri şi pachete de ţigări, despre vreun alt gen de ambalaje aruncate la întâmplare, coji de seminţe şi de alune, sau chiar despre bilete de tramvai, metrou ori astronavă. Aşa ceva nu se găseşte decât pe Pământ, de regulă în locurile cele mai nepotrivite, acolo unde te-ai aştepta cel mai puţin să descoperi dezgustătoarele fructe ale indolenţei: pe creste, în căldările glaciare, pe malul râurilor de cleştar ale munţilor, lângă izvoare, în păduri, printre florile poienilor şi ale plaiurilor, în nisipul auriu al plajelor... Nu, luna nu acumulase urme de acest soi, deşeuri materiale; ea fusese supusă unei mai subtile - dar incomparabil mai nocive - poluări, de cu totul altă natură.

Nu numai cei care au pus, la modul cel mai propriu, piciorul pe acest fascinant corp ceresc – de la Cyrano de Bergerac şi Baronul von Münchhausen, până la selenauţii secolului XX - ci toți aceia care l-au descris, l-au cântat, l-au visat, sau l-au privit numai (ca să nu mai vorbim de numeroșii lunatici ai tuturor timpurilor), cei care i s-au închinat cu evlavie ori l-au deificat, țesând cele mai fermecătoare mituri în jurul apariției sale nocturne, toți contribuiseră, fără să vrea, la acest proces ireversibil. E drept, o ședere de scurtă durată nu era afectată decât în foarte mică măsură; o prezență mai îndelungată însă - și cu atât mai mult stabilirea definitivă, în ipoteza, atât de des vehiculată pe atunci, a construirii unei rețele urbane - ar fi fost de neconceput în zonele supuse poluării. Cercetările puseseră, într-adevăr, în evidență un avansat proces de poluare spirituală, desfășurat pe îndelete, din primele zile ale civilizației terestre și care continua nestingherit; nici o lege nu apăra existența Lunii de acel asalt imponderabil, ale cărui efecte erau complet ignorate.

Era un fapt constatat că, cel puțin în cazul feței văzute, ar fi fost greu de găsit pe harta selenară vreun perimetru ocrotit, o „rezervație naturală." Totul fusese invadat de fantome, spectre, de meditații și sentimente, de frânturi de idei și semne de exclamație. Pentru cei aflați acolo, era un adevărat chin să-și conducă firul gândurilor prin veritabilul labirint alcătuit de emanațiile unor conștiințe străine, unele rătăcind prin vid de vreo câteva milenii. Înțelegeți, deci, cât de dificilă era misiunea de a fixa vatra primului oraș care ar fi trebuit să poarte numele pompos de Selenia. Cum era și firesc, expediția se decise curând să-și extindă cercetările dincolo, pe fața nevăzută a Lunii. Desigur, legătura cu cei aflați pe Pământ ar fi fost mai greu de ținut, pentru viitorii locuitori ai proiectatei urbe, dar existau speranțe oarecum îndreptățite ca mediul psihic să fie acolo mai pur.

Raționamentul părea fără cusur; totuși, după ce - trecând prin tot soiul de peripeții și înfruntând riscuri cumplite - ajunseră pe partea cealaltă, constatară cu stupoare că situația nu era cu nimic mai bună. Dimpotrivă, agresiunea părea încă și mai stihinică, fluxul perturbator al ideilor străine și mai aprig dezlănțuit. Ceea ce îi nedumeri însă cel mai mult fu stranietatea acelor idei, și mai ales faptul că nu puteau în nici un fel să și-o explice - în primul rând, fiindcă nu reuşeau s-o definească exact, să îi sesizeze natura.

După un timp, au început să întrevadă unele trăsături generale: de pildă, că ideile mis-tice, ca şi cele poetice, erau extrem de rare, aproape inexistente, în vreme ce se aflau din abundenţă raţionamente ştiinţifice, gânduri pragmatice, îndemnuri la acţiune. S-ar fi zis că Luna acţiona ca un disc de sugativă, ca o hârtie de filtru - dar un filtru selectiv - lăsând să treacă dintr-o parte într-alta numai anumite emanaţii (parcă anume pe cele de dată mai recentă, ca şi cum permeabilitatea faţă de această ciudată osmoză ar fi crescut în timp, şi încă după o curbă logaritmică) şi oprindu-le pe toate celelalte. Numai că urmarea logică a osmozei trebuia să fie o foarte slabă concentraţie a ideilor contemporane, în beneficiul celorlalte, pe faţa îndreptată spre Pământ - ceea ce nu părea să fi fost cazul.

Se strǎduirǎ zadarnic să dezlege enigma; îi exaspera faptul că multe gânduri, a căror prezenţă o înregistrau cu un consum nervos extrem de ridicat, le rămâneau incaccesibile, purtau înţelesuri de nedescifrat. Tocmai de la această constatare porni şi ipoteza care, până la urmă - fără să fie totuşi demonstrată în vreun fel - întruni cei mai mulţi adepţi. În conformitate cu aceasta, în vreme ce poluarea feţei văzute a Lunii avea ca sursă prezenţa astrului noţii în sfera preocupărilor terestre, invadarea celeilalte feţe pornea din direcţia civilizaţiilor extraterestre (evident, a celor ajunse la un grad de dezvoltare suficient pentru a le îngădui să perceapă existenţa satelitului nostru). O asemenea influenţă putea fi, desigur, mult mai puţin importantă pe partea a cărei vedere era mereu eclipsată din pricina Terrei.

Oricum ar fi fost să se explice, poluarea ambelor feţe ale Lunii era un fapt incontestabil. Aşa încât, până la găsirea unor remedeii adecvate, pământenii renunţară la proiectele lor de colonizare - care, încă din acel stadiu, păreau să vină în contradicţie cu intenţiile şi calculele altor lumi locuite - şi se mulţumiră cu expediţii de scurtă durată. Selenia rămăsese, cel puţin în aparenţă, neîntemeiată. În realitate, ea ocupa întreaga suprafaţă a Lunii şi era populată din cele mai vechi timpuri.

ANTAR

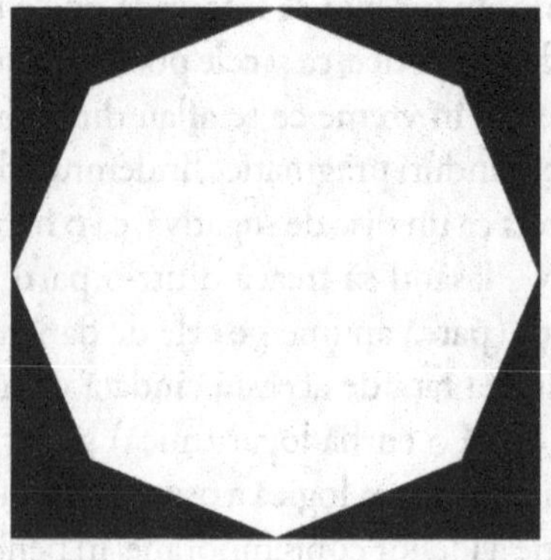

Oraşul fusese zidit din blocuri de gheaţă, din gheaţa dură, translucidă, a Antarctidei, pe pământul căreia se afla şi de unde i se trăgea - prin prescurtare - numele. Faptul că în *Petit Larousse* (ediţia 1968), în locul oricărei referiri la această cea mai de sud aşezare a globului, se află inserat, la pagina 1.123, coloana a treia, articolul *„ANTAR ou ANTARA, guerrier et poete arabe du VI-e s., héros de l'epopée le Roman d'Antar"*, nu trebuie, în nici un caz, să vă tulbure; coincidenţa de nume este absolut întâmplătoare. Ignorarea de către prestigiosul dicţionar eciclopedic, perpetuată şi în ediţii mai recente, a existenţei oraşului Antar este cu totul explicabilă, dacă nu chiar scuzabilă; viaţa extrem de scurtă a urbei nu părea să fi fost predestinată istoriei, iar rândurile de faţă nu fac decât să încerce o revizuire postumă a unei ursite oarecum nedrepte. (Mult mai pătrunse de spiritul echităţii, alte enciclopedii trec sub tăcere şi numele obscurului *războinic şi poet arab...*)

Unul dintre temeiurile de întemeiată mândrie ale antarezilor era faptul că soarele nu s-a ridicat niciodată deasupra orizontului, de-a lungul întregii existenţe a aşezării. De altfel, trebuie să spunem că aceşti bravi oameni, departe de a aluneca pe panta orgoliului, către care destule motive i-ar fi putut împinge, se arătau cât se poate de modești, deși necomunicativi. Glacialitatea lor evidentă, ținuta protocolară, atitudinea distantă și mereu meditativă au făcut ca nu o dată ei să fie suspectați de trufie și chiar de mizantropie; era o judecată pripită, nedreaptă, așa cum se va vedea din cele ce urmează. Cert este că, abstracție făcând de aurora australă, de emisia astrală și de lumina zodiacală, orașul trăia în beznă, sub imperiul unei nopți fără sfârșit și - după unele opinii - fără început chiar.

În asemenea împrejurări, este ușor de înțeles cât era de binevenită pentru municipalitate și, mai cu seamă, cât de bătătoare la ochi era proprietatea mai mult decât ciudată a localnicilor de a răspândi în jur, cu întreaga suprafață a corpului, o lumină difuză, albăstrie și destul de intensă, ceea ce făcea inutil iluminatul public ori al încăperilor. Spectacolul - din păcate, de cel mai strict uz intern, căci accesul străinilor era, din rațiuni necunoscute, cu desăvârșire interzis - trebuie să fi fost feeric: procesiunea fosforescentelor trupuri, desfășurată pe străzi și printre ziduri pe jumătate transparente, putea fi demnă de penelul celor mai iluștri poeți ai luminii, de la Rembrandt la De Chirico.

Cu siguranță că, la ritmul lent care o caracteriza, viața la Antar avea șanse considerabile să treacă pragul consacrării, impunând astfel un nou nume cartografiei, manualelor de geografie și, în cele din urmă, tratatelor de istorie și dicționarelor enciclopedice. Numai că, în fața destinului potrivnic, aceste șanse se văzură curând reduse la zero. Iar rafala de vânt, care avea să aducă sămânța pieirii premature pe acele meleaguri, fu tocmai faima crecândă a orașului, aureola de mister a autoizolării, începutul de legendă țesut în jurul numelui său.

Joe nu avea o meserie anume, în sensul obișnuit al cuvântului; toată ziua - și, mai ales, toată noaptea (nutrea o nemărturisită preferință pentru recitalurile nocturne) - nu făcea altceva decât să-și desăvârșească arta de a lovi (cu palmele, cu degetele, cu pumnul, cu coatele și genunchii, cu fruntea și chiar cu bărbia) în membrana bine întinsă a unui tam-tam. Nu l-a pus niciodată pe gânduri faptul că cei din jur îi rezolvau problemele mărunte ale traiului zilnic, după cum îl lăsa absolut indiferent dacă lor le era sau nu pe plac rezultatul strădaniei sale. Joe bătea tam-tam-ul pentru simplul motiv că i-ar fi fost imposibil să facă altminteri. Nu se știe exact cum anume a reușit el performanța uluitoare de a pătrunde în Antar - tocmai el, care nu se interesa de nimic altceva decât de instrumentul său și care nu se învrednicise niciodată să ducă la bun sfârșit altă treabă decât a ciocni ritmic membrana sunătoare. Nu se poate stabili cu precizie cum a auzit despre orașul cu pricina, nici prin ce miracol a ajuns acolo. Unicul fapt asupra căruia există o deplină certitudine este că, odată ajuns, și-a reluat cu sârguință vechea preocupare.

Efectul fu nemaipomenit: până să de dezmeticească autoritățile, până să fie expulzat intrusul, orice măsură devenise mult prea târzie. De fapt, urmările - propagate asemenea unei reacții în lanț - fuseseră la început destul de greu de sesizat, și tocmai asta a pecetluit soarta urbei. La auzul tam-tam-ului (pe care, să recunoaștem, Joe îl mânuia ca nimeni altul), antarezii începură să se miște ceva mai repede, atât și nimic mai mult. Această extrem de discretă accelerare urmă însă, neabătut, să acționeze. Nimeni nu dădea atenție negrului care, tot atât de indiferent și acum la cele ce se petreceau în jurul lui, împroșca în eter ritmuri îndrăcite. Dar oamenii se mișcau mereu mai repede, atinși parcă de o vrajă; pe măsură ce accelerația își continua opera, emisia luminoasă a trupurilor se intensifica, trecând spre nuanțe galben-roșietice. Trecătorii începuseră să semene cu niște torțe vii, ambulante. Și, spre surpriza generală, orașul porni să se dezghețe, cu asemenea repeziciune, încât foarte curând nu mai rămase din el nici o urmă. Mulțimea antarezilor - rămași sub cerul liber, și sub tălpile cărora gheața continua să se topească - luară atunci drumul pribegiei. Ca și cum fulgerătoarea combustie i-ar fi secătuit, ei își pierdură proprietățile luminofore.

Se zice că, întrebat mai apoi ce anume îl îndemnase să se stabilească în orașul din preajma Polului Sud, Joe ar fi răspuns simplu: *„Mi se spusese că oamenii de acolo n-au auzit niciodată un tam-tam!"* Unul dintre cei mai competenți biografi ai lui înclină, totuși, să creadă că îl ademenise la Antar ideea irezistibilă a unei nopți perpetue...

ATLANTIS

Primirea triumfală fusese pusă la punct până-n cele mai mici amănunte. Se aştepta ca, dintr-o clipă într-alta, mântuitorii să se arate mulţimii. E drept, nimeni nu ştia exact cine erau ei şi nici cum anume ar fi trebuit să le fie înfăţişarea, dar erau convinşi cu toţii că îi vor recunoaşte, de îndată ce îşi vor fi făcut apariţia. Cât despre modul cum se deplasau şi direcţia din care urmau să sosească misterioşii oaspeţi, cărţile sfinte ale atlanţilor nu făceau decât să se refere la un (de neînţeles pentru ei) timp viitor.

Toată suflarea marelui oraş era adunată, în preajma orei Z, în spaţioasa agoră centrală. Umbra catargului se deplasa lent pe faţa albă a unui cadran solar imens; o urmăreau în linişte, copleşiţi de emoţie, cum se apropia de dunga marcată cu roşu, care avea să se identifice cu semnul dramatic al sfârşitului. Ar fi fost, desigur, imposibil ca vreunul dintre cei prezenţi acolo să o bănuiască; totuşi, îi încerca parcă o presimţire ciudată, o teamă nelămurită, care sporea fiorul mistic al acelui moment solemn.

Oraşul rămăsese pustiu. Străzile şi pieţele sale - cu excepţia locului de adunare - îşi încetaseră subit forfota, anticipând cu câteva ceasuri domnia milenară pe care avea să o instaureze aici tăcerea. Modelate în lava solidificată a vulcanilor stinşi, incintele concentricelor fortificații - care purtaseră până departe faima invincibilității acestei cetăți a luxului și a splendorii - nu erau pregătite să înfrunte teluricul asalt. Palate impunătoare, ascunzând comori mai presus de orice închipuire, aveau să se retragă definitv la adăpost de lăcomia privirilor.

Dunga sângerie, încrustată în marmura cadranului, fu acoperită, rău prevestitor, de umbră; în aceeași clipă, orașul fu zguduit din temelii de șocul unei lovituri de o forță colosală. Pământul întreg se cutremură, scoarța lui plesni, ca o pojghiță fragilă, iar strălucitorul Atlantis porni să coboare maiestuos în adâncuri, ducând cu el destinul unui întreg imperiu.

Cu toată panica iscată și cu toate că îmbrăcaseră costume de epocă, oaspeții fură identificați imediat. Angajați într-o escapadă spațio-temporală, dictată de rațiuni științifice (și, de ce să n-o fi recunoscut, de cele reportericești în egală măsură), ei tocmai sosiseră, pentru a fi de față la pieirea Atlantisului, fenomen căruia - după cum reieșea din documentarea lor prealabilă - i se atribuiau cauze de natură geologică. Dar formidabilul vehicul al timpului se defectase și era puțin probabil ca o nouă expediție să le vină curând în ajutor, după ce prima experiență eșuase. Abandonați printre acești eroi barbari ai protoistoriei, expuși urmărilor amenințătoare ale cataclismului, despărțiți - poate pentru totdeauna - de contemporanii lor, situația nu părea să le fie deloc plăcută.

Găsiră însă tăria de a-și urma unica menire posibilă, aceea de mântuitori, contribuind din toate puterile, cu toată inteligența și cultura pe care o stăpâneau, la desfășurarea ulterioară - de altfel, cunoscută lor, în linii mari - a evenimentelor.

- Spre port! le porunciră ei atlanților, care îi urmau fără crâcnire. Nu luați cu voi decât merinde, cât mai multe merinde! Salvarea noastră este pe mare...

Lăsară în urmă continentul peste ale cărui ruine se năștea Oceanul Atlantic. Multe galere, lovite de valurile necruțătoare, se scufundară; la zeci de jertfe se ridică prețul plătit pentru viața fiecăruia dintre cei scăpați de urgie. Aceștia se răspândiră în lume şi, urmând povaţa sanctificaţilor salvatori, întemeiară civilizaţiile socotite, pentru multă vreme, a fi cele dintâi.

S-au făcut numeroase tentative pentru recuperarea primilor exploratori ai trecutului; dar aceia dintre ei care nu-şi găsise-ră sfârşitul în vreun naufragiu, în timpul marelui periplu, nu se arătau dispuşi să renunţe la statutul de regi divinizaţi ori la vocaţia de misionari ai evoluţiei, astfel încât nici unul n-a mai revenit printre noi. Continuă şi astăzi să rămână fără răspuns întrebarea dacă vehiculul timpului a eşuat atunci datorită ca-tastrofei geologice sau dacă, dimpotrivă, acea catastrofă a fost declanşată tocmai de o defecţiune survenită în func-ţionarea sistemului său de propulsie. Şi nu poate fi cu totul eliminată din discuţie nici posibilitatea ca defecţiunea să fi fost provocată chiar de către exploratori, în mod deliberat...

QUANTA KA

Fenomenul fusese înregistrat de mai toate observatoarele astronomice situate în emisfera nordică: în direcţia Stelei Polare apăruse o puternică sursă, a cărei emisie nu făcea parte dintre radiaţiile cunoscute. Fără să fie luminoasă, aceasta impresiona plăcile fotografice; fără să fie o radioundă, putea fi transformată în sunet de orice radioreceptor; fără să fie de natură electromagnetică, era totuşi semnalată de-a lungul întregului spectru, pe orice frecvenţă. Cea mai surprinzătoare caracteristică a emisiei era însă că se deplasa în spaţiu cu o viteză care, după toate probabilităţile - şi spre stupefacţia fizicienilor - o depăşea pe aceea a luminii.

Foarte curând, astrofizicienii constatară că insolitele radiaţii nu erau omogene, că emiterea lor nu se făcea în mod constant, că ea suferea o serie determinată de variaţii, înregistrate în spectrul electromagnetic pe fiecare lungime de undă, o modulaţie fixă, reluată ritmic, absolut identic. Această serie de variaţii - desfăşurată într-o fracţiune de ordinul unei miliardimi de secundă - a fost botezată *cuantă K*, după iniţiala descoperitorului ei.

Peste câteva săptămâni, emisia încetă tot atât de brusc cum îşi făcuse apariţia. Cuanta K preocupă multă vreme pe savanţii din întreaga lume, dar cum cercetările lor nu duceau la nici un rezultat, pasiunea dezlănțuită în lumea științifică se atenuă treptat, până când se stinse cu totul. Doar câțiva fanatici mai continuau - mai mult pe ascuns, de teamă să nu ajungă ținta ironiei generale - să cerceteze fenomenul K. Apoi se lăsară și ei păgubași.

Într-o bună zi, însă, unui tânăr îi veni ideea să considere misterioasa cuantă drept semnal încredințat Cosmosului de către o altă civilizație; el se dedică descifrării ipoteticului mesaj și își petrecu mai bine de douăzeci de ani retras într-un laborator, izolat de lume. Adunase aici, cu o pasiune vrednică de un deschizător de drumuri, toate documentele legate de obiectul cercetărilor sale. Își instalase un observator astronomic - înzestrat cu un puternic radiotelescop, cu instrumente și aparate de cea mai bună calitate - pentru a ține sub un control permanent și de mare finețe acel sector al bolții cerești unde, cu aproape o jumătate de veac în urmă, fusese reperată sursa. Ajunsese destul de departe cu investigațiile, era convins că se află pe drumul cel bun și găsise argumente de necontestat că era vorba chiar de un mesaj, așa cum presupusese de la bun început. Dar cheia mesajului îi rămânea inaccesibilă, descifrarea era, practic, la fel de depăratată ca și în prima zi. Era convins că principala barieră în calea căutărilor sale o constituia faptul că deținea doar descrierile fenomenului, înregistrările efectuate în sisteme improprii, nespecifice, cărora natura însăși a emisiei le rămăsese străină și le-ar fi fost acum imposibil să-i comunice altceva decât o umbră a adevăratului mesaj. Unica lui șansă de succes era ca emisia să se repete - și, tocmai de aceea, își concentră întregul efort pentru ca, într-o asemenea eventualitate, să-și asigure contactul nemijlocit cu cuantele K, posibilitatea de a efectua cercetări directe asupra lor. Avantajul față de cei care le descoperiseră era nu numai al posedării unor instrumente mai perfecționate, ci și acela al unei orientări cu totul diferite a investigațiilor, convingerea că se află în prezența unui semnal, ceeea ce nu intrase în nici un fel în vederile predecesorilor.

Aştepta. Desigur, nu mai era de mult tânăr, dar era încă plin de energie şi socotea că are destui ani înainte, ca să-şi îngăduie să aştepte. De altfel, nici nu avea altă posibilitate - afară doar de aceea de a renunţa. Dar nici gând să renunţe! Zilnic îşi verifica instalaţiile, le mai aducea câte o modificare, examina în fiecare noapte Steaua Polară, încredinţat că mesajul avea să se repete. Până când minunea se petrecu, într-adevăr! De cum prinse de veste, lăsă la o parte orice altă îndeletnicire şi, aproape fără somn, urmărea zi şi noapte emisia.

Se afla în laborator, plasat în focarul angrenajului complex de instrumente şi aparate, pe care îl imaginase, îl proiectase şi îl construise cu atâta tenacitate. Cu atenţia încordată la maximum, cu greu stăpânindu-şi emoţia, scormonea cu îndărătnicie fluxul acela de energie, al cărui tâlc ascuns îl căutase, până în acea clipă, zadarnic. Brusc, se simţi ca lovit de un trăsnet, şi ultima imagine pe care o înregistră fu aceea a uriaşului cronometru electronic, pe care îl avea montat chiar în faţa ochilor.

Se trezi într-un oraş necunoscut, plutind parcă, printre construcţii cum nu mai văzuse până atunci. Cerul era violet, lumina era foarte intensă, dar astrul zilei nu se zărea nicăieri. Se simţea privit, dar nu observă pe nimeni prin preajmă, iar pereţii clădirilor erau opaci. Poate, îşi zise, erau impenetrabili numai pentru privirile sale, nelăsând razele să treacă decât într-un singur sens. Ori ceea ce simţea el erau ochii, aţintiţi asupră-i, ai edificiilor înconjurătoare, care să nu fi fost simple construcţii, ci adevărate fiinţe vii, de dimensiuni uriaşe... Se afla, într-adevăr, într-un oraş? Sau într-o pădure, în mijlocul unei turme, ori al unei adunări? Plutea, ca într-un vis, fără să facă cel mai mic efort, condus de o forţă căreia nu i se putea sustrage, dar care părea să ţină seama, oarecum, şi de curiozitatea lui turistică.

Nu-i era nici foame, nici sete, nici somn, deşi - după aprecierea lui - călătoria dura de foarte multă vreme, de câţiva ani poate. Oraşul fără margini pe care-l vizita (dacă era un oraş) ar fi trebuit să aibă locuitori, şi el ar fi vrut să-i cunoască. Nu găsea deloc politicos şi nici echitabil din partea lor să-l ţină într-o asemena poziție de inferioritate, expunându-l privirii tuturora, fără ca el să poată vedea pe cineva. Ca și cum i-ar fi fost ascultată dorința, o făptură îl întâmpină, plutind și ea în același zbor planat. De la bun început, apariția îl fascină într-atâta, încât nu mai acordă presupuselor construcții nici o atenție. Nu semăna defel cu un om și nici n-ar fi putut spune dacă era bărbat sau femeie - ori, poate, o ființă asexuată sau hermafrodită - dar exercita asupra lui o atracție comparabilă doar cu pasiunea fulgerătoare pe care ar provoca-o meridionalilor apropierea unei superbe fiice blonde, cu ochi albaștri, a Scandinaviei. Bătrânul ascet simți cum își redobândea vigoarea unei tinereți pierdute. Se înlănțuiră într-un balet aerian care îi oferi uluitoare trăiri erotice. Și, cu toate că intensitatea acelei solicitări totale părea insuportabilă, era mistuit de sfâșietoarea dorință de a o prelungi la infinit, de a trece astfel în eternitate, contopindu-se cu întregul Univers.

Când se regăsi în laboratorul său, în fața cronometrului, nu-i veni să creadă ochilor că se afla încă în aceeași fracțiune de secundă; înțelese imediat că izbutise să descifreze - ba mai mult, să trăiască - un crâmpei din mesajul pe care de atâția ani se chinuia să-l pătrundă. Orașul viziunii sale de o clipă - și pe care, în *Memoriile* sale, îl va boteza *Quanta Ka* - aparținea unei alte lumi, era locuit (după toate aparențele) de ființe asemănătoare celei pe care o cunoscuse... Amintirea ei îl zgudui dureros. Nu s-ar fi împăcat niciodată cu gândul - pe care nu izbutea, totuși, să-l alunge - că era puțin probabil s-o mai revadă; faptul că ar fi fost posibil să n-o întâlnească deloc, că totul se datora unei simple întâmplări, nu reușea să-i potolească patima.

Interesul științific îl părăsise; îi părea străin și oarecum absurd. Pentru el, mesajul în sine nu mai avea acum nici un fel de importanță. Regăsirea ființei care îi fusese atât de brutal răpită deveni unicul țel al vieții sale. Numai că, la drept vorbind, soarta se arătase și așa destul de generoasă: teribila șansă îi fusese acordată și ar fi fost prea mult să beneficieze de ea pentru a doua oară.

ARCANUM

Sesizase de la bun început că nu era vorba de un oraş oareca-re; totuşi, n-ar fi putut spune prin ce anume se deosebea de cele pe care le vizitase până atunci şi nici măcar prin ce împrejurare ajunsese acolo. Era foarte preocupat să privească în jur, cu cât mai multă atenţie, pentru a descoperi de unde i se trăgea acea stare sufletească nemaitrăită, care punea cu încetul - dar im-placabil - stăpânire pe el.

Edificiile pe care le cuprindea cu privirea alcătuiau intersec-ţii diverse de corpuri geometrice elementare. Detaliile erau însă destul de complicate: suprafeţele, departe de a fi netede, erau perforate adânc, brăzdate de incizii, purtau din loc în loc cavi-tăţi întunecate sau reliefuri multicolore, de forme dintre cele mai bizare.

Domnea o linişte deplină. Îşi spusese, mai întâi, că era, pro-babil, foarte devreme, în zori abia; descoperi, însă, cu uimire, astrul zilei, înălţat mult deasupra orizontului. Trebuia să recu-noască - fără prea mult entuziasm, de altfel - că nici liniştea şi nici pustietatea persistentă nu puteau fi explicate, pentru acea oră, decât în ipoteza că oraşul ar fi fost nelocuit. Întemeietorii lui trăiseră cândva pe acele meleaguri; nu putea fi vorba, deci, de-cât despre un oraş părăsit - chibzui el. Într-adevăr, nu se vedeau semnele eventualei întreruperi prin violență a vieții, ale distrugerii. Se întrebă ce destin cumplit ar fi putut să-i determine pe locuitorii unui asemenea oraș să-și părăsească vatra statornică și să apuce drumul pribegiei... Ori, poate, stirpea lor s-a stins, pe-ndelete, atinsă de-un necunoscut blestem? Câtă vreme să fi trecut de când acele locuri fuseseră abandonate?

Ajuns la acest punct al raționamentului, uimirea lui spori brusc: începu să observe că, după toate probabilitățile, nu trecuse foarte multă vreme de atunci. Clădirile aveau un aspect extrem de îngrijit, cu muchii vii, ca abia ieșite de sub mistrie, aproape perfecte, cu suprafețe curate, bine conservate, lipsite până și de cele mai neînsemnate depuneri de praf. Această stare de salubritate, pe care orice primărie din lume ar fi invidiat-o, contrasta flagrant cu reprezentarea obișnuită a unui oraș părăsit. Decis să pătrundă în încăperile straniilor edificii - convins că astfel îi va fi înlesnită dezlegarea misterului - începu să caute o poartă, o intrare. După o minuțioasă investigație, se convinse că, cel puțin în cazul construcției în preajma căreia se afla, singura soluție ar fi fost să treacă... prin zid; cum nu se bucura de o asemenea proprietate, găsi că ar fi fost mai cuminte să-și reia cercetările la o altă clădire.

Abia acum descoperi că se afla pe o platformă de o suprafață foarte restrânsă și că, pentru a se deplasa până la clădirea învecinată, ar fi trebuit să dețină virtuțile celui mai desăvârșit acrobat, ale unui recordman în materie de sărituri și ale unui dansator pe sârmă, toate acestea cu condiția să fi fost înzestrat cu priceperea și echipamentul complet al unui alpinist de elită. Înciudat, examină cu mai multă atenție ceea ce socotise până atunci a fi o stradă; de fapt, era vorba de o înfiorătoare succesiune de planuri înclinate, crevase, cratere și abisuri, cu pereții modelați la fel ca și aceia ai edificiilor.

Pe măsură ce privirea, desfășurată în cercuri tot mai largi, îi releva noi amănunte, în minte își făcea loc o intuiție surprinzătoare. Pricepu că orașul acela era nu numai nelocuit, ci de-a dreptul nelocuibil! În construcțiile lui - care nu erau altceva decât sculpturi colosale, lipsite de uşi şi ferestre, sau de ceea ce se înțelege de obicei prin uşi şi ferestre - nici un om n-ar fi putut să pătrundă, şi nici să se adăpostească. Pe străzi - care erau departe de a fi tocmai nişte străzi - nici un pieton şi nici un vehicul dintre cele cunoscute n-ar fi putut să circule, iar în piețe (dacă ar fi existat cumva) ar fi fost imposibil să se adune lumea. Mai mult chiar, în oraşul acela - pe care cine ştie cine, şi de ce, îl va fi fost construit - oamenii n-ar fi putut să supraviețuiască niciodată, pentru că el nu părea să conțină nici măcar un singur obiect care să le fi fost de trebuință, iar oamenii se adună în oraşe tocmai pentru a se servi, în comun, de o sumedenie de lucruri folositoare; şi le-ar fi fost imposibil să supraviețuiască mai ales pentru că (abia acum îşi dădea seama cu adevărat) nu s-ar fi acomodat niciodată cu formele lipsite de sens, gata să se descompună, cu volumele aflate pe punctul de a li se prăvăli, strivitoare, în creştet, cu suprafețele nesigure, violent colorate, declanşatoare de nelinişti cu neputință de înfrânt.

Cum ajunsese, oare, acolo?

Absorbit de tulburătoarele sale gânduri, nu observase că, mai întâi ca un foşnet abia perceptibil, apoi tot mai desluşit, o răsuflare străină se instala în liniştea sepulcrală a urbei.

Îşi struni auzul, fără să reuşească, totuşi, să distingă din ce direcție veneau sunetele. O respirație calmă, egală, liniştită umplea întregul spațiu acustic, fascinându-l; era singura prezență umană, în acea pustietate. Deodată, aproape în acelaşi timp, îl izbi un miros cunoscut, de trup asudat, cu un vag iz de iasomie şi simți atingerea fierbine, tulburătoare, a unei îmbrățişări. Ar fi vrut să închidă ochii, să se lase purtat de vraja acelei iluzii care - aproape că nici nu îndrăznea să spere - l-ar fi putut smulge unei experiențe ireversibile. Observă, contrariat, că pleoapele refuză să-l asculte; imaginea absurdului oraş continua să-l sfredelească, acaparatoare.

Era, cumva, victima unui coşmar?

Ar fi trebuit să-şi muşte buzele, să-şi înfigă unghiile în carne, să se convingă dacă e treaz, sau dacă doarme. Dar fălcile îi erau încleştate, iar mâinile nu-l ascultau; se simţea paralizat, incapabil de orice mişcare. Să fi fost un semn că visa? Buzele îi fură strivite, dar nu erau dinţii săi aceia; carnea îi fu străbătută de un fior dureros, dar ale cui puteau fi degetele care-l dezmierdau? Vru să-şi examineze degetele şi constată cu spaimă că fiinţa sa dispăruse. Îşi aminti acum că nu şi-o zărise niciodată, de când se afla în oraşul acela.

Încremenit de groază, îşi rostogolea gândul în cerc, unicul gând: când oare i se va reîn-toarce conştiinţa din această proiecţie suprareală, de pe tărâmuri care nu aparţineau nici visului şi nici vieţii adevărate? Oare va redeveni vreodată ceea ce fusese mai înainte? Îşi va redobândi unicitatea, trăirea integrală? Nu cumva, se întrebă el, nesfârşitele, ademenitoarele jocuri ale imaginaţiei sale erau de vină?

Atunci, ca şi cum i s-ar fi dat un răspuns, simţi arsura unor genunchi ciocnindu-i genunchii...

- *Doamne,* gemu fără glas, *e peste puterile mele!*

Questo libro vanta una storia di oltre cinque decenni e sin dal principio il suo legame con l'Italia non è stato casuale. Alcune delle città qui descritte hanno avuto come modello (o, se non altro, come fonte di ispirazione, per quanto parziale) città, reali o immaginarie, ubicate nelle soleggiate terre italiche. L'idea stessa di creare una raccolta di descrizioni di città immaginarie sembra aver colpito l'immaginazione anche di uno scrittore italiano proprio nel periodo in cui io stesso stavo scrivendo questo libro: c'è infatti da presupporre che il volume di Italo Calvino, Le città invisibili, pubblicato nel 1972, sia stato concepito negli anni in cui, senza nemmeno sospettare di non essere l'unico ad avere avuto quel genere di idea, lavoravo al manoscritto de *La quadratura del cerchio*. È vero, il mio libro è stato pubblicato (in forma mutila, priva di immagini e con ben dieci testi eliminati dalla censura comunista) soltanto nel 1975, eppure lo avevo già scritto negli anni tra il 1969 e il 1971. Sono però trascorsi altri quattro anni prima di riuscire a trovare una casa editrice disposta ad assumersi il rischio di pubblicarlo. E così, tutti quelli che hanno scritto qualcosa a proposito del mio libro hanno delineato un certo parallelismo con l'opera di Calvino, nonostante sia poi di fatto abbastanza difficile trovare somiglianze di ordine letterario, oltre al fatto che entrambi i testi sono descrizioni urbane. Ho potuto leggere Le città invisibili solamente nel 1979, quando ne è stata pubblicata la traduzione romena; c'era stato però un altro libro di Calvino, Le Cosmicomiche, tradotto nel 1970 (insieme a Ti con zero), che avevo letto con grande meraviglia proprio nel periodo in cui lavoravo a *La quadratura del cerchio* e, lo confesso qui per la prima volta, uno dei racconti di Calvino (La distanza della luna) aveva svolto la funzione di impulso iniziale per la stesura di Selenia." Esiste quindi un secondo legame, meno evidente, con l'opera del grande prosatore italiano...

Se la "nascita" della prima edizione è stata caratterizzata da tutta una serie di supplizi (comprensibili per chi conosce la sorte degli scrittori sotto una dittatura), il destino del mio libro si è tuttavia rivelato fortunato. Molti dei testi del volume, compresi alcuni tra quelli eliminati dalla censura, sono stati pubblicati all'interno di riviste letterarie (alcuni persino prima della pubblicazione del libro) e all'interno di antologie romene ed estere. Tra queste ultime anche la significativa presenza nel numero 49 della pubblicazione italiana Grande Enciclopedia della Fantascienza (Editoriale del Drago, Milano 1980) di tre racconti (Antar, Sinurbia, Dava) e del saggio Vi presento le mie città fantastiche).

Il mio trasferimento definitivo in Germania nell'estate del 1983, dopo che per motivi politici avevo perso il mio lavoro di redattore della principale rivista culturale del paese, Contemporanul, sembrava aver messo un punto fermo alla mia attività letteraria: in Romania ero diventato un fuorilegge, non conoscevo la lingua del paese che mi ospitava, e per poter mantenere la mia famiglia era necessario riprofilarmi cercando un lavoro che fosse molto richiesto. Ma, inaspettatamente, direi in modo quasi miracoloso, una rispettabile traduttrice francese ha manifestato interesse per il mio volume sulle città immaginarie e, grazie a lei, nel 1994, a Parigi è stata pubblicata la prima versione integrale (e per di più in francese!) de *La quadratura del cerchio*. Questo è stato l'inizio di una serie di fortunati eventi: una copia dell'edizione francese è giunta tra le mani di un editore di Madrid, che ha trovato un traduttore eccellente (si tratta del prefatore della presente edizione, Mariano Martín Rodriguez) il quale, nel 2010, ha pubblicato la traduzione in spagnolo del libro. Lo stesso Mariano, che nel frattempo mi era divenuto amico, ha poi spedito il libro alla celebre scrittrice Ursula K. Le Guin che, conoscendo lo spagnolo, è rimasta conquistata dalla lettura e non soltanto ha deciso di tradurre il libro in inglese e di scrivere una prefazione, ma ha anche trovato una casa editrice disposta a pubblicarlo. La versione americana, pubblicata nel 2013 proprio grazie a una traduttrice tanto prestigiosa, ha poi aperto la via ad altre tre traduzioni: quella in tedesco (2016), quella in giapponese (2019) e quella in italiano che avete proprio ora tra le mani. Chiaramente, nel frattempo, dopo il crollo della dittatura, anche in Romania ne sono state pubblicate due versioni integrali, la prima nel 2001 e la seconda nel 2013.

L'attuale edizione italiana ha una caratteristica che la rende, a modo suo, unica: è bilingue, ovvero presenta al lettore anche il testo originale, ulteriore fonte di gioia per me, in quanto di autore. Ciò che in Giappone sarebbe stato privo di senso (quanti giapponesi sarebbero stati capaci di assaporare le delizie della lingua romena?), nel caso di due lingue tanto strettamente imparentate come l'italiano e il romeno mi sembra un'idea ingegnosa, che penso potrà accrescere l'interesse per il libro, funzionando proprio come vasi comunicanti ed evidenziando la compenetrazione e la differenziazione delle parole e dei significati. Vi auguro quindi una buona lettura!

Monaco di Baviera, 09/11/2022
Gheorghe Săsărman

Paradigma ed enciclopedia di geofiction urbana:
La quadratura del cerchio di Gheorghe Săsărman e
le città speculative

Alla comparsa della prima edizione romena de *La quadratura del cerchio*, nel 1975, Gheorghe Săsărman aveva già pubblicato varie storie fantascientifiche su diverse riviste, ma anche all'interno di una raccolta molto interessante intitolata Oracolul (L'oracolo, 1969). In più, si era già distinto nell'ambiente giornalistico grazie ai suoi articoli sull'architettura, professione per la quale si era laureato, ma che non aveva avuto modo di esercitare, optando per una collaborazione professionale con una delle principali pubblicazioni dell'epoca, curando una rubrica dedicata a questa disciplina. L'attività pubblicistica lo orientò, probabilmente, verso il lato teorico dell'arte della costruzione, e ciò gli portò, nel 1978, il titolo di dottore di ricerca, con la stesura della tesi Funcţiune, spaţiu, arhitectură (Funzione, spazio, architettura), che venne data alle stampe l'anno successivo. La tesi è di natura filosofica piuttosto che tecnica e vorrebbe, in una certa misura, creare una logica dell'habitat artificiale, enfatizzandone l'analisi e senza intenzioni prescrittive su come si dovrebbe presentare un'architettura ideale, chimera che tanti architetti hanno perseguito. A questo lavoro teorico seguirono nuovi studi di estetica dell'architettura, pubblicati nel paese natale prima che l'autore prendesse la via dell'esilio, nel 1983, per stabilirsi definitivamente in Germania. E tuttavia, non sono stati questi ultimi a restituirgli una relativa celebrità, bensì la sua attività letteraria. In questa fase iniziale, *La quadratura del cerchio* non ottenne un gran successo, trattandosi di un'opera straordinariamente originale che deve aver disorientato i suoi critici, che non sapevano se inserire il libro nel genere fantascientifico così come lo si concepiva allora o piuttosto nella letteratura generica. Un solo critico, Victor

Bârlădeanu, riuscì a evidenziare il legame tra il volume e lo stile postmoderno di Mircea Horia Simionescu, un altro outsider letterario, che aveva anche scritto alcuni preziosi racconti di fantascienza (ad esempio *Norul de argint*, La nuvola d'argento, 1969). Ma la scuola postmodernista era ancora in fasce e, sebbene in Romania avrebbe presto raggiunto vette rimaste quasi ineguagliate nel resto d'Europa, le sue tecniche letterarie non erano ancora alla portata di tutti nel momento in cui apparve la prima edizione de *La quadratura del cerchio*.

Riferimenti culturali, metaletteratura, ironia – considerata un processo retorico predominante – sono alcune delle caratteristiche che avvicinano la raccolta alla prima fase del postmodernismo, anticipandone alcuni tratti distintivi. Così, una città come Verticity, la cui intera popolazione dipende da una realtà virtuale basata essenzialmente su un semplice simulacro, preannunciava, già nel 1975, non soltanto alcune derive – analizzate e, implicitamente, giustificate dall'ideologia del postmodernismo – ma anche la sua principale manifestazione nel campo della letteratura speculativa[25], ovvero il trionfante *cyberpunk* degli anni '80. Nel libro vediamo rievocazioni giocose di momenti storici, oltre che un libero e demistificante ricorso a tecniche e motivi specifici dei cosiddetti generi paraletterari come quello horror (Oldcastle e i suoi fantasmi), la fantascienza galattica (Cosmovia, che sfrutta il tema dell'arca interstellare) o anche la fantascienza intrisa di avventure esotiche (Sah-Harah); l'elogio del desiderio sessuale (Virginia, Arcanum) o l'ironica esibizione di una cultura enciclopedica (come, ad esempio, le precisazioni riguardanti Antar nell'omonima novella, o la spe-

---

25 Secondo W. Warren Wagar (*Terminal Visions. The Literature of Last Things*, Bloomington: Indiana University Press, 1982, p. 9), la letteratura speculativa designa *"qualsiasi opera di narrativa, compresa la poesia drammatica e narrativa, specializzata in speculazioni plausibili sulla vita in circostanze mutate ma razionalmente concepibili, in un passato o presente alternativo o nel futuro"*. Nel caso della *geofiction*, la speculazione plausibile si addensa attorno un dato luogo possibile da concepire razionalmente.

dizione di archeologi a Hattuşáş, con le loro frasi pronunciate in una lingua immaginaria composta da parole ittite nel dialogo tra i guerrieri e l'archeologo Hrozný, ispirate dal lavoro del linguista ceco che decifrò, appunto, la lingua ittita). Si tratta di caratteristiche presenti in molte opere letterarie postmoderne (o tardo-moderne). Ma *La quadratura del cerchio* è arrivata, probabilmente, troppo presto, senza contare che l'autore non frequentava i circoli influenti del mondo letterario. Non si unì al gruppo di giovani poeti di Bucarest che in seguito avrebbero spinto Mircea Cărtărescu ai vertici del postmodernismo romeno, né fu riconosciuto da questi giovani come un possibile precursore, forse perché i rispettivi approcci erano significativamente diversi. Non si trattava di opinioni politiche divergenti, comunque rare in una cerchia di scrittori ribelli, per la maggior parte, a un regime che li sottoponeva a censure e stenti di ogni tipo, ma di altre differenze più profonde. Victor Bârlădeanu ha giustamente sottolineato nella sua recensione che l'ironia che Săsărman applica alla sobria descrizione degli spazi urbani, utilizzando "un linguaggio oggettivo e storico"[26], si sovrappone alla visione tipica di un moralista preoccupato per il destino della città, percepita come la materializzazione di un processo evolutivo che dovrebbe essere messo al servizio delle persone. Questa idea, tuttavia, non si adatta molto bene alla pirotecnica formale, né contrasta con l'antiumanesimo dell'ideologia postmoderna. *La quadratura del cerchio* rimase dunque al di fuori delle correnti tradizionali e, al contempo, lontana da quelle che si sarebbero imposte poco dopo la sua pubblicazione, come un monumento solitario e difficile da classificare, fatto di finzioni "uniche nel loro genere", secondo quella prima recensione. Non fu l'unica recensione del genere a essere pubblicata, ma era senza dubbio la più completa e degna di nota.

Le altre si limitarono a qualche banale elogio, come nel caso della breve recensione firmata da Silvia Udrea sulla rivi-

---

26 "Una 'urbogonia' ironico-patetica", *Presa Noastră* (La nostra stampa, 9 Settembre 1975, pag. 36).

sta *Vatra*, interessante in quanto forniva una prima indicazione della confusione che ha perseguitato fin dal principio la critica dell'opera. Dal momento che Săsărman aveva già scritto lavori di fantascienza, e la sua nuova creazione non era esattamente definibile realista, si è teso a considerarlo un autore esclusivamente dedito a quel genere. Il libro, sebbene fosse molto originale e non inseribile in alcuna corrente all'interno del genere fantascientifico vi era, tuttavia, legato a doppia mandata. Gli elogi, dunque, svanirono automaticamente a causa di un'associazione che, agli occhi di quasi tutti coloro che dettavano il canone in quel momento, appariva come dubbia:

> La formula concisa e parabolica di G. Săsărman rappresenta uno sforzo verso l'interiorizzazione della fantascienza, eliminando quegli elementi che la rendono vulnerabile alle critiche, come l'epica inventata, la gratuità verbale, l'abuso tecnico, i personaggi e gli intrighi clorotici[27].

Negli anni successivi, non fu l'esempio della lettura priva di pregiudizi di Bârlădeanu quello che sarebbe stato seguito dai critici letterari romeni, ma piuttosto quello, più facile, di inserire l'opera all'interno del genere paraletterario a cui avrebbe dovuto appartenere, avendo come unica giustificazione la traiettoria seguita dall'autore. È vero, certo, che quest'ultimo non ha perseverato sulla via di mezzo della letteratura speculativa che si opponeva a una suddivisione netta in campo letterario, dal momento che ha continuato a scrivere storie di fantascienza, restando in sintonia con la sua prima opera, Oracolul, anche negli anni successivi alla pubblicazione de *La quadratura del cerchio*. Nel 1979 pubblicò, dunque, la sua terza raccolta di racconti, Himera (La chimera), all'interno della collana di prosa fantascientifica della casa editrice Albatros, sulla quale vennero pubblicati la maggior parte dei titoli del periodo d'oro della

---

27 "Gheorghe Săsărman, *Cuadratura cercului*, *Vatra* (Focolare, 9, 20 settembre 1975 p. 54).

letteratura fantascientifica romena, tra cui le opere di Vladimir Colin, Horia Aramă, Mircea Opriță e quelle del mentore di Săsărman, Adrian Rogoz. Più tardi, il suo primo romanzo, intitolato 2000 (pubblicato nel 1982), si sarebbe inserito anche nel genere fantascientifico, sebbene ospiti due racconti indipendenti, che sono lo sviluppo narrativo di due delle città de *La quadratura del cerchio* (Moebia e Sah-Harah)28 in un meta-frame letterario molto interessante che l'autore dovette espungere dall'edizione romena, ma che appare nell'edizione tedesca del libro dal titolo Die Enklaven der Zeit (Le enclavi del tempo), pubblicato nel 1986 all'interno della più importante collana di letteratura fantascientifica della Repubblica Federale della Germania, a cura della casa editrice Heyne. L'autore ebbe dunque l'onore di essere tra i pochissimi rappresentanti della fantascienza romena a essere conosciuto in occidente.

Dopo la rivoluzione del 1989, Săsărman ha sentito il desiderio di reintegrarsi nella vita letteraria del suo paese senza tuttavia lasciare Monaco, città in cui abitava da anni. In quell'epoca di speranza post-rivoluzionaria, poté pubblicare un romanzo allegorico dai toni kafkiani sul totalitarismo personalista che aveva regnato fino ad allora in Romania, in due versioni leggermente diverse tra loro (Cupa de cucută – Il calice di cicuta nel 1994 e Cupa cu cucută – Calice con cicuta nel 2002). A questi si aggiunge un altro romanzo fantascientifico, Sud contră nord (Il sud contro il nord, 2001), seguito da una raccolta di storie varie, Vedenii (Allucinazioni, 2007), una raccolta di articoli (Între oglinzi paralele – Tra gli specchi paralleli, 2009), un'autofiction intitolata Nemapomenitele aventuri ale lui Anton Retegan și ale dosarului său (Le incredibili avventure di Anton Retegan e del suo dossier, 2011), una raccolta di racconti e

---

28 Ho analizzato e tradotto queste due storie in spagnolo, confrontandole con quelle de *La quadratura del cerchio*, nello studio "Las dos ciudades imaginarias intercaladas en la novela *2000* (1982), de Gheorghe Săsărman: estudio y traducción", *Ángulo Recto*, vol. 2, no. 1 (giugno 2010) http://www.ucm.es/info/angulo/volumen/Volumen02-1/textos03.htm.

teatro speculativo (*Varianta balcanică îmbunătățită* – Variante balcanica migliorata, 2014), un romanzo sulla riapparizione di Gesù di Nazaret a Monaco (*Adevărata cronică a morții lui Yeşua Ha-Nozri* – Vera cronica della morte di Gesù Ha-Nozri, 2016) e una raccolta di distopie narrative con una struttura alquanto simile a quella de *La quadratura del cerchio* (*Alfabetul distopiilor* – Alfabeto delle distopie, 2021). Questo periodo di maturità così prolifico è culminato, a nostro avviso, nel 2001, quando *La quadratura del cerchio* è stata pubblicata per intero.

L'edizione del 1975 era stata censurata, sia per motivi editoriali che per motivi politici, e le forbici di tale censura, come di solito accade, erano tanto goffe quanto crudeli. Come racconta l'autore stesso, furono soppresse non meno di dieci città e gli ultimi tre paragrafi di Stereopolis. Tra i testi soppressi c'era l'innocentissima Arca, poiché i censori non avevano senso dell'umorismo e pensavano che la pagina bianca dopo il titolo fosse una presa in giro, e non un'esortazione alla fantasia rivolta al lettore. Anche la prima storia, Vavilon, era stata rimossa, nonostante la lettura di sinistra che il racconto consente: l'affresco della società antica non è affatto lusinghiero, e il dettaglio dei gradini scivolosi che vanno scalati per poter risalire la scala sociale è un riferimento trasparente alla lotta di classe delle società capitaliste e alla fatica che, al loro interno, si fa per riuscire a prosperare, in chiaro contrasto con l'egualitarismo teorico che regnava nei paesi del socialismo leninista. Invece, sopravvisse alla censura la prima città che Săsărman aveva creato, Musaeum, dalla quale sarebbe poi nato l'intero volume, e concepita come risposta al culto degli eroi nazionali, culto che si traduceva nell'erezione di numerosi monumenti commemorativi mentre il regime nazionalista guadagnava slancio sotto l'ala del conducător Nicolae Ceaușescu.

L'edizione del 2001 de *La quadratura del cerchio* è quella definitiva, così come l'ha concepita l'autore già nel manoscritto, cioè prima della pubblicazione del 1975. Ciò che differenzia le due edizioni è l'inclusione, da un lato, delle illustrazioni che inizialmente precedevano ogni testo e, dall'altro, delle narrazioni censurate, senza che l'autore abbia dovuto cambiare una virgola, il che è probabilmente spiegato dal fatto che eventuali migliorie non trovavano posto in un testo in cui ogni parola era stata attentamente soppesata. Lo stile originale è caratterizzato dalla musicalità della frase, dal ritmo piacevole dei suoi elementi, dall'accurata selezione di un lessico preciso e vario, nonché dalla complessa trasparenza del discorso. Tuttavia, né la delicatezza letteraria delle città di Săsărman né il fatto che si trattasse della prima edizione completa del libro hanno attirato in alcun modo l'attenzione della stampa culturale romena, salvo poche eccezioni. Questo silenzio potrebbe essere spiegato dallo stato di declino della casa editrice Dacia, o forse dal fatto che è molto difficile avere successo nel proprio paese senza averlo prima acquisito all'estero. La sorte de *La quadratura del cerchio* è piuttosto ambigua, da questo punto di vista.

Inizialmente sembrava che ci fossero i migliori auspici. Nell'anno stesso della sua prima apparizione, quattro città (Kriegbourg, Dava, Motopia e Sah-Harah), a cui se ne aggiunse una di quelle censurate in Romania (Motopia), erano state inserite all'interno dell'antologia storica di fantascienza romena (Science-fiction roumaine), pubblicata presso la casa editrice francofona belga Marabout, insieme a nomi più noti, che, in alcuni casi, erano rappresentati nel volume in maniera più modesta rispetto al nostro autore. Questa edizione ebbe una notevole diffusione, e rappresenta ancora oggi il culmine della diffusione degli scritti fantascientifici provenienti dal blocco socialista (ad eccezione dell'URSS) nella storia dell'Europa occidentale. È vero che già circolavano antologie di fantascienza in tedesco e tradotte da lingue con minor diffusione, ma si trattava di edizioni pubblicate nella Repubblica Democratica Tedesca, la cui ricezione nell'Europa capitalista era piuttosto limitata. Inoltre, l'edizione di Marabout si distingue per l'eccezionale qualità delle storie selezionate. L'evento non era passato inosservato nel paese a cui era stato concesso tale onore. Il critico Nicolae Manolescu aveva dedicato in questa occasione un lungo articolo alla fantascienza romena, articolo in cui affermava che Săsărman era un "poeta delle visioni spaziali" con un buon orientamento satirico ma anche con "intenzioni dimostrative un po' noiose"29. Poiché si tratta di una valutazione impressionista, non vale la pena prenderla più di tanto in considerazione, tanto meno se teniamo conto del fatto che il critico concludeva la sua recensione affermando che la fantascienza è questione di esotismo interplanetario, infantile e superficiale come la maggior parte dei romanzi polizieschi contemporanei, dimostrando di non aver nemmeno letto con attenzione i testi del nostro autore inclusi nell'edizione belga, poiché nessuno di essi si svolgeva nello spazio30. In ogni caso, l'iniziativa della casa editrice Marabout portò Săsărman sulla mappa europea del genere fantascientifico. Il racconto censurato Motopia figurò, stranamente, in un'antologia nella RDT, Der Photograf des Unsichtbaren (Il fotografo dell'invisibile, 1978). In Italia, La Grande Enciclopedia della fantascienza pubblicò all'interno del fascicolo 48 (1980) Antar, Sinurbia e Dava, preceduti da un saggio in cui l'autore analizzava il proprio libro con finezza, rivelandone scopo e messaggio. Le antologie internazionali della citata casa editrice tedesca Heyne includevano nel volume numero 19, pubblicato nel 1983, la novella Hattuşáş, e, nel numero 21, pubblicato nel 1984, Cosmovia e Sah-Harah, mentre altre città (Arapabad, Isopolis, Moebia e Tropaeum) apparvero, una per una, nella lingua di Franz Kafka, ma in raccolte dalla diffusione limitata. In Francia, oltre all'antologia pubblicata da Marabout, citiamo la traduzione dei testi Cosmovia, Protopolis, Stereopolis e Geopolis nel numero 9 (1983) della rivista

---

29 *România literară*, 31 (Romania letteraria, 31 luglio 1975), p. 9.
30 Curiosamente, Manolescu non cita né menziona Săsărman nella sua *Istoria critică a literaturii române* (Storia critica della letteratura romena, Bucarest, Paralela 45, 2008), pur riservando al genere della fantascienza due pagine concise che lasciano molto a desiderare, sia dal punto di vista critico quanto da quello metodologico.

Antarès, pubblicazione nota tra la cerchia degli appassionati di fantascienza, mentre la versione integrale de *La quadratura del cerchio* (La Quadrature du cercle, Paris, Noël Blandin, 1994, nella traduzione d Hélène Lenz), avrebbe potuto essere cruciale per un meritato riconoscimento dell'autore, se non fosse inciampata in un silenzio assordante. Tuttavia, la pubblicazione contribuì alla propagazione del libro in una lingua più conosciuta del romeno e permise a una casa editrice spagnola di accedere al suo contenuto, nonché di mostrare interesse per un successivo progetto di traduzione. Qualche tempo dopo, la pubblicazione della versione spagnola[31] del libro facilitò il suo ingresso nel mondo anglosassone. Così, a partire dal testo spagnolo, la rinomata scrittrice nordamericana Ursula K. Le Guin firmò una magistrale traduzione, in inglese, di gran parte dei testi de La quadratura[32], che ottenne quindi, gradualmente, un pubblico internazionale[33], seppur seguendo un percorso accidentato, in contrasto con il destino non troppo felice del libro all'interno dell'establishment letterario romeno. Fa eccezione solo la ristretta cerchia di scrittori di fantascienza, in cui l'autore si integra solo tangenzialmente, ma nella quale ha goduto del meritato riconoscimento in quanto maestro della sua generazione, un posto di primo piano che condivide, implicitamente, con altri scrittori (in particolare Mircea Opriţă e Florin Manolescu).

In questa veste, Gheorghe Săsărman non poteva certo mancare nella Storia della fantascienza romena scritta dal già citato Mircea Opriţă. Questi gli dedica quasi nove pagine nell'ultima edizione, quella del 2007[34], dove tutte le opere speculative di

---

31 *La cuadratura del círcul o*, Colmenar Viejo, La biblioteca del laberinto, 2010, traduzione del sottoscritto.
32 *Squaring the Circle*, Seattle, WA, Aqueduc Books, 2013.
33 Il libro è stato poi tradotto in tedesco e giapponese.
34 *Istoria anticipaţiei româneşti. Un capitol de istorie literară* (La storia dell'anticipazione romena. Un capitolo di storia letteraria, Iaşi, Feed Back, 2007).

Săsărman vengono rigorosamente analizzate con molti spunti critici. Si nota come il critico dedichi più spazio a opere meno preziose, come Oracolul o 2000, e la giustificazione di ciò risiede probabilmente nell'imbarazzo dell'esegeta di fronte alla scoperta che "non pochi dei testi contenuti in questo piccolo volume toccano solo tangenzialmente temi e motivi fantascientifici" (p. 256). E sebbene qualifichi l'immaginazione dell'autore come inesauribile, dopo aver illustrato esempi da tratti da Verticity o da altre città, Opriță non varca la soglia della generalità, il cui mancato spessore ci fa rimpiangere che non abbia analizzato in profondità quest'opera come ha fatto con altri lavori firmati dal nostro autore. Eppure, è bene riportare, in quanto segue, alcune valutazioni che bene evidenziano il valore de *La quadratura del cerchio* (p. 256):

Scenette, piccole favole, parabole minuziosamente lucidate, aneddoti sapienti... questi schizzi sfidano l'immaginazione attraverso una moltitudine di modelli urbani, di virtualità urbanistiche. Ognuno di essi sfida l'impossibile (da qui il significato del titolo). Suggerendo, attraverso la loro stessa ordinata successione, una struttura geometrica, includono a volte piccoli gioielli di architettura utopica entrati nell'orbita del puro estetismo.

E ancora (p. 257):

> Tutte queste trasposizioni architettoniche dell'Utopia sono, infatti, trappole sofisticate destinate a incarcerare, distruggere, dissolvere lo spirito umano sempre adorno di chimere e sofferenza.

Quest'ultima caratterizzazione è ambigua (queste città possono davvero essere chiamate trappole?), e suggerisce una certa riluttanza. Di fronte a un'opera che non presenta a prima vista concrete caratteristiche fantascientifiche, Opriță sembra preferire altri scritti del nostro autore con le caratteristiche richieste, oltre alla qualità estetica, principale criterio di valore della sua

Storia. Un atteggiamento simile può essere anche osservato nel caso di un'altra personalità nel campo della ricerca fantascientifica. Se Opriță è il grande storico del genere in Romania, Cornel Robu è il più brillante teorico che questo paese abbia dato al mondo della fantascienza. La sua monumentale opera O cheie pentru science-fiction (Una chiave per la fantascienza, 2004) costituisce un definitivo riavvicinamento al genere dal punto di vista dell'estetica del sublime. Lo studioso, inoltre, ha collaborato a varie pubblicazioni digitali o a stampa per intenditori del genere e ha partecipato alla compilazione di varie storiografie e dizionari generali della letteratura romena. Tra i suoi contributi al Dicționarul analitic de opere literare românești (Dizionario analitico delle opere letterarie romene, 2007) figura il romanzo parabolico già menzionato, Cupa de cucută, così come la principale raccolta di storie fantascientifiche di Săsărman, Himera, ma non *La quadratura del cerchio*. D'altra parte, per lui, come per Opriță, risultavano interessanti i testi che si adattavano, senza suscitare troppe esitazioni, in un contesto ben inquadrabile all'interno della letteratura generale e, soprattutto, del genere fantascientifico, nel quale Robu era specializzato. Anche così, è stato uno dei pochi che ha sostenuto, nel 2002, la ristampa completa de *La quadratura del cerchio*, con una recensione[35] in cui ha passato in rivista tutte le vicissitudini editoriali che il libro aveva incontrato lungo il proprio percorso, evidenziandone alcune caratteristiche poi riprese in modo più dettagliato, all'interno di un'analisi per la voce dedicata a Gheorghe Săsărman nel *Dicționarul scriitorilor români* (Dizionario degli scrittori rumeni) tomo IV, pubblicato nel corso dello stesso anno. Le tre pagine disposte su due colonne (179-181) a lui dedicate sostengono l'ammissione dello scrittore nel canone, perlomeno in quello promosso dai circoli critici transilvani, ma Robu pone anche qui maggiore enfasi sulle storie di fantascienza, il cui carattere manifestamente narrativo entra, a suo parere, in contrasto con quello

---

35 *Piața literară*, 4 (Mercato letterario, 2002, p. 4).

descrittivo delle novelle de *La quadratura del cerchio*, che, agli occhi del critico risultano meno interessanti, trattandosi di "decori di natura più descrittiva e saggistica nate da speculazione e meditazione, oltre che narrative e favolistiche, essendo, per loro stessa natura, statiche ed espositive per la maggior parte"[36]. Robu non sembra dare troppo valore alle tante città che hanno, invece, una storia, né alla corrispondenza tipologica dell'opera a un genere che, come vedremo, tiene conto dello spazio, sia esso geometrico o geografico, il cui centro è, implicitamente, la descrizione. Robu afferma trattarsi piuttosto di un pretesto letterario che apre la strada alla meditazione filosofica, sociologica e morale sul destino dell'umanità, come emerge dai segni latenti delle costruzioni da essa erette o dalle loro disastrose conseguenze. Inoltre, individua correttamente il processo letterario scelto, sebbene non arrivi a dedurre da esso la corretta caratterizzazione del libro come geografia immaginaria e storiografia, ove protagonista è la collettività e non il singolo individuo:

> Comune a ogni testo del volume è la tecnica di suggerire per metonimia l'esistenza e la mentalità degli ipotetici abitanti delle architetture utopiche, assenti dall'arredamento, o presenti solo genericamente, come specie o come comunità sociale, meno spesso come personaggi individualizzati o, se non altro, nominati. Si tratta, si potrebbe dire, di una tecnica di bassorilievo, il cui sfondo è la presentazione descrittiva delle insaziabili architetture immaginarie, una descrizione con cui ogni testo si apre, per poi delineare in rilievo, nella seconda parte, gruppi umani o singole sagome, a volte addestrate in un incipiente movimento epico. (p. 180a).

Dopo questa voce bibliografica, Săsărman è menzionato nel successivo Dizionario della letteratura romena, uno ancora più canonico, essendo quello pubblicato dall'Accademia

---

36 Mircea Zaciu, Marian Papahagi e Aurel Sasu (ed.), *Dicţionarul scriitorilor români*, R-Z (Dizionario degli scrittori romeni, Bucarest, Albatros, 2002), p. 180b.

di Romania. A *La quadratura del cerchio* sono dedicate solo a poche righe, in cui si insiste sul suo carattere borgesiano e, di conseguenza, sulla sua affiliazione a un genere letterario di tutto rispetto:

> Il testo offre, nello stile di Jorge Luis Borges, una raccolta di schizzi presumibilmente documentati di città immaginarie. In questo formato narrativo-saggistico, vari nuclei parabolici si integrano fra di loro in modo ottimale, la favola(che culmina nella dimostrazione del degrado umano) viene suggerita o addirittura chiaramente evidenziata37.

Ed ecco che, infine, all'opera viene dedicata un'attenzione commisurata alla sua importanza proprio nella storia più voluminosa della recente letteratura rumena, quella scritta da Marian Popa nel 2009. Anche qui non perde la sua tradizionale ed equivoca etichetta di opera di fantascienza, ma, se non altro, è assunta come genere letterario degno di considerazione. Sebbene la fantascienza sia ancora considerata separata dal resto della letteratura e associata al genere poliziesco, Marian Popa le dedica diverse pagine, dense e piene di rispetto, in cui spiega principalmente come la fantascienza abbia servito scopi nobili quali la creazione di un quadro favorevole all'umorismo e alla satira e, soprattutto nel caso romeno, all'allegoria politica, ed è qui che fa riferimento anche al nome del nostro autore. Nelle pagine seguenti, recensisce un gran numero di scrittori dei quali interpreta le opere senza pregiudizi. Anche se non sembra aver consultato la storia di Opriță, se non altro colloca Săsărman in un posto di rilievo, dedicandogli l'unica analisi dettagliata della sezione, e prestando particolare attenzione a *La quadratura del cerchio*, che qualifica come un volume memorabile di caratterizzazione urbana, in cui lo scopo filosofico, morale e

---

37 Mihai Iovănel, *Gheorghe Săsărman*, in Academia Română, *Dicționarul general al literaturii române*, VI (Dizionario generale della letteratura romena, Bucarest, Univers Enciclopedic, 2007), pp. 87-88.

politico si articola attorno a tendenze collettive sotto forma di brevi riassunti storici, dove l'architettura simboleggia ingegnosamente le metamorfosi dell'evoluzione umana, un'evoluzione vana che evidenzia l'uniformità delle leggi sulla base delle quali si sviluppa. Le descrizioni si adattano alla natura di ogni singola città e acquisiscono un carattere generale a causa dell'utilizzo di materiali provenienti da società diverse. Si suggerisce, in questo modo, la profonda unità antropologica delle costruzioni umane, ma allo stesso tempo si evita la monotonia, attraverso l'ampia varietà di toni discorsivi utilizzati, che passano dalla prosa lirica e dall'imitazione di testi classici fino al diario di viaggio, senza dimenticare le matrici utopiche o quelle della fantascienza stessa:

> Certo, le descrizioni immaginarie sono impressionanti, da quelle che personalizzano il Neolitico a quelle utopiche e fantascientifiche; la generalizzazione è resa anche dalla confluenza simultanea dei materiali da costruzione, specifici di diverse civiltà. Alcuni brani sono vere e proprie poesie in prosa, altri sembrano *pastiche* tacitiani dominati dal passato prossimo e dai suoi correlati, e altri ancora, infine, somigliano ai riassunti o alle relazioni degli esploratori del XVI-XIX secolo[38].

Uno storico della letteratura, non direttamente specializzato in generi speculativi, ha infine ammesso che si tratta di un'opera preziosa, e che il suo valore non è dovuto solo alle suggestioni concettuali – non affatto rare – ma anche alla maestria con cui esse assumono una veste formale letteraria varia e produttiva. La ricchezza stilistica è quindi strettamente legata all'abilità dello scrittore, e non al genere in cui ha scelto di dimostrare la sua bravura letteraria. Il valore autentico de *La quadratura del cerchio* sembra dunque aver ottenuto così il riconoscimento che merita anche al di fuori della comunità degli scrittori di fantascienza. Anche se alcuni pregiudizi ana-

---

38 *Istoria literaturii române de azi pe mâine*, II (Storia della letteratura romena dall'oggi al domani, Bucarest, Semne, 2009), p. 939.

cronistici rimangono vivi e ancora aleggiano riguardo all'opera, provvederà il tempo a dissiparli del tutto grazie anche alle nuove generazioni di lettori e critici cosmopoliti, sempre più consapevoli delle attuali tendenze di apertura e aggiornamento del canone universale, a cui non passerà inosservato il destino de La quadratura, soprattutto all'estero.

Questo destino favorevole è probabilmente dovuto anche ad un crescente apprezzamento della letteratura (neo)fantastica, spiegabile anche grazie alla colossale influenza che le narrazioni di Borges e, in misura minore quelle di Calvino, hanno esercitato sulla letteratura universale negli ultimi decenni, determinando il grande slancio della letteratura della "fantasia razionale" (imaginación razonada, secondo Borges), cioè tutto ciò che rientra in un "fantastico postulato, ma non soprannaturale" (postulado fantástico pero no sobrenatural)[39]. Questo tipo di letteratura, che è anche molto ampio, è definito, nell'opera dei due maestri (e in quella del loro predecessore, Kafka), dalla comparsa di mondi immaginari coerenti, che, tuttavia, non intendono rendere la realtà così com'è. Questi mondi delineano spazi narrativi che possono essere apprezzati anche solo per lo straripamento dell'immaginazione postulata in oggetti di fantasia autonomi, e che non richiedono assolutamente la conoscenza della realtà contingente del "qui e ora" per acquisire un significato proprio. La loro autonomia, tuttavia, non ha nulla a che fare con l'intenzione di sfuggire al reale. Al di là del gioco intellettuale che spesso includono, e che è di per sé fonte di piacere estetico a sé stante e non alla portata di chiunque, le loro finzioni di solito non sono estranee alla favola. Ciò consente loro di inserirsi in situazioni reali, manifestando talvolta un chiaro intento critico, senza perdere per questo i vantaggi del loro carattere universale, cioè della loro

---

39 Questa celebre caratterizzazione letteraria proviene dal prologo scritto da Borges per il romanzo del suo amico Adolfo Bioy Casares, *La invención de Morel*, 1940. Ho tratto la citazione spagnola da *Miscelánea*, Barcelona, Debolsillo, 2011, p. 28.

capacità di essere interpretabili in molteplici contesti, non limitati a circostanze puramente locali.

In Romania, questo potenziale è evidente nella ricca produzione letteraria speculativa del periodo comunista, che ha saputo trarne vantaggio, così come, in altri paesi della sfera sovietica (consideriamo l'opera di Stanisław Lem), è stato sfruttato il terreno favorevole all'intreccio tra rigore concettuale e attenzione prestata alla forma, senza per questo trascurare la necessità dei lettori di perseguire una trama in cui l'azione potenzia spesso l'impressione del sublime che emerge dalle prospettive aperte sull'universo, ma anche sulla società. In alcuni paesi in cui regnava la censura, o l'autocensura, la narrativa speculativa svolgeva una funzione critica relativamente al discorso ufficiale e alla letteratura da esso promossa. Il fatto stesso di creare mondi immaginari diversi da quello quotidiano, caratterizzato da oppressioni e carenze, favoriva la trasmissione di messaggi in codice che i lettori sapevano cogliere tra le righe. Allo stesso tempo, la distanza dei fatti narrati dalla realtà dei riferimenti empirici ha protetto gli autori, che diversamente non avrebbero potuto pubblicare una critica frontale al sistema. Come le favole esopiche, le realtà immaginarie del futuro o degli spazi allegorici permettevano sia un'interpretazione letterale, semplicemente seguendo il filo dell'avventura, sia una metaforica, sotto forma di un apologo che potesse essere inteso come immagine simbolica delle disfunzioni della società (e non solo, poiché la critica della falsità era ampia abbastanza da poter considerare le deviazioni specifiche del cosiddetto mondo libero). In questo contesto, non c'è da meravigliarsi che le speculazioni fittizie con sfumature paraboliche fossero relativamente frequenti nella Romania comunista, e non solo nella letteratura di fantascienza, verso la quale si manteneva una certa indulgenza, proprio perché era considerata un genere paraletterario e dunque al di fuori dell'establishment culturale, da cui era tenuta a debita distanza. Altri tipi di parabole furono meno fortunati, come dimostra il destino di alcune notevoli distopie che dovettero attendere la

Rivoluzione per essere pubblicate per la prima volta nel paese in cui erano state scritte, come *Biserica neagră* (La chiesa nera, 1990), di Anatol E. Baconsky, o *Guliver în Țara Minciunilor* (Gulliver nel Paese delle Menzogne, 1992), di Ion Eremia, mentre la stessa *Quadratura* era stata data alle stampe in forma mutila. All'interno di questa brillante serie di romanzi speculativi, che criticavano lo stato delle cose in Romania e all'estero, il volume di Săsărman si distingue per la profonda originalità del suo processo narrativo. I romanzi di Baconsky e Eremia aggiunsero magistralmente le proprie sfumature ad alcuni generi letterari affermati e di prestigio internazionale, come la narrativa simbolica di Kafka e il viaggio immaginario secondo il modello di Jonathan Swift. *La quadratura del cerchio* rappresentava invece un tipo di narrativa così nuova da costringersi ad auto-attribuirsi un nome (*urbogonia*), distinguendosi da un altro libro strutturalmente e tematicamente analogo: *Le città invisibili* di Italo Calvino (1972).

Considerata la data di pubblicazione de *Le città invisibili*, si potrebbe pensare che l'autore possa avere influenzato Săsărman, ma quest'ultimo ha chiaramente specificato, nella postfazione della traduzione francese del suo libro, che la lingua italiana gli era sconosciuta, e la prima versione romena delle città immaginarie di Calvino è stata pubblicata solo nel 1979, dopo la prima edizione de *La quadratura*. Inoltre, i due libri sono meno simili di quanto una lettura superficiale potrebbe far pensare. Calvino pratica una scrittura spiccatamente poetica, persino lirica, che consente a queste finzioni urbane di essere lette come una sorta di poesie in prosa. Sebbene ne *Le città invisibili* siano evidenti elementi di allegoria critica rivolti a diversi tipi di habitat urbano e, di conseguenza, anche ai gruppi sociali risiedenti in quello spazio concreto e determinato, la dimensione intellettuale e speculativa del libro viene percepita come secondaria nell'economia del testo, subordinata all'artificio formale e stilistico. Ne *La quadratura del cerchio*, troviamo l'esatto opposto, perché, sebbene spesso presenti caratteristiche poetiche di una serena, seducente musicalità, il suo stile serve allo scopo di risvegliare nell'immaginazione del lettore costruzioni immaginarie coerenti nella loro composizione e dispiegamento. Le città immaginarie di Săsărman non dipendono, quindi, dal semplice fascino stilistico al fine di ottenere l'effetto desiderato.

La lingua dona alle città una presenza così vivida che quasi ci invita a lasciarci trasportare oltre le parole, in modo da poterne seguire più attentamente il significato, un significato che resta enigmatico, pur in maniera suggestiva. La scrittura di Săsărman crea, infatti, un'impressione di trasparenza che può evocare la chiarezza cristallina ed elegante dei racconti di Borges, mentore che il nostro autore ha riconosciuto come influenza principale nel suo prologo all'edizione spagnola de *La quadratura*. Săsărman ha saputo prendere da lui, tra le altre cose, la capacità di coniugare, da un lato, il rigore intellettuale con cui sviluppa, sulla base di un ragionamento impeccabile, un'ipotesi fantastica, che pure offre una forte sensazione di realtà, e dall'altro, la qualità stilistica di una prosa soppesata nei minimi dettagli. Il suo carattere apparentemente accessibile nasconde una locuzione complessa, dove ogni parola occupa con naturalezza il posto che le si addice, e dove tropi e figure retoriche animano discretamente un discorso sobrio, assai accurato. Questa padronanza stilistica che definisce l'opera esalta la dimensione profonda delle idee e dei concetti animanti la finzione, con il risultato di spingerci a interrogarci su ciò che eravamo abituati a dare per scontato, si tratti della nozione di città o della coerenza stessa dell'universo che ci circonda e ci travolge ogni qualvolta ci apprestiamo a meditare su di esso. Lo scrittore argentino come pure quello romeno propongono quindi una letteratura basata sul pensiero, su un pensiero che non viene trasmesso ex cathedra, ma che, piuttosto, si deduce da una parabola cui la fantasia dona valore, senza bisogno di altro. Nel sintagma borgesiano "fantasia razionale", l'ordine delle parole non è arbitrario: la fantasia e l'immaginazione prevalgono, perché si tratta, in fondo, di letteratura. E al suo interno,

Gheorghe Săsărman ha il merito di aver trasposto, con grande abilità, il modello della fantasia speculativa borgesiana in un ambiente testuale meno comune come quello della *geofiction*.

Cosa si intende per geofiction? A nostro avviso, le geofiction sono tutti testi in cui la descrizione di uno spazio ipotetico è l'elemento chiave al quale sono subordinati altri elementi di natura strutturale, compresi i possibili passaggi narrativi. L'essenza di tali testi consiste nella rappresentazione, con mezzi linguistici, sia di uno spazio immaginario coerente sia del suo effetto sui personaggi che brulicano al suo interno, in qualità di creature che ne sono condizionate. A differenza dell'epica convenzionale, e seguendo una pratica comune nel tipo di finzioni moderne coltivate da Kafka e Borges[40], il testo non presenta l'evoluzione diacronica dei personaggi. Se, invece, personaggi reali appaiono all'interno della *geofiction* (non ne esistono allo stato puro ne *Le città invisibili* di Calvino[41]), la loro funzione pare essere piuttosto quella di avvicinare i lettori attraverso l'empatia per gli esseri immaginari e i luoghi descritti, la cui presenza – invitante e pericolosa – è rafforzata dal contrasto con le figure umane, che sembrano servire piuttosto da meri quadri di riferimento, così come nelle fotografie degli scavi archeologici di solito appare una persona, di modo che lo spettatore possa così apprezzare le dimensioni reali degli scavi. I protagonisti borgesiani senza nome de "La biblioteca de

---

40 Prendiamo in prestito il termine dal libro di Alain Musset *De New York à Coruscant, essai de géo-fiction*, Parigi, PUF, 2005, in cui l'autore si propone di porre le basi di una disciplina che consiste nello studio delle città così come appaiono nella finzione cinematografica, in particolare quella della fiction scientifica, allo scopo di comprendere meglio l'urbanismo reale delle città contemporanee e la relazione tra l'immaginario urbano e i diversi tipi di città immaginaria.

41 Secondo Jean Pierre Mourey (*Jorge Luis Borges; verité et univers fictionnels*, Liège, Pierre Madraga, 1988, p. 152): "In Borges, come anche in Kafka, gli oggetti e i luoghi della narrazione non sono soltanto lo scopo o l'ambientazione delle azioni dei personaggi, ma si liberano dalle storie, si impongono di per sé stessi, di modo che gli avvenimenti non facciano che svelarne l'ordine".

Babel" (*La biblioteca di Babele*) o de "La lotería en Babilonia" (*La lotteria di Babilonia*) esistono, ad esempio, solo in relazione ai luoghi che li ospitano o li imprigionano, e che definiscono in modo decisivo le loro azioni. Ciò appare abbastanza chiaramente nel genere fantascientifico della letteratura sulle diverse dimensioni spaziali, il cui inizio senza precedenti fu segnato da *Flatland* (*Flatlandia*, 1884), di Edwin Abbott Abbott, in cui essenziale è la descrizione di queste dimensioni, con intenti satirici e/o didattici, mentre l'intrigo è generalmente rudimentale. Questo genere rappresenta una variante della *geofiction* (il prefisso in questo caso fa riferimento alla geometria) – nella sua qualità di scienza dello spazio. Ma lo stesso prefisso è stato usato per designare un'altra disciplina della conoscenza. Insieme a questo tipo di *geofiction* geometriche, ce n'è un altro, la cui base concettuale proviene dalla geografia, specialmente quella umana.

Sebbene la descrizione dell'ambiente fisico non abbia motivo di mancare tra i contenuti, la *geofiction* geografica insiste piuttosto sulla descrizione di popoli immaginari e dei loro costumi. Da questo punto di vista, l'avventura epica – se esiste – è marginale, a differenza di altri generi tematici che partono anch'essi dal modello retorico del diario di viaggio. L'uso fittizio di una società esotica per scopi speculativi viene da lontano, e la lunga tradizione di viaggi immaginari (come quelli intrapresi da Gulliver e dai suoi epigoni) non fa che confermarne le origini antiche. Tuttavia, nella *geofiction* geografica, non sono interessati né i personaggi né le avventure del viaggiatore immaginato, quanto piuttosto la comunità descritta e la regione (isola, città, ecc.) in cui essa vive. Da questo punto di vista può ricordarci l'utopia classica. Anche *La città del sole* di Tommaso Campanella può, apparentemente, essere considerato un primo esempio di *geofiction*, e le ossessioni geometriche di questo autore non possono che essere favorevoli a tale classificazione. Eppure, l'utopia di solito non presenta la dimensione allegorica e parabolica che si trova comunemente nella *geofiction* moderna.

Inoltre, il libero esercizio della creazione letteraria la subordina a uno scopo utilitaristico e didattico. La descrizione specifica dell'utopia è anche esposizione, quando non addirittura argomentazione, che limita il gioco della fantasia e il piacere dell'immaginazione, elementi fondamentali all'interno della *geofiction*, dove il modello razionale offerto dalla scienza della geografia (o quella della geometria, a seconda dei casi) rappresenta lo scheletro che sostiene l'intero racconto. Ciò consente, e persino facilita, le costruzioni immaginarie più audaci, proprio per il suo scopo profondamente letterario e non ideologico, per quanto queste costruzioni possano prestarsi a letture ammonitrici, satiriche, filosofiche o intellettuali in generale, a seconda del loro grado di parentela con la letteratura speculativa.

In effetti, è proprio questa libertà di immaginazione che il genere comporta, e che si contrappone alla disciplina e alla rigidità degli spazi utopici, ad avere attratto scrittori vicini ai movimenti avanguardisti. Devono aver apprezzato il fatto che la novità del genere ha permesso di soddisfare, giustamente, il loro gusto per gli esperimenti formali, e questo è vero anche per lo stesso Săsărman (non dimentichiamo l'esempio della pagina bianca dadaista intitolata *Arca*, che era stata inizialmente soppressa dalla censura). Alcuni dei primi modelli di *geofiction* di successo, quali *Tablete din Țara de Kuty* (Le tavole del Paese di Kuty, 1933), di Tudor Arghezi, o *Voyage en Grande Garabagne* (*Viaggio in Gran Garabagna*, 1936), di Henri Michaux, fanno legittimamente parte delle correnti d'avanguardia. Entrambi i libri consistono, in particolare, in una serie di vignette descrittive sugli usi e i costumi dei paesi indicati nei rispettivi titoli. Tali usanze sono ritratte come strane, persino assurde, l'inclinazione avanguardista all'incongruenza viene così messa al servizio di una riflessione sul relativismo delle abitudini tipica della parabola satirica (in Arghezi) o poetica (in Michaux) della nostra civiltà, messa di fronte allo specchio distorto dei paesi fantastici descritti.

In un altro registro, solo apparentemente più tradizionale, emana un'aria apologetica anche *La lotteria di Babilonia*, un esempio di virtuosismo nel campo della *geofiction* che abbiamo definito geografica, così come *La biblioteca di Babele* è il culmine della *geofiction* geometrico-dimensionale[42]. All'interno del genere, *La lotteria di Babilonia* racchiude un'innovazione essenziale: l'oggetto privilegiato della descrizione "geofinzionale" diventa il microspazio urbano. A differenza dei grandi spazi incontrati in Arghezi o Michaux, questa narrativa borgesiana si riferisce a una città-stato, come lo era la venerabile città mesopotamica menzionata nel titolo, e che nelle pagine della Bibbia è considerata la città per eccellenza[43]. Sebbene l'urbanistica di Babilonia non venga descritta nel testo di Borges, la limitazione dello spazio a una singola città circoscrive la prospettiva. Così, si può rinunciare al cronotopo del viaggio come mezzo per rendere credibile la descrizione socio-antropologica nel caso degli spazi più estesi (isole, interi paesi, ecc.), e l'immaginazione può concentrarsi su un punto da cui partire per comprendere sia la disposizione fisica che il comportamento collettivo di coloro che ci vivono, configurando così una serie di esperimenti narrativi che facilitino, attraverso la varietà dei loro oggetti urbani, la ricerca di vari effetti speculativi ed estetici. La descrizione dei costumi all'interno di un quadro macro-spaziale unico è sostituita da quella dei diversi spazi urbani, che invitano – se confrontati sulle pagine dello stesso libro – a una riflessione comparativa e multidimensionale sul significato dell'imbarazzante agglomerato di persone nella ristrettezza di una città, come all'interno di un cerchio.

A questa ovvia possibilità intellettuale si aggiunge il tipico vantaggio letterario della varietà del testo scritto: il pericolo della monotonia è scongiurato grazie all'effetto della costante creazione di nuovi mondi immaginari che si susseguono

---

42 Marco Polo e Kublai Kan sono protagonisti all'interno del panorama urbano, ma la caratterizzazione di questo ultimo avviene indipendentemente dalla contingenza ed è priva di qualsivoglia personaggio. La città è integra ed è descritta come tale: un personaggio collettivo, dal quale le individualità singole sembrano mancare.

rapidamente, al fine di aumentare il piacere della lettura, e permettere così al lettore di non perdere la concentrazione, in quanto gli viene offerta una sequenza di fatti non solo varia, ma anche ben ritmata. La sensazione permanente del nuovo si ottiene infatti attraverso la brevità. Non abbiamo fatto in tempo a familiarizzare con una città che un'altra ci punzecchia e sfida la nostra immaginazione e il nostro giudizio. Così accade nelle due serie di geofiction urbane mature scritte da Calvino e Săsărman: le chiameremo con il termine felicemente scelto "urbogonie"[43] che compare nel sottotitolo de *La quadratura del cerchio*. Entrambi gli scrittori hanno imparato la lezione di Borges e, dopo l'emergere di un precedente quasi sconosciuto, che probabilmente era ignoto a entrambi[44], sintetizzano le qualità del genere e vi contribuiscono, aggiungendo un nuovo tassello all'universo delle trasposizioni in chiave fantastica di vari tipi di società, in tacita polemica con lo stile fedelmente ridotto alle circostanze dell'epoca, lo stile di quel realismo sociale o socialista coltivato, liberamente o per imposizione, sia in Italia che in Romania. Calvino e Săsărman propongono un'alternativa che, sebbene raramente sfruttata in letteratura[45],

---

43 Borges non si propone di tenere una lezione di matematica tramite mezzi di finzione. *La biblioteca di Babele* è ben più di questo. Nonostante ciò, la configurazione in chiave geometrica della biblioteca costituisce, già dal primo paragrafo del testo, un elemento definitorio del suo mondo. Si ricorre a un lessico specializzato attorno alla figura centrale dell'esagono che orienta la lettura, cosa che spiega il fatto che siano stati scritti diversi volumi sulla dimensione matematica del racconto.

44 Di certo ai lettori non sfuggirà la sottile differenza tra i titoli dei due racconti, a dispetto del fatto che esse fanno riferimento alla stessa realtà storica. Babele e Babilonia, infatti, sono due nomi che designano lo stesso concetto. E, tuttavia, Babele fa riferimento al mito della torre e alla confusione di lingue che ne è seguita, mentre Babilonia fa indubbiamente riferimento alla città storica realmente esistita.

45 Il termine *urbogonia* prende spunto dal modello lessicale della "cosmogonia" – la narrazione mitica che aspira a fornire una risposta sull'origine del cosmo e dell'umanità stessa. L'*urbogonia* costituisce una visione mitica della città, percepita come un cosmo o un tutto unico.

rimane un modello molto prezioso, al di là delle differenze tra i due autori. Queste differenze derivano dal fatto che entrambi risultano dotati di una eccezionale personalità letteraria. La raccolta di Calvino è ben nota, e ne abbiamo già segnalato alcuni tratti distintivi (il lirismo predominante, l'artificio verbale, ecc.). Invece, la raccolta di Săsărman è meno conosciuta, nonostante rappresenti un paradigma della *geofiction* urbana, i cui meccanismi l'autore sfrutta fino allo sfinimento, offrendo una vera e propria enciclopedia del genere, sia per quanto riguarda la scrittura che nell'ambito del fenomeno urbano, con le sue varie manifestazioni territoriali e storiche, temi catturati da una prospettiva umanistica incorruttibile.

La comprensione intellettuale dello spazio si manifesta in Săsărman già dal titolo dell'opera; questo titolo riflette l'idea che dietro ogni realtà concreta nello spazio ce ne sia un'altra, astratta, matematica, cifrata nelle figure geometriche che possono ridurre l'universo su carta, e in tal modo la travolgente diversità delle forme diventi accessibile all'esercizio della ragione. Nel libro, ogni racconto è preceduto da un'illustrazione dell'autore in cui la città sembra essere ridotta a una figura geometrica più o meno complessa. Questa, a sua volta, costituisce un elemento del quadrato che tutte le illustrazioni vanno a formare e che appare direttamente subito dopo il titolo. Il significato di tale quadrato, come in ogni disegno non figurativo, non è inequivocabile. La geometria che fa parte dell'oggetto semiotico chiamato *La quadratura del cerchio* non spiega molto, in realtà, ma impone una propria esistenza, proprio come fanno gli esagoni nella biblioteca di Babele, come l'illusione di un ordine che si rivela essere una mera fantasia di fronte al caos cosmico. Composte matematicamente, le vignette indicano, con mezzi grafici, l'impossibilità espressa dal titolo, poiché il problema matematico a cui esso allude non è risolvibile. Allo stesso modo, in varie storie, la pretesa di alcuni utopisti e architetti di offrire la ricetta della città ideale, in cui la perfezione geometrica corrisponde esattamente a un ordine istituzionale e garantisce la felicità delle persone, è abolita in varie storie. In *Castrum* o *Isopolis*, ad esempio, la disposizione geometrica puritana delle città le rende vulnerabili all'impatto con la realtà, mentre in *Utopia* la città ideale deriva dal piacere di un artista ed è priva di qualsiasi goccia di vita. Săsărman osserva, con spirito penetrante, che l'idea stessa di utopia nasconde un'immutabilità incompatibile con l'inesorabile corso dell'esistenza, un'andatura che fa evolvere simultaneamente le città e, quindi, non può essere riducibile a una concezione statica e geometrica.

Il paratesto che compone il titolo e le illustrazioni si oppone così ad alcune visioni urbane la cui concretizzazione nel tempo riflette le certezze illusorie di chi le ha create o di chi le visita credendo che, trattandosi di creazioni umane artificiali, possano essere facilmente decifrate, fino a che la delusione finale, più o meno tragica, rivela loro che la città è un essere organico, dotato di vita propria, il cui mistero rispetta – sfidando il rigore intellettuale dell'opera – le leggi della poesia invece di quelle della scienza. La ragione poetica si sovrappone, in questo caso, alla ragione scientifica, che preferirebbe una prospettiva sincronica della città come oggetto geografico e si presta a uno studio oggettivo. Invece, l'immaginazione lirica aggiunge alle città una profondità diacronica che combatte ogni traccia di paralisi (anti)utopica e bandisce l'urbano dall'analogia geometrica in favore di quella organica, soggetta alle leggi dell'evoluzione, proprio come gli esseri viventi. La geografia è, così, sfumata attraverso la storia, e il discorso testuale è arricchito dalla coerente capitalizzazione dei mezzi narrativi, quali riflessi linguistici di una successione di avvenimenti o situazioni, cioè come vettore della storia.

Săsărman non si limita a descrivere le sue città immaginarie. Il registro dominante rimane quello descrittivo, tanto che ogni città si offre in modo grafico all'occhio della mente con dettagli più o meno palpabili, come scena inevitabile del racconto e centro focale della semiotica del testo. Tuttavia, l'opera si distingue da tutte le geofiction già menzionate, ad eccezione della borgesiana *La lotteria di Babilonia*, a causa del ruolo con un peso relativo che la narrazione gioca all'interno di essa. Se lasciamo da parte le storie Noctapiola, Motopia o Oldcastle, nelle quali un testimone oggettivo rende semplicemente conto dei costumi degli abitanti, come in una scheda etnografica, mentre la scena urbana appare immutabile, possiamo dire che le finzioni che compongono l'opera si distinguono per il loro dinamismo. O per ragioni interne, legate alla propria crescita organica e al proprio declino, o per ragioni esterne, più precisamente per l'irruzione di forze che ne modificano il corso evolutivo (invasioni, disastri naturali, ecc.), le città sono esposte a un processo di cambiamento che ne alimenta l'intreccio epico, accelerandolo a volte al punto di poter comprimere in due pagine ciò che accade nell'arco di mille anni. È il caso, ad esempio, di diversi testi che adottano il discorso storiografico (Tropaeum, Senetia, Protopolis, Castrum, Musaeum, Homogenia, Cosmovia, Geopolis), con la loro prosa oggettiva e il loro stile narrativo puramente etero-dinamico, riluttanti a ciò che è intrecciato alla sfera individuale e privata, dettaglio che consente l'accesso a una visione panoramica della città a partire dalle sue stesse origini, cioè, dalla sua urbogonia, in senso letterale. In altri esempi (Kriegburg, Moebia, Sah-Harah, Arcanum, ecc.), la città è contemplata attraverso gli occhi di un personaggio il cui orizzonte abbraccia una visione parziale e spesso erronea di un'enigmatica realtà urbana.

Non mancano, ne *La quadratura del cerchio,* anche storie in cui la città fa da sfondo all'evoluzione degli individui che vorrebbero rubarne la centralità, al punto che la geofiction adotta una struttura narrativa dall'aria più tradizionale, che si declina di diverse apologie delle figure di potere, sia esso sessuale o politico, come in Virginia, Záalzeck, Atlantis, o la storia di Quanta Ka – eccezionale metafora narrativa della frustrazione, unica nel suo genere all'interno del volume, in quanto affronta un problema personale, invece di uno di natura collettiva. Eppure, pure nel momento in cui la narrazione sembra prevalere, le storie non vengono raccontate per il solo gusto di raccontare. Anche quando il racconto di alcune avventure è in primo piano, la città rimane sullo sfondo, come una presenza costante che dà senso al testo. Non importa di quale città si tratti – primitiva o futuristica, ancorata a un passato ancestrale e mitico, in un'epoca storicamente documentata, di cui l'autore cerca di offrire un'idea credibile imitando ironicamente il discorso filologico e storiografico (come nel caso della falsa etimologia indoeuropea di Vavilon o le frasi pseudo-ittite e tragicomiche di Hattuşáş), o anche in un futuro terrestre o galattico concepito con grande rispetto nei confronti dell'enciclopedia dei motivi e dei temi fantascientifici – tutti questi universi urbani tendono a creare un'impressione unica che si riflette nel quadrato formato dalle illustrazioni che fungono da contro-immagine grafica.

Nel complesso, *La quadratura del cerchio* delinea una visione totalizzante della città, refrattaria alla falsa sicurezza intellettuale di alcune concezioni urbane le quali cercano di allenare in modo illusorio, in senso positivo o negativo, la realtà del fatto che l'agglomerato acquista un corpo ineluttabilmente proprio, unanime, come direbbe Jules Romains, con il quale si scontreranno le facili certezze di chi pretende di sottometterlo a una semplice ragione strumentale, senza sufficiente riguardo per la plasticità dell'esistenza, sia essa individuale o collettiva. Da questo punto di vista, la speculazione intrattenuta dalle varie ipotesi urbane, che si presentano come realtà congiunte nel mondo della finzione, lascia il posto a una lezione di modestia, ma anche a un appello umanistico alla libertà e alla lotta esistenziale. Si tratta di una reazione alla paralisi di un urbanismo teorico, il cui dogmatismo moderno – rispecchiato nelle devastazioni che la dottrina dei seguaci acritici di Le Corbusier ha operato in diverse città – Săsărman si è ripromesso di denunciare nel suo stesso libro. Tuttavia, il suo contributo a una visione né settaria né artificiale dell'esistenza supera l'interesse tecnico che potrebbe risvegliare la trasposizione letteraria della riflessione urbanistica da parte dell'architetto-filosofo che si è dimostrato essere Săsărman nella sua tesi di dottorato. Le sue urbogonie hanno un lato etico ben pronunciato. Tra le pagine, l'originalità della forma e il piacere stesso che una scrittura innovativa implica – e che costituisce una continua fonte di meraviglia anche per il lettore meno attento alla dimensione retorica dell'opera letteraria – non sono soltanto parole vuote. Il lavoro di Săsărman è lontano dai giochi puramente formali ai quali si sono dati con voluttà incontrollata non pochi scrittori postmodernisti romeni. Senza impartire lezioni di sorta, *La quadratura del cerchio* difende l'impegno per la verità e il dovere, a favore di un intervento costruttivo sulla realtà che va contro molti degli stereotipi del nostro tempo.

Le città in cui gli abitanti sono tutto uguali, come, ad esempio, Homogenia, o quelle dove, al contrario, regna una rigida stratificazione sociale, come Vavilon, smantellano i meccanismi ideologici dei grandi sistemi sociopolitici contemporanei, che Săsărman sottopone a un trattamento iperbolizzante e ne evidenzia, fino a renderli sgargianti, gli elementi antiumani. La stessa procedura di deliberata esagerazione delle linee viene adottata nel caso di città che regolano il loro tono in base allo sfondo comico o tragico dell'aberrazione sociale atto a costituire il tema principale dell'apologo descrittivo. L'ossessione lievemente ridicola e controproducente per l'igiene e l'asepsi offre una lettura umoristica di Protopolis, dove gli abitanti sono così ostili a qualsiasi tipo di contaminazione – anche sessuale o razziale – che la loro purezza si traduce in una battuta d'arresto implacabile. Un tono umoristico, o addirittura tragicomico, se volete, è adottato da altre urbogonie che mettono in discussione costumi attuali meno dannosi, come il turismo (un esempio è Hattuşáş), l'eccessivo culto della storia e degli eroi (Musaeum), o il panico ecologico e demografico descritti in Geopolis, dove le dispute tra partiti settari raggiungono un livello di esagerazione talmente assurdo da essere quasi accostabile al lavoro di Eugen Ionescu/Eugène Ionesco (pensiamo al suo racconto romeno *Trifoiul cu patru foi*, Il quadrifoglio con quattro petali, 1934). Invece, la tragica realtà della guerra viene affrontata in Kriegbourg con tono più che appropriato, cioè con una sorta di tragico stupore. Inoltre, gli sguardi indulgenti nei confronti della violenza del traffico automobilistico – che, nel nostro mondo reale, miete tante vittime quante ne fanno i conflitti marziali, con la differenza che le guerre finiscono, mentre gli incidenti stradali sono causa di un massacro permanente – è il tema affrontato in Motopia, una sorta di Moloch dei nostri giorni, a cui non cessiamo di sacrificare offerte, un Moloch mostruoso e meccanico che Săsărman descrive come una presenza travolgente e fonte di orrore disperato: da Motopia non si può sfuggire, perché è una città dove l'umano ha cessato di esistere in forma naturale. Di fronte a una tale visione da incubo, la trasformazione in uno stato animalesco sembra sì, fuori dall'ordinario, ma non poi così spaventosa. Può presentarsi addirittura come una sorta di realizzazione (paradossalmente) felice, se non altro come la possibilità di adattarsi a una certa esperienza lirica dell'universo, come accade in Poseidonia, dove le persone hanno finalmente imparato a tenere la bocca chiusa, o Plutonia, la città sotterranea degli uomini-talpa, dove tutti seguono il loro rude istinto.

Fare ritorno al grembo della natura non è, tuttavia, né l'unica né la migliore tra le soluzioni suggerite dall'opera. Săsărman concepisce città che, a differenza di quelle componenti il catalogo dei mali e delle malattie intellettuali di oggi, si prestano a una lettura ottimistica, cifrata nel grande destino di una visione eroica. Per questo, *La quadratura del cerchio* è un libro profondamente etico, non solo in quanto satirizza ciò che è negativo, ma anche perché esalta il modello di un'umanità opposta all'egoismo indolente della società dei consumi, di questo late capitalism così ben studiato – attraverso la letteratura di fantascienza e la cultura del postmodernismo –– da Fredric Jameson. Da questa prospettiva, anche la morte può perdere le sue connotazioni spaventose, perché può essere sconfitta se si combatte tenacemente. In Oldcastle, il cerimoniale stereotipato delle storie dell'orrore si ribalta, al punto che i luoghi comuni di un genere letterario tanto banalizzato voltano le spalle alla paura in favore di un'allegoria della propria liberazione, poiché il passaggio allo spazio oltre il castello incantato rappresenta un passaggio iniziatico, durante il quale i morti devono lavorare per meritarsi la libertà finale, cioè il loro stesso destino. In Dava, l'allegoria dello sforzo eroico appare ancora più chiara, perché gli scalatori che riescono ad entrare nella città in cima alle vette si incontrano lì con altri esploratori che hanno conquistato nuovi territori a beneficio dell'umanità. La loro metamorfosi in aquile illustra con trasparente simbolismo il loro grande destino, un destino che, alla fine, li allontana dalla sorte comune dei compagni mortali, ai quali non possono trasmettere il senso della loro esaltazione, forse perché le masse non avrebbero nemmeno gli strumenti per comprendere il linguaggio del dono totale di sé in nome di un obiettivo superiore. Anche questo obiettivo deve essere disinteressato per essere degno di un'incoronazione come quella che attende l'esploratore ascetico, protagonista della storia Sah-Harah, e la cui morte carica di significato il suo sforzo pratico, un'azione che gli permette di accedere al posto giusto nell'ordine universale. La sua morte, così come il volo in Dava, mostrano tutti i segni di una trasfigurazione. Queste città sono, quindi, un polo di speranza, codificato nel libero esercizio della volontà imperiosa di ricercare la conoscenza e la verità, che appare in contrasto con città dominate dall'oppressione e dalla menzogna, come Moebia, dove il tirannico imperatore costringe la sua vittima – l'esploratore – a varcare sempre la stessa porta, ingannandolo attraverso la manipolazione e la paura, al solo fine di giustificare l'ordine di decapitarlo. Moebia appartiene chiaramente alla serie di monadi urbane da incubo che schiacciano l'essere umano e lo annullano a beneficio del potere, dell'ideologia o della tecnica (non dimentichiamo la tragedia di Verticity, che può sembrarci familiare, in un'epoca così fortemente esposta a simulazioni come lo è la nostra).

A questa immagine distopica della città, Săsărman oppone un'urbanistica quasi indistinguibile dal paesaggio, come in Dava o Arapabad, o alcuni spazi neutri dal punto di vista architettonico e che rispondono piuttosto a una motivazione poetica, in cui l'uomo sfugge ai condizionamenti della società e raggiunge la realizzazione affermando la propria personalità, sia che si tratti di un eroico amante della conoscenza e dell'avventura – come quelli citati in Dava o Sah-Harah – o del creatore che si dedica totalmente alla sua arte – come quello che incontriamo in Antar. Questa affermazione dell'individuo di fronte alla pressione conformista della collettività non implica, tuttavia, alcuna traccia di misantropia. Gli eroi di Săsărman agiscono anche per il bene degli altri, come fa Joe, ad esempio, con il suo chiasso, quando mira a insegnare ai glaciali antari qualcosa sulla musica. Allo stesso modo, l'impulso amoroso prende il sopravvento su alcuni personaggi, si evolvono nelle città, confusi da una freddezza che si riflette in una mancanza di comunicazione, avvertita dai rispettivi personaggi come una forza annichilente del loro desiderio di condividere i propri sentimenti, come accade in Verticity o nell'onirica urbogonia finale, Arcanum, dove il sentimento di oppressione è stimolato questa volta non dal sistema politico, ma dal tragico mistero di un'alterità inaccessibile.

La mancanza di empatia e comunicazione in queste città scatena una disperazione esistenziale che arricchisce l'opera di sfumature metafisiche, le quali a loro volta le conferiscono profondità e mistero. *La quadratura del cerchio* adotta, in questo modo, anche un elemento di suggestione poetica e filosofica che dà ancora più sostanza all'evidente sfondo morale e critico, aggiungendo valore al di là del cinismo esemplare che emerge in maniera naturale da una pittura lirica simbolica, ma anche rigorosamente intellettuale, di alcuni degli spazi in cui le due dimensioni si intrecciano, indissolubili: urbs – la città materiale – e civitas – la comunità urbana come entità sociopolitica in senso lato. Săsărman riesce così, con la sua geofiction, ad evitare il pericolo di una pura esibizione manierista delle sue straordinarie capacità di scrittura, offrendo al contempo un panorama enciclopedico del nostro mondo, sia nella sua dimensione fisica che in quella spirituale, avendo come punto di partenza un'analisi speculativa del fenomeno urbano, la cui complessità è favorevole a una matura riflessione. Vista in tal modo, la piacevole ambiguità della parabola funge da antidoto ai sermoni della letteratura militante, senza perciò smettere di rivolgere appelli direttamente al lettore. L'arte dell'autore si riflette, tra le altre cose, nel fatto che abbia scritto un libro del genere senza aver prima rinunciato al diritto alla libera immaginazione. Ci dà, quindi, l'opportunità di sognare società diverse da quelle che ci rendono infelici (o felici, chi può dirlo), dotandole della capacità di persuasione e della forza di rappresentazione che solo i grandi creatori dei paesaggi metafisici moderni hanno raggiunto con i loro scritti: Kafka, Borges, Calvino e, perché no, lo stesso Săsărman[46].

Mariano Martín Rodríguez
Codirettore delle riviste *Hélice: Reflexiones críticas sobre ficción especulativa* (www.revistahelice.com) e Sci Phi Journal (https://www.sciphijournal.org/)

---

46 Questa prefazione è la traduzione, con alcuni adattamenti richiesti dal suo autore, di quella pubblicata nell'ultima edizione romena de *La quadratura del cerchio*, cioè: "Paradigmă şi enciclopedie a geoficţiunii urbane: *Cuadratura cercului* de Gheorghe Săsărman şi oraşele speculative", in Gheorghe Săsărman, *Cuadratura cercului*, Bucureşti, Nemira, 2013, pp. 5-45.

VAVILONIA

Vista da lontano, la città era simile a una ziggurat, ma, a giudicare dalla sua conformazione interna, poteva essere paragonata, semmai, a un alveare di api selvatiche o a un nido di termiti riprodotto in scala colossale. Dico così perché, lungi dall'essere semplicemente una torre massiccia di mattoni seccati al sole, Vavilonia era invece una sovrapposizione di edifici dai soffitti a volta, con decine di migliaia di stanze buie, che ospitava al suo interno un intero popolo. Una sintetica e oltremodo intrigante descrizione della città ce la offre il Vangelo di Giovanni (17, 5): Vavilonia la grande, madre delle prostitute e degli orrori della terra. Il suo nome è ancora oggi avvolto nel mistero; in particolare l'etimologia resta incerta. Alcuni sostengono che Vavilonia derivi da vav-ili, ove ili sta per regnante, regno o regnare. Tuttavia, la vera difficoltà è rappresentata dalla traduzione di vav, radice della quale non v'è traccia alcuna all'interno degli studi comparati delle lingue indo-europee, ma che potrebbe derivare da bab, cioè portone. Per quanto mi riguarda, sarei tentato di attribuire a questo termine oscuro il significato di uguaglianza o libertà. Vavilonia potrebbe dunque essere tradotta come regno dell'uguaglianza, della libertà ma anche libertà del regno. Entrambi i sensi verranno illustrati in quanto segue.

Come si è affermato all'inizio, la città era costituita di edifici sovrapposti – in numero di sette –, costruiti di mattoni di diversi colori. Ogni piano a salire aveva lati più corti rispetto a quello su cui poggiava, dimodoché l'aspetto globale era quello di una piramide a gradoni. Il primo gradone, quello dalla superficie più estesa e di color bianco opaco, era abitato da schiavi, e potevano dunque raggiungere agevolmente i campi vicini che era loro obbligo coltivare. Il secondo gradone, di colore nero, era stato assegnato, in cambio del pagamento di un affitto moderato, agli artigiani e ai bottegai, che erano ritenuti uomini liberi. Il terzo gradone, color porpora, era occupato da militari. Il quarto era fatto di mattoni blu ed era, già dai tempi della costruzione, nelle mani dei preti. Il quinto gradone era di proprietà dei grandi dignitari, ed era color arancio. Al sesto gradone, placcato d'argento, si era installato il re, al quale, d'altra parte, apparteneva l'intera città. Correva voce che le stanze del sesto piano ospitassero tesori favolosi e straordinarie opere d'arte; nessuno, tuttavia, poteva sostenere di averle mai viste con i propri occhi. Infine, il settimo gradone non era altro che il tempio in oro massiccio dedicato al dio Kaduk.

I diversi piani comunicavano tra loro grazie a una serie di rampe ripidissime e ben levigate, sulle quali alcuni servitori appositamente addestrati rovesciavano ogni mattina òtri e otri di olio, al fine di renderle quanto più scivolose possibile. Per questo motivo la discesa era rapida e agevole per chiunque. La risalita, invece, riusciva raramente, e solo ai più abili ed esperti scalatori. La legge, inoltre, che proclamava l'uguaglianza di tutti i cittadini, non vietava a nessuno la scalata. Per questo motivo, in particolare al tramonto, ora in cui l'olio cominciava ad asciugarsi, una folla silenziosa si ammassava ai piedi delle rampe, numerosa ai piani bassi e sempre più rada man mano che si saliva. Poche persone avuto l'ardire di escogitare un modo per salire, e ancora meno erano quelle che ce l'avevano fatta. E nonostante da un piano all'altro la ripidità delle rampe si andasse addolcendo, ben pochi si erano dimostrati capaci, nella lunga storia di Vavilonia, di risalirne più di due.

Per poter essere visitata, Vavilonia doveva essere passata a ferro e fuoco per sette volte, distrutta e ricostruita, abbandonata e ripopolata.

Fu necessaria la rovina e la distruzione sotto una lunga serie di calamità degli assiri, degli elamiti, degli ittiti, dei persiani, dei greci e degli arabi affinché, infine, livellata e ricoperta dalle sabbie del tempo, la città venisse scoperta dagli archeologi e trasformata in un'importante meta turistica.

Nei tempi antichi, però, ogni notte, il grande dio in persona ribadiva simbolicamente il concetto – consacrato anche dai codici delle leggi – dell'uguaglianza tra tutti i cittadini. Questo mirabile gesto si manifestava attraverso l'usanza del dio di scegliersi ogni sera una moglie tra le giovani vergini del primo piano (quello degli schiavi). Con lei trascorreva tra giochi e delizie le ore notturne. All'alba, quando, indossando speciali sandali antiscivolo il re saliva al tempio per ufficiare il servizio divino, trovava sul letto dorato il corpo ancora caldo della schiava, lo scagliava giù da quella formidabile altezza, senza attendere la redazione del certificato di morte, né – cosa ben più grave – senza richiederne l'autopsia. Nessuna di quelle vergini sopravvisse all'amore appassionato, nunzio di uguaglianza, dell'immortale Kaduk. E se, diciassette secoli più tardi, una delle quattro mogli del visir di Samarcanda non avesse messo al mondo Shererazade, nessuno avrebbe mai sospettato che il racconto delle nozze notturne del dio fosse una semplice invenzione.

ARAPABAD

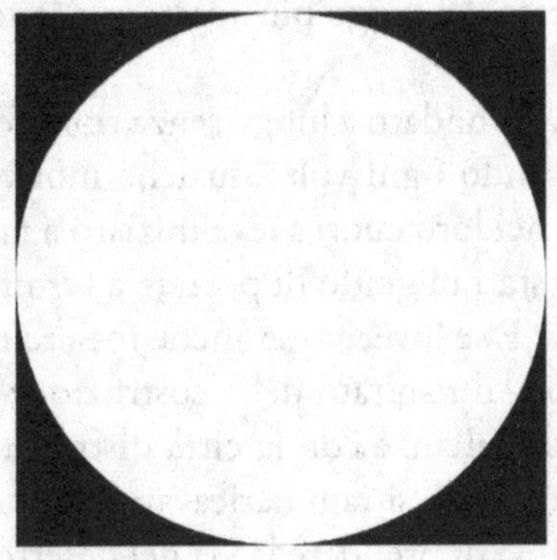

Avevano frenato i cavalli, erano scesi e, dopo i consueti salamelecchi dei servi fedeli, si erano ritirati all'ombra del porticato per rinfrescare le fronti bruciate dal sole. Si erano lasciati bagnare e ungere di oli profumati, si erano ristorati, si erano lasciati deliziare le orecchie con melodie di flauti e tamburelli e gli occhi con braccia flessuose e busti virginei. Avevano fatto l'amore con le loro mogli favorite, si erano assopiti e, all'alba, si erano recati nella corte, al riparo dagli sguardi dei vicini, per meditare in versi sotto la rugiada delle rose in boccio.

Avevano girato la Terra in lungo e in largo, conosciuto ogni credo e ogni città del mondo. I vicoli contorti, le mura cieche, i minareti allungati della loro città non riuscivano più a soddisfarli. Nemmeno il luogo in cui sorgeva sembrava loro adatto, ormai. E il languore che stava oltre i portoni armati, che tanto struggimento aveva provocato in loro fino a renderli pellegrini, ora li disgustava profondamente. Si erano dunque dati appuntamento nella corte della moschea e, mentre si lavavano i piedi nell'acqua purificatrice, avevano deciso di bruciare il Corano e la città stessa per costruirne una nuova, priva di storia e senza pari. Quel giorno stesso avevano caricato i propri harem e ogni loro avere sul dorso dei cammelli, avevano abbattuto le mura e avevano appiccato il fuoco. Erano montati sui loro veloci cavalli e, seguiti dal pesante millepiedi della carovana, erano partiti alla ricerca del luogo più adatto per la fondazione della mirabile cittadella.

Avevano vagabondato a lungo senza riuscire a prendere una decisione, trovando ogni volta qualche motivo di scontento. Con il tempo, nei loro cuori aveva iniziato a farsi largo il dubbio: sarebbero stati in grado di portare a termine quello che si erano proposti? E se invece – se anche fossero riusciti a trovare il luogo adatto – il risultato della costruzione avesse poi rivelato inattese somiglianze con la città distrutta o con altre ancora? Alcuni, tra loro, si rammaricavano di non aver riflettuto più a lungo prima di prendere la via del deserto e provocavano litigi interminabili e vani. Persino i più convinti, ogni tanto, si chiedevano se i loro discendenti avrebbero accettato di vivere in una città priva di passato o se, al contrario, seguendo il loro esempio, avrebbero incendiato il nuovo abitato per partire alla volta di una nuova fondazione. Il terribile presentimento di una simile fatalità sembrava paralizzare qualsiasi iniziativa.

Da allora, l'eretico popolo si trascina senza scopo tra le sabbie; di tanto in tanto, come a voler ribadire la maledizione, all'orizzonte si manifesta il fantasma seducente della cittadella ancora inesistente. E, per qualche istante, il popolo errante viene travolto da una frenetica e mendace felicità.

VIRGINIA

"Chi va là?" aveva gridato Antiope, sollevandosi sui gomiti.

Le era parso di udire dei passi sulle lastre di marmo; il suono si ripeté. Afferrò la torcia dal supporto e si fece avanti di qualche passo. Chi osava trasgredire gli ordini e penetrare in piena notte nel palazzo? Che diamine stavano facendo le ragazze di guardia all'ingresso? Proprio quando stava per chiamare le guardie, tra le colonne si palesò l'intruso; d'istinto Antiope si portò la mano sul fianco, dimentica del fatto che, prima di coricarsi, si era sfilata la cinta della spada. I loro sguardi si incontrarono alla luce palpitante della torcia. Con il cuore bruscamente trafitto dalla freccia di Eros, la temibile regina abbassò timidamente le palpebre.

"Come hai osato?..." chiese, resistendo senza troppa convinzione alla forza delle braccia vigorose che l'avevano afferrata e sollevata come un bebè, facendole mancare la terra sotto i piedi.

Mai, fino ad allora, aveva sospettato di poter essere trasportata in questo modo, nel dondolio appena percettibile seppur inebriante di un busto virile, trasudante forza, per poi essere deposta con una tale naturalezza sulle lenzuola profumate. La stupida domanda che sulle prime le era affiorata alle labbra era scomparsa, insieme a qualsiasi tentativo di resistenza. Non la interessava più minimamente il modo in cui questo giovane conturbante fosse riuscito a penetrare nei suoi appartamenti, né come avesse fatto ad attraversare la città delle amazzoni così ben difesa, percorrendo strade che, fino ad allora, mai erano state percorse da un piede maschile.

Vinta senza lotta, Antiope si abbandonò al piacere della scoperta dell'amore, del cui arsenale, fino ad allora, il suo intero popolo era stato tanto inutilmente dotato. Con una destrezza che soltanto una perfetta guerriera poteva dimostrare, inscenò – come se li conoscesse da sempre – tutti gli arcani segreti dell'arte dell'amare ed essere amata: lo sguardo struggente con gli occhi spalancati, quello sornione abbozzato dietro le ciglia, l'abbraccio infuocato, soffocante, la carezza delicata in punta di dita, il bacio casto sulla fronte, quello tenero sulle palpebre, quello timido sulle guance, quello colpevole sul palmo della mano, quello perverso alla base dell'orecchio, il bacio conturbante, lungo, con labbra scarlatte, il bacio avido, quello imponderabile come un'ombra o un ricordo...

La passione scatenata da questo gioco la privò financo dell'ultima briciola di lucidità. Sussurrava nomi inventati per il suo sposo sconosciuto, lo chiamava, lo desiderava senza conoscerlo, senza poter restituire a parole lo stato di terribile attesa giunta al parossismo che la tormentava come nemmeno la ferita più atroce avrebbe potuto fare. Man mano che lo sentiva più vicino a sé, questo stato diveniva sempre più violento, mandandola fuori di testa. L'urlo che le uscì dalla gola, dalle viscere o forse da luoghi ancora più profondi non era tanto di dolore – un dolore sconosciuto, irripetibile – quanto un segno del trionfo della vita sulla sterile tradizione che fino a quel momento aveva imperato nella città delle vergini.

Allarmate dall'urlo assordante, le amazzoni accorsero di gran fretta e, nel vedere la loro regina fremere e gemere, avevano infilzato con le lance il giovane che la teneva prigioniera sotto il peso del suo corpo, prima che lei avesse il tempo di opporsi.

E negli istanti che erano occorsi ad Antiope per rendersi conto dell'accaduto, le amazzoni avevano strappato il cadavere da quell'abbraccio profano e lo avevano trascinato in piazza, di fronte al tempio di Artemisia, dove erano intenzionate a lasciarlo imputridire. L'infelice regina, tuttavia, si recò in piena notte a rubare la carogna per seppellirla in segreto.

Vani erano stati tutti i suoi successivi tentativi di estirpare l'androfobia delle amazzoni e porre fine alla barbara abitudine di rapire le bambine delle città vicine – alle quali veniva poi reciso il seno destro affinché, divenute guerriere, potessero più agevolmente destreggiarsi con la lancia e lo scudo. Invano aveva predicato l'amore e l'unione tra uomo e donna, che dal principio dei tempi era stata destinata dalla natura stessa a essere lo scopo della vita. Nemmeno il miracolo della maternità – mai visto prima a Virginia –era riuscito a convincere le ostinate ascete. Bandita dal trono, cacciata dalla città sotto una violenta sassaiola, Antiope si era vista negare dal destino anche l'ultima delle sue speranze: aveva dato al mondo una bambina!

In principio era la giungla e, proprio, al centro – lontano dalle rive paludose del fiume, in una radura protetta da alte recinzioni di canna – una manciata di capanne ospitava una tribù di raccoglitori, cacciatori e pescatori. Ogni anno alcuni uragani devastavano la verde distesa infinita, e ogni volta, dai tronchi abbattuti e dai ceppi carbonizzati dai fulmini, la giungla rinasceva, ancora più soffocante e tirannica di prima. La tribù era ormai avvezza a riparare le capanne con gran facilità e già allora era solita accompagnare la ricostruzione con un rituale tramandato e amplificato di generazione in generazione. Erano trascorse molte decine di millenni prima che – mentre la giungla si ritraeva lentamente verso sud – la tribù avesse addomesticato gli animali e avesse dominato i pascoli fertili che costeggiavano il fiume. Quando un nuovo uragano aveva distrutto il loro villaggio, avevano costruito abitazioni più solide con i tronchi che il fiume lasciava sulle rive.

Le travi, nel tempo, si erano fatte sempre più difficili da reperire. Dopo svariati millenni, un incendio aveva ridotto in cenere l'intero abitato, uccidendo le greggi e distruggendo i pascoli. I pastori si erano allora avvicinati al fiume, dove avevano costruito rifugi di mattoni seccati al sole. Imparando a spargere buone sementi nel limo fecondo lasciato dall'acqua, si erano fatti agricoltori. E siccome avevano cominciato a credere negli dèi e continuavano a temere gli incendi, lanciavano tra le fiamme i propri anziani, mandandoli a mediare una tregua in nome della tribù.

Passarono molti secoli. Le inondazioni li avevano costretti a costruire dighe, a scavare fosse di drenaggio e a ricostruire la città sulla sommità di un alto colle. Avevano inventato i mattoni cotti al forno, le mura di cinta, le torri e i portoni, le galere e i porti. Avevano iniziato a mercanteggiare ed erano giunti alla foce del fiume. In quella stessa epoca erano scoppiate alcune epidemie, la più terribile delle quali si era rivelata essere quella della peste. I pochi sopravvissuti avevano bruciato i loro morti – ipocrita sacrificio offerto agli dèi sanguinari – e avevano ricominciato da capo.

Erano trascorsi altri decenni. Il fiume, capriccioso, aveva spostato il suo alveo, lasciando il villaggio intorpidito e privo dei benefici del commercio. Per fortuna un re intraprendente aveva ordinato lo scavo di un canale navigabile, aveva fatto allargare l'antico porto e ne aveva fatto costruire un altro lungo il nuovo percorso del fiume. Aveva fondato una dinastia, concluso alleanze vantaggiose, combinato qualche matrimonio e disseminato le proprie galere in tutto il Mediterraneo.

Tuttavia, non molti anni dopo la sua morte, un terremoto terribile aveva gettato la città in rovina. Il popolo non aveva ceduto nemmeno questa volta. Il degno discendente di quel re aveva ricostruito tutto con la pietra e aveva innalzato altari di marmo sui quali aveva ucciso, strappando loro il cuore, centinaia di prigionieri, nella speranza di ammansire l'imperitura rabbia divina.

Il terremoto fu seguito da un brusco cambiamento climatico. Sotto i torridi raggi del sole l'intera regione si trasformò in un deserto. Pochi mesi più tardi lo spettro della carestia si aggirava per le strade. Il re-architetto sognatore fu ucciso e sostituito da un triumvirato che, in breve tempo, portò a buon fine i lavori per l'irrigazione. Il porto marittimo della città visse un momento di fioritura mai visto prima e sulle coste vicine vennero fondate le prime colonie.

Qualche settimana più tardi un'eruzione vulcanica seppellì la città sotto uno spesso strato di cenere. I cittadini, che si erano rifugiati per tempo in un luogo sicuro, avevano ricostruito le proprie case in tempi da record, con un accanimento straordinario, riparando le piccole avarie. La colossale statua di bronzo arroventata nel fuoco del dio supremo fu nutrita dal sacrificio dei piccoli orfani. I sacrifici si rivelarono, ancora una volta, vani. Qualche giorno più tardi si scoprì infatti che l'accesso al porto era bloccato da un enorme banco di sabbia. Numerose galere erano naufragate. L'insabbiamento del porto era al suo apice. La minaccia del declino era più acuta che mai. Il triumvirato si sciolse; un dittatore, con un colpo di stato, spazzò via la debole resistenza degli opponenti. Costruì una ingegnosa rete stradale, sette porti al posto di quello chiuso e soggiogò la parte sudoccidentale del bacino mediterraneo, fondando un vero e proprio impero marittimo. L'impero ebbe vita eccezionalmente breve. Senza alcuna dichiarazione di guerra, le profetiche coorti romane l'invasero, infierendo con colpi crudeli. Nel giro di poche ore, la stessa città-metropoli, tante volte riportata in vita in modi sempre più sorprendenti dall'impietoso confronto con la natura – fu definitivamente cancellata dalla faccia della terra. Dopo che l'intera popolazione fu offerta in sacrificio agli dèi latini, i romani innalzarono un monumento alla loro vittoria categorica ed estremamente efficace proprio dove prima sorgeva la temuta cittadella. I lavori durarono solamente qualche minuto.

Da quel momento calamità, cataclismi e catastrofi naturali di ogni sorta si allontanarono ai quattro venti, in tutto il mondo, provocando disperazione, alimentando la sete di gloria e dando il via in maniera irreversibile alla temuta rivalità tra simili.

SENEZIA

Un tempo, qui, era vissuto un popolo di agricoltori. Un tempo, al posto delle rovine odierne c'era una distesa di campi fertili e una manciata di casupole isolate che ospitavano poche famiglie abituate alla fatica.

Ma questo è stato molto tempo fa, tanto che persino gli archeologi avranno difficoltà a dimostrarlo.

Sono seguite intere generazioni di spaccapietre e carpentieri, di architetti e scultori. Erano stati loro a costruire la metropoli più affascinante della storia: avevano eretto palazzi e cattedrali, ricamato viali e fori, scavato canali e pozzi. Avevano popolato le piazze, i ponti e i parchi di fantastiche statue di bronzo e marmo, avevano addobbato le pareti degli edifici con affreschi e intarsi, le volte con mosaici dorati e le finestre con vetrate dipinte. I loro primi re, avidi guerrafondai, avevano superato in potenza e orgoglio le più conosciute cittadelle del continente, depredandole degli ori e degli argenti, delle perle e delle gemme. Gli ultimi re, più saggi, avevano accumulato tesori fatti di opere d'arte, libri e manoscritti pregiati, aggiungendo in tal modo alla supremazia economica una raffinatezza e un'erudizione superlative.

La fama di Senezia aveva ben presto fatto il giro del mondo. Molte generazioni dopo, questa città senza pari era divenuta il luogo d'intrattenimento preferito dall'élite: era qui che monarchi e grandi dignitari mandavano la prole a studiare, qui trascorrevano la luna di miele i giovani aristocratici e gli ereditieri, qui si recavano i miliardari per scacciare la noia e le vecchie zittelle venivano a giocarsi le loro ultime cartucce; qui giungevano i cacciatori di dote ad adescare vittime, sempre qui si recavano illustri scrittori per stendere l'ultimo romanzo-fiume. E siccome parlare di soldi passava per segno di cattiva educazione, tutti quanti si sforzavano di sembrare fini conoscitori dell'architettura, dell'arte e della letteratura senete. Gli abitanti della città vivevano grazie al turismo, divenuto la loro unica forma di sussistenza.

Orgogliosi dei loro antenati, ma dominati dal complesso di inferiorità e da un profondo disgusto nei confronti del lavoro, tali discendenti lasciarono la città in mano ai capricci del tempo. E il tempo portò a termine la sua opera: i muri cedevano sotto la pressione delle volte, le fondamenta sprofondavano sotto il peso delle pareti, le colonne si incurvavano, le travi si spezzavano, le cupole franavano. I calcinacci seppellivano le statue, le erbacce infestavano i parchi, l'immondizia riempiva i fori e intasava i canali.

I musei di tutto il mondo, mossi da buone intenzioni abilmente orchestrate, si offrirono di acquisire tutto quanto potesse ancora essere salvato dall'imminente disastro. I pronipoti dei leggendari fondatori si diedero al furto e all'accattonaggio. Ben presto i visitatori – sempre meno numerosi, seppur ancora attratti dalla grandiosità dei palazzi caduti in rovina e dalle leggende del luogo – si videro costretti a farsi scortare da guardie armate. Rinsecchiti, vestiti di stracci e con atteggiamento sprezzante, i locali accoglievano gli eleganti ospiti tendendo loro le mani aperte. Con pari disprezzo accompagnato da invidia e arroganza, questi lasciavano cadere monetine di rame in quei palmi bisunti.

In seguito a interminabili discussioni sul da farsi, dopo che svariate proposte erano decadute in mancanza del numero minimo necessario, la prestigiosa Commissione per la Protezione dei Monumenti, in occasione della Confederazione Mondiale delle Nazioni, votò in favore dello stanziamento di una cifra modesta allo scopo di finanziare un discutibile progetto di conservazione delle vestigia minacciate dalla distruzione. Il progetto, tuttavia, non venne mai portato a termine a causa dell'ostinata opposizione del seneziani, che in un'ultima, stupefacente scintilla dell'ancestrale dignità, respinsero qualsivoglia aiuto.

Abbandonate e dimenticate, soffocate dal feroce assalto della vegetazione, le fastose rovine attendono, nel profondo della giungla, gli eruditi archeologi del futuro. Nel frattempo, gli ultimi discendenti della stirpe seneta – unitisi in una setta segreta – vagano per il mondo, predicandone la prossima fine.

PROTOPOLIS

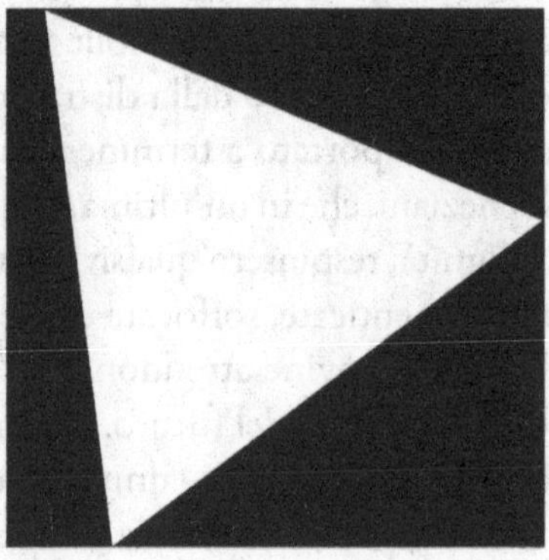

Prima di costruire la colossale cupola trasparente, nessuno aveva ragionato appieno su quale sarebbe stata la sua utilità, né sulle conseguenze che la sua realizzazione avrebbe comportato. La cupola andava costruita per il semplice fatto che era stata inventata e superava qualunque cosa la mente umana avesse immaginato fino ad allora. Una volta costruita, tuttavia, il gruppo di inventori aveva continuato ad apportare alcuni miglioramenti che, inosservati, avevano provocato una serie di conseguenze inaspettate.

La storia non ha conservato il nome originale della città che, insieme a un vasto territorio adiacente, venne ricoperta da quella calotta sferica confezionata in materiale plastico. Con il tempo, però, venne soprannominata Protopolis e con questo nome è ricordata fino ai giorni nostri. Una semplice copertura non avrebbe avuto, con tutta probabilità, conseguenze di grande rilevanza; le piogge – già di per sé rare a quella latitudine – ora bloccate dalla presenza della cupola, erano state sostituite da periodiche ed omogenee spruzzate sulle piantagioni e le aree verdi. Inoltre, grazie all'applicazione tramite elicottero di uno strato di polvere finissima sulla superficie della calotta, l'intensità delle radiazioni solari veniva mantenuta al di sotto di una certa soglia. Uno dopo l'altro, furono adottati sistemi per il mantenimento della temperatura e dell'umidità all'interno di uno spettro ottimale, la procedura sterovac per la distruzione degli agenti patogeni, metodi "puliti" per l'eliminazione dei rifiuti, il lavaggio delle strade e la tumulazione dei cadaveri, una tecnica asciutta e un'altra umida per eliminare la polvere e un'altra ancora per annientare gli insetti e di qualunque altra specie dannosa attraverso l'utilizzo di ultrasuoni.

La popolazione protopolitana si fece presto notare per le sue eccellenti condizioni di salute, per l'annientamento totale delle malattie, per l'eliminazione della mortalità infantile e per l'allungamento delle aspettative di vita. Allo scopo di proteggere una tale evoluzione, degna di massimo elogio e approvazione, qualunque straniero – virtuale veicolo di agenti patogeni – veniva sottoposto a una quarantena e a una cura fastidiosa prima di ricevere l'autorizzazione a entrare in città; i cittadini, da parte loro, non avevano l'autorizzazione ad allontanarsi da Protopolis, poiché avevano ormai perduto l'immunità alle malattie e non sarebbero sopravvissuti al contatto con il mondo esterno. Ben presto, l'isolamento della città ricoperta dalla cupola di plastica divenne totale.

I protopolitani non sembravano particolarmente turbati da tale situazione. Per potersi adattare alle richieste di un'economia di stampo autarchico avevano ristretto il campo delle loro occupazioni alla mera produzione dello stretto necessario per la vita quotidiana. E poiché il condizionamento globale del topoclima lo permetteva, decisero di rinunciare all'abbigliamento. In seguito, avevano abbandonato le abitazioni, lasciandole cadere in rovina, poiché avevano constatato che la vita all'aria aperta, nei parchi e nei boschi, era più comoda e sana. I boschi si erano estesi liberamente sopra le rovine, invadendo le strade e le piazze deserte. I cittadini vantavano una fisicità sempre più atletica, imparavano senza sforzo ad arrampicarsi sugli alberi in cerca di frutti e a lanciarsi di ramo in ramo con salti formidabili.

Per un certo periodo la coltivazione dei campi – attività

passata nelle mani di donne e bambini – sembrò loro ancora vantaggiosa. Gli uomini si occupavano di caccia e pesca, poiché le riserve ittiche e faunistiche prosperavano e costituivano la risorsa alimentare più sicura. In seguito, il grano e il mais vennero lasciati crescere liberamente, mentre vitelli, maiali, pecore e capre tornate in libertà si inselvatichirono. Scappate dalle gabbie dello zoo, le belve feroci avevano imparato a procurarsi da sole di che nutrirsi.

L'unico divertimento dei protopolitani era fare figli. E c'è da ammettere che in questo se la cavavano a meraviglia, anzi, sembravano non fallire mai. Vero è che la scelta e, soprattutto, la conquista delle femmine favorite, era causa di litigi e pestaggi sanguinosi tra i maschi accalorati, ognuno dei quali desiderava la più seducente; tuttavia, nonostante tali conflitti terminassero non di rado con la morte del più debole, la fecondità generale compensava abbondantemente le perdite.

A un certo punto, la popolazione crebbe fino a un livello preoccupante, se rapportata ai mezzi di sussistenza sempre più modesti. Divisi in gruppi, i cittadini iniziarono a lottare per le zone in cui pescare e cacciare, per i boschi più fertili e ricchi di frutti commestibili. Dapprima di nascosto e poi in maniera sempre più pomposa, i prigionieri iniziarono a essere consumati dai vincitori. Le mandibole crescevano, la fronte si fece sempre più piatta, il collo si accorciava, il petto si faceva bombato, le spalle si allargavano, le braccia si allungavano e, infine, gli abitanti di Protopolis impararono ad afferrarsi ai rami con le dita dei piedi; la postura bipede si alternava sempre più spesso a quella quadrupede.

Il resto dell'umanità seguiva con curiosità appassionata lo svolgersi degli eventi. Da dietro la cupola, diverse telecamere filmavano incessantemente e venivano trasmessi sensazionali programmi televisivi in diretta. Al banco delle scommesse, il pronostico maggiormente quotato era quello che recitava: Quand'è che ai protopolitani crescerà la coda?

Immaginatevi una quadrettatura formata da due gruppi di rette parallele equidistanti, perpendicolari tra di loro, che disegnano su di un piano un campo uniforme di quadrati tutti uguali, come se fosse un foglio di carta millimetrata. Immaginatevi ora che questa carta millimetrata, ingrandita qualche migliaio di volte, non sia altro che una piattaforma di pietra e che da ognuno degli snodi della rete invisibile si innalzi, slanciata, una colonna sul cui abaco poggiano le estremità di quattro travi di legno, sistemate seguendo le linee della quadrettatura. Sulle travi principali poggiano i pannelli quadrati del soffitto a cassettoni, e ogni cassettone è ricoperto da una placca traslucida di alabastro. La fila uniforme delle colonne si estende all'infinito in entrambe le direzioni; la luce diffusa che filtra attraverso il soffitto non genera ombre. Così appariva la città di Isopolis prima di venire incendiata per ordine di Alessandro il Macedone. Le malelingue dicono che, in seguito a un'orgia tremenda, in evidente stato di ubriachezza, l'imberbe conquistatore di mondi avrebbe appiccato il fuoco con le sue stesse mani. Per comprendere che, al contrario, l'ordine fu dato da una mente del tutto lucida e a seguito di attente riflessioni, i lettori sono pregati di fare una sosta in città all'epoca in cui Alessandro Magno non aveva ancora attraversato l'Ellesponto.

All'epoca, Isopolis era talmente estesa che i suoi stessi cittadini non ne conoscevano i confini e nessuno di loro ricordava di averla mai vista da fuori. La struttura omogenea, la perfetta equivalenza di ogni quadrato che componeva la città, l'assenza di centro e di periferie, di punti di riferimento e di un qualsivoglia sistema di orientamento avevano conseguenze profonde sulla vita di chi abitava sotto il soffitto di alabastro. Apparentemente, i cittadini si somigliavano ben poco tra loro, ma, a un esame più attento, era possibile constatare che, per quanto grandi fossero le differenze – che si riferivano all'aspetto fisico, l'acconciatura, l'abbigliamento, il trucco e il modo di parlare –, esse erano il risultato di una costante premeditazione che aveva il preciso scopo di contrattaccare la monotonia del quadro architettonico. Tale ricercata eccentricità dei costumi era tanto ossessiva e stancante quanto lo sarebbe stata la perfetta uniformità degli stessi, e, al di là di qualsiasi differenza, il modo di fare dei cittadini, la loro mentalità, si dimostravano essere sorprendentemente omogenei. Tutti i cittadini (che, è evidente, erano uguali tra loro, a prescindere da età e sesso, mentre altre opinioni di differenziazione sociale non sembravano esistere) si dilettavano nella stancante operazione – destinata da subito al fallimento – di ricerca e conquista di un luogo privilegiato come primo passo verso la distinzione. Si spostavano in maniera caotica, di qua e di là, senza sosta, rendendo lo spazio omogeneo anche dal punto di vista dell'aggregazione umana. Se da qualche parte si formava per qualche istante uno spazio vuoto o, al contrario, un nucleo fortemente addensato, che avrebbero potuto fungere da punti di riferimento, il movimento della folla li cancellava subito.

Di tanto in tanto, raramente, qualcuno si fermava, forse esausto da tanto vagabondare, o forse intuendo che in quell'universo browniano l'immobilità poteva rappresentare l'unica possibilità di distinguersi dalla massa. Ma quell'intuizione non travalicava mai i limiti della ragione. Per un istante, l'individuo diveniva il centro assoluto della città, si posizionava sul punto zero dell'unico sistema stabile di coordinate. Diveniva un re, e portava in sé il germe della rovina del suo stesso regno. Per fortuna, né lui né chi lo circondava si rendeva conto di tutto ciò, e il pericolo era immediatamente sconfitto dall'ignoranza. D'altra parte, se anche presupponiamo che questa soluzione sarebbe stata attuata, si sarebbe subito, paradossalmente, auto-annullata. Vero è che se i vicini avessero riconosciuto la singolarità di colui-che-sta – riconoscimento necessario, in mancanza del quale il monarca non avrebbe avuto che un'esistenza illusoria –, si sarebbero fermati a loro volta e la mancanza di movimento, diffusa e generalizzata, avrebbe perso la sua singolarità.

Isopolis non poteva ammettere l'unicità.

Alessandro era l'espressione stessa dell'unicità.

La reale causa dell'incendio è da ritrovarsi in questa contraddizione irrisolvibile.

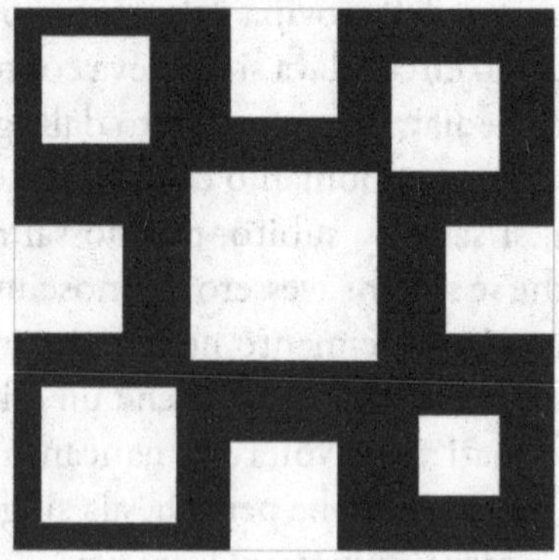

Prima che la XII Legione Ortogonica si stabilisse da queste parti, non c'era altro che una strada polverosa e serpeggiante che evitava – tra le colline boscose – l'incontro decisivo con un fiume capriccioso. La palude, in estate, esalava zanzare al di sopra dei gruppi di viandanti frettolosi. La foresta era ricca di selvaggina e in essa risuonavano i richiami ciarlieri di molte specie di uccelli. La città non era ancora nata.

Iniziarono dalla strada: la sostituirono con una carreggiata diritta, lastricata, arricchita di ponti e viadotti, tracciata come un solco di spada.

Catturarono il fiume alla sua fonte e lo costrinsero, a mo' di acquedotto, in un ossessivo filare di archi identici appoggiati su migliaia di pilastri di granito. Dall'alveo abbandonato estrassero rocce e pietrisco. Trasformarono gli alberi secolari in mucchi di travi e assi, ne strapparono e bruciarono le radici.

La palude si seccò poi per conto suo. Ne utilizzarono la torba per i loro formidabili lavori in muratura. Fabbricarono milioni di mattoni, tegole, tubi per le condutture dell'acqua e per la rete fognaria.Sul pendio di una collina poco distante scavarono una miniera dalla quale cominciarono a estrarre grossi parallelepipedi di calcare.

Livellarono le colline, chiudendo le valli e le depressioni. Crearono una immensa piattaforma quadrata con i lati allineati sui quattro punti cardinali.

Tuttavia, la città non era ancora nata.

Lungo i quattro lati della piattaforma scavarono ben due fossati e innalzarono per ognuno due dossi di terreno. All'interno, costruirono un muro alto e solido. Ai quattro angoli, sorsero quattro torri massicce.

Con tutto ciò, la città non era ancora nata.

Allora, il comandante della legione chiamò i suoi quattro vicecomandanti e, tracciando un quadrato nel terreno con la punta della spada, lo suddivise, con una croce, in quattro parti uguali.

"Abbiamo capito," dissero brevemente i vicecomandanti, e tornarono alle loro sotto-legioni.

Il giorno successivo, sulla piattaforma ben livellata, tracciarono le due strade principali: il cardo e il decumanum. Al crocicchio costruirono il foro, mentre alle estremità arricchirono le mura con porte fortificate e ponti levatoi che sovrastavano i fossati. Dopo che il comandante si fu insediato nel foro, poi, ogni vicecomandante convocò i suoi sottoposti e, tracciando un quadrato nel terreno con la punta della spada, lo suddivisero ulteriormente in quattro parti.

"Abbiamo capito," dissero i sottoposti, e tornarono alle loro sotto-legioni.

Nei giorni successivi, all'interno dei quattro quadrati della piattaforma, ognuno di loro tracciò due strade perpendicolari, al cui crocicchio si insediarono i vicecomandanti. Poi, i sottoposti convocarono i propri sottoposti e mostrarono loro come suddividere un quadrato in quattro parti uguali.

L'operazione si ripeté, un quadrato dopo l'altro, una strada dopo l'altra, seguendo l'ordine crescente della potenza di quattro, fino alla parcellizzazione dell'intera piattaforma in lotti minimi e fino al livello dei soldati, che non avevano sottoposti. Al centro delle parcelle quadrate tagliate a croce da due strade, i soldati si costruirono delle case tutte identiche fra loro, quadrate, salubri, con un atrio e una piscina.

La città era pronta. Tutte le sue strade e stradine si intersecavano perpendicolarmente e in maniera equidistante. L'occupazione del terreno rispecchiava con precisione la struttura gerarchica della legione, permettendo un orientamento perfetto dei capi e impedendo a chiunque di venire meno al proprio rango di subalternità. La trasmissione degli ordini era estremamente efficiente, e questi venivano eseguiti con una rapidità impressionante. Tutto funzionava alla perfezione. Un bel giorno, tuttavia, la città venne attaccata dai barbari.

Dopo aver forzato, a costo di gravi perdite, una delle porte fino ad allora ritenute inespugnabili, gli assediatori irruppero in città. Senza preoccuparsi granché delle strade e dei viali lungo i quali i legionari stavano effettuando eccezionali manovre strategiche, i barbari si lanciarono in una corsa caotica, calpestando gli orti ordinati dei soldati straziati. Poi diedero fuoco alle case, uccisero quanti non si aspettavano di venire attaccati nel proprio giardino e penetrarono nel foro. Il caso volle che, in quei momenti di sconcerto, una lancia colpisse direttamente alla tempia il comandante della legione. Il cranio esplose in mille frammenti, e i vicecomandanti, terrorizzati, videro il suo cervello cubico, sui cui lati era ben visibile il disegno regolare di una circonvoluzione ad angolo retto. Presi dal panico e da un lugubre presentimento, i legionari gettarono le armi.

Molto più tardi, gli storici romani attribuirono la sconfitta all'ignoranza dei barbari in materia di geometria.

Non se ne conosce il nome e nemmeno si sa se sia mai stata battezzata, e ciò contribuisce al consolidarsi della sua reputazione di città più controversa al mondo. Capita che ogni tanto venga contestata la sua stessa esistenza – a ben vedere, forse a ragione, dato che si sono conservate ad oggi solamente quattro testimonianze su di essa, per di più contraddittorie. Vediamole in breve:

"La nostra missione si era conclusa. (...) La muraglia cinese sarebbe certamente sembrata un vermiciattolo anemico di fronte alla gigantesca città che avevamo costruito e il cui corpo robusto immaginavamo estendersi ininterrotto dall'Atlantico al Pacifico – una monumentale spianata di quasi 4000 km, che attraversa l'ostile foresta amazzonica e la cordigliera delle Ande come un arcobaleno di pace disteso sopra il corpo delle Americhe! (...) Ero ancora ossessionato dalle immagini del cantiere: mezzi pesanti che trasportavano prefabbricati e portavano via gli alberi immensi sradicati dal suolo della foresta man mano che procedevamo; bulldozer, gru, compressori, tutto un esercito di mostri metallici al cui baccano le mie orecchie si erano abituate nel corso degli anni; i visi bruciati dal gelo dei miei compagni di squadra, gli sguardi torvi dei capicantiere ogni volta che ci si presentava un ostacolo...

Ormai, da quando avevo raggiunto la costa occidentale il giorno precedente, mi ero lasciato tutto ciò alle spalle. I miei compagni, stesi sulla sabbia rovente, dormivano, accarezzati dal suono delle onde del mare, che tanto a lungo avevano sognato. Mi lasciai avvolgere dal torpore della benevola brezza serale...

Non so quante ore – o forse giorni – giacemmo in quel modo, caduti in un sonno incantato. Quando ci svegliammo la città – i cui edifici periferici erano visibili direttamente dalla spiaggia, prima che ci addormentassimo – era scomparsa d'improvviso; da allora nessuno l'ha mai più vista e tutti i miei sforzi per svelare il mistero sono rimasti, ad oggi, vani..." (Da un diario ritrovato tra gli averi del celebre esploratore Felix Fortuneanu, scomparso nel Mato Grosso senza lasciare alcuna traccia di sé nell'anno 1982).

"Scopriamo da fonti degne di fiducia che, dopo tre settimane di trattative, i dipendenti della società Nature and Landscape Safeguard Co. hanno ottenuto un aumento di salari pari a 2,7 punti percentuali; ci si attende dunque che i lavori riprenderanno domani. (...) Lo sciopero sarebbe da attribuire ad alcune clausole oscure presenti nel contratto.

Sembra che la società si occupi dello smantellamento degli edifici di una città il cui nome è tenuto segreto – una città che, secondo le nostre fonti, sarebbe disabitata – allo scopo di ripristinare, grazie a interventi intensivi, la flora naturale e originaria. Il contratto prevede l'impegno dei salariati a servire la società fino alla chiusura dei lavori; (...) e si presuppone che fino ad allora passerà parecchio tempo. Nonostante la città non risulti espandersi per più di 7 chilometri, gli operai non sono ancora riusciti – nemmeno ora, dopo otto anni di smantellamento sistematico – a concludere l'opera. Inoltre, circola voce di come la distanza che li separa dal lato opposto della città si mantenga, a grandi linee, costante." (Agenzia di stampa Prensa, Gazzettino di informazione nr. 13768 dell'8 settembre 1975, riga 16).

"Il ricordo più vivo che ho di quella città – che avevo scoperto, con grande fatica, proprio nel cuore della foresta a cinquecento miglia dal luogo in cui mi aspettavo di trovarla – riguarda una mia discussione con un autista (...). Mi trovavo quasi sul punto di uscire da un bar quando l'ho visto accostare sulla destra e saltare giù dalla cabina del TIR; sudato com'era e con la tuta bisunta, immaginai che avesse intenzione di comprare un pacchetto di sigarette o di bersi un succo di ananas fresco e, poiché avevo comunque intenzione di chiedere a qualcuno indicazioni per raggiungere Pôrto-Velho, felice di aver trovato così in fretta il mio uomo, tornai al bancone e mi riaccomodai su uno degli sgabelli alti, fingendomi distratto pur tenendo d'occhio l'autista che era entrato e si stava avvicinando. Si era seduto di fianco a me e, per qualche minuto, avevamo taciuto entrambi, sorseggiando le nostre bevande e spiandoci a vicenda.

'Faresti bene a smammare,' mi disse bruscamente, senza guardarmi. 'Chi diavolo ti ha detto di venire qui? ... Credi che non si veda che sei appena arrivato?' riprese, rispondendo al mio silenzio e girandosi verso di me con la sedia e tutto.

'Hai qualcosa in contrario?'

'Ascolta quello che ti dico e non metterti troppo in mostra... Qui succedono cose strane; ne sono venuti altri, anche più svegli di te, e hanno comunque fatto la fine del topo. (...) Sai che faccio io, da quattro anni a questa parte? Vado in giro con questo maledetto macinino tutto il giorno, da un capo all'altro della città, lungo la strada principale: all'andata trasporto prefabbricati; al ritorno trasporto alberi.'"

'E perché sei rimasto?'

'Per noi qui è diverso; noi abbiamo firmato un contratto... se non fosse per i soldi, me ne sarei andato da un pezzo! Deve essere un pazzo quello che ci paga, sempre che ci paghi davvero...'

'Come sarebbe a dire?'

'Non prendiamo un soldo bucato finché non finiamo il lavoro...'

A quel punto si alzò in piedi come se si fosse ricordato di qualcosa di importante e uscì in tutta fretta, senza aggiungere una sola parola e senza pagare; feci un cenno al barista di segnare tutto sul mio conto.

'Il signore ha un conto aperto,' mi disse con una gentilezza dalla quale trapelava un fare onnisciente e pieno di disprezzo." (O. Nyr-Dysseus: Alla ricerca dei confini del mondo, pp. 271-273, Éditions de l'Équateur, Parigi, 1977).

"A giudicare dalle apparenze, poteva essere scambiata per una città assiale; era lunga circa 6,7 km e la larghezza, costante, era di 530 m. A distinguerla da qualsiasi altra città terrestre – perlomeno vista dall'alto della nostra stazione – era il fatto, sconvolgente, che si spostava (in maniera estremamente lenta, è vero) da nord-est verso sud-ovest, con una velocità variabile tra i 30 e i 50 km/h.

Durante questa traversata pulsava in maniera appena percettibile, con alternanze aleatorie di contrazioni e dilatazioni, cosa che, d'altra parte, ci ha spinti a ricorrere alla nozione di lunghezza media. Nei quasi sei anni di osservazione, aveva percorso circa 2000 km, partendo dal cuore del continente fino ad arrivare alle coste peruviane, dove sembra che sia sprofondata lentamente nelle acque del Pacifico." (Dal comunicato scientifico Elementi di cosmoscopia urbana sperimentale, presentato il 24 aprile 1980 all'Accademia Francese da un gruppo di ricercatori della stazione orbitale KL-9).

"Qui," dicevano, "costruiremo la prima città degli esseri umani liberi."

Lì, 300 giorni l'anno, il cielo era di un azzurro immacolato. Nei restanti 65 giorni pioveva abbastanza da far germogliare i campi di grano, le piantagioni di ulivi e i vitigni sulle colline.

Perché proprio qui? La storia non ce lo dice. Forse proprio perché per 300 giorni l'anno il cielo era azzurro.

E così, avevano scolpito enormi blocchi di pietra di migliaia di tonnellate ognuno, li avevano levigati e poi assemblati a formare una piattaforma tanto ben livellata ed estesa che gli interstizi erano visibili solamente a chi aveva una vista acutissima, mentre i margini potevano essere scorti solamente da chi era molto alto di statura. Poi, avevano portato in quel luogo tutte le persone che avevano incontrato nel raggio di circa mille chilometri, li avevano edotti su come coltivare agevolmente la terra, come alimentarsi in maniera razionale, e, affinché non ci fosse nemmeno un germe di sconten-to, li avevano vestiti tutti allo stesso modo, con indumenti bianchi. Poi se n'erano andati, fortemente soddisfatti e convinti di aver sta-bilito l'ordine più corretto possibile.

Quando vi avevano fatto ritorno, centinaia di anni dopo, la monumentale piattaforma si era trasformata in un ammasso di templi, costruiti con le schegge delle pietre staccatesi durante la creazione dei blocchi primordiali. Un gruppo di sacerdoti vestiti d'oro e porpora ufficiavano il culto del grande dio Záal, arraffando per il tesoro dell'altare il frutto del lavoro di decine di migliaia di schiavi che, quando sopravvivevano al calvario della costruzione dei templi, trascorrevano la loro vita tra la siccità dei campi e la tenebra del loro tuguri di fango, costruiti alla bell'e meglio in quelle aride valli.

Affrontando il rischio della crocifissione, alcuni di questi conservavano, sepolti sotto la terra battuta delle loro casupole, gli abiti bianchi degli antenati.

Infuriati e disgustati, i fondatori della prima città per esseri umani liberi decisero di sterminare quella stirpe disgraziata, considerandola indegna di essere chiamata umana. Tuttavia, al momento di mettere in pratica le loro intenzioni, uno di loro scoprì di avere vocazione sacerdotale e volle ridurre i compagni in schiavitù. La lotta fu breve e cruenta: l'astronave scomparve con una formidabile esplosione[47]. Gli schiavi poterono così continuare a occuparsi delle loro incombenze quotidiane.

---

47 Secondo alcune fonti si trattò di un'esplosione nucleare.

GNOSSOS

Ebbro di gioia, Icaro sollevò nel vento le ali simili alle vele di una galea. Dall'alto del suo volo inebriante il labirinto sembrava solamente un giocattolo. Era dunque questo l'immenso palazzo per la cui costruzione lui stesso aveva lavorato sodo per innumerevoli settimane! Si sentì chiamare: Dedalo gli faceva cenno di sbrigarsi affinché la loro fuga non venisse scoperta prima del tempo, altrimenti sarebbero potuti diventare facili prede per la famosa flotta del re Minosse.

Improvvisamente, la sua mente si illimpidì. Comprese che gli sarebbe stato impossibile abbandonare quei luoghi; esisteva una sola via di fuga, e non aveva alcun senso cercarla altrove. La sensazione del volo aveva allontanato da lui ogni timore e non riusciva più a condividere l'impazienza del padre. Prese a volteggiare sul posto, maestoso, con la calma di un'aquila reale. La corrente ascensionale lo stava portando sempre più vicino al Sole.

"Scendi!" gli ordinò Dedalo, "La cera delle ali non resisterà!"

Icaro continuava a salire in cerchi eleganti. Ormai riusciva a cogliere l'intera isola con un solo sguardo.

"Finiscila con questo stupido gioco!" urlò, esasperato, il padre-architetto.

Lui non sentiva nemmeno più la voce di Dedalo che, per la necessità di preservare le proprie forze, si era considerevolmente allontanato. La strada da percorrere per raggiungere la Sicilia era lunga. Icaro, con la mano, gli fece un cenno di addio. Poi la minuscola e candida costruzione in muratura polarizzò tutte le sue attenzioni. Per un istante si fermò, sospeso in aria. Gocce roventi gli colavano lungo la schiena, facendogli il solletico. Libero dal pensiero ossessivo dell'evasione, si lanciò verso il suolo con la velocità di un bolide. Nella caduta vertiginosa descriveva una spirale i cui anelli si allargavano sempre di più, man mano che l'immagine del labirinto si faceva più grande nelle sue iridi affascinate.

Ai suoi occhi onniveggenti, il labirinto era irriconoscibile. Ne aveva trasfigurato il piano, e lo conosceva tanto bene che avrebbe potuto disegnarlo in qualsiasi momento, persino a occhi chiusi. Non era rimasta traccia alcuna dei corridoi, non si scorgeva nemmeno uno dei sentieri aggrovigliati e ingannevoli che non portavano in nessun luogo. Il palazzo aveva l'aspetto di un gigantesco alveare, costituito di innumerevoli celle dalle forme bizzarre, con pareti alte, che impedivano qualsiasi possibilità di comunicazione. Con una velocità spaventosa, le cellette – apparentemente sempre più numerose – dell'immenso alveare prendevano contorni sempre più precisi. Icaro ora poteva distinguere ogni minimo dettaglio. Al contempo, l'alveare stesso cresceva, si gonfiava, si stendeva a coprire l'orizzonte. Non era più un palazzo, ma una città intera. In quasi ogni cella, armata di un gomitolo di lana, c'era una persona che si sforzava di trovarne l'uscita, senza nemmeno sospettare che, se anche fosse riuscita a oltrepassare il muro, si sarebbe ritrovata in un'altra cella, dove avrebbe dovuto ricominciare tutto daccapo.

Eppure, a quei disgraziati prigionieri non era concessa nemmeno questa ingannevole speranza di fuga. L'intero universo, al centro del quale si trovava ognuno di loro, si riduceva a quelle pareti alte e impenetrabili, di un bianco accecante, e a quell'inutile gomitolo di lana. Vi erano giunti di propria iniziativa.

Dove si trovava dunque il minotauro che avevano fantasticato di uccidere con la spada che tenevano al fianco? Con una rapida torsione, Icaro passò inosservato sopra le teste assorte in meditazione. La traiettoria che aveva disegnato nell'aere finì contro le lastre di marmo di una cella vuota. La vita silenziosa della città-alveare continuò il suo corso, come se non fosse successo nulla. Vincendo il proprio dolore, Dedalo faceva fremere le ali nel lungo viaggio alla volta della corte del re Cocalo.

Lontano dagli occhi di qualunque mortale, un filo rosso, sgorgando da un angolo della bocca serrata di Icaro, tracciava sul candore marmoreo l'infame soluzione dell'unica evasione possibile.

VERTICITY

La città sembrava non avere inizio né fine. Vista da uno degli elicotteri che la sorvolavano in continuazione, somigliava a una torre gigantesca le cui estremità, rimpicciolite per effetto della prospettiva, si perdevano in lontananza. Da terra il suo profilo sfilacciato, come una sfida alla legge della gravità, schizzava in direzione della volta scura; i sotterranei profondi, le cantine soppalcate e le formidabili fondamenta proseguivano, invisibili, come una vera e propria radice per quel fusto senza pari. A un'altezza di qualche chilometro si ramificavano steli su cui erano posizionate centrali eliotermiche, circondate da corolle di specchi parabolici. Qui e là, piattaforme a sporgenti a mo' di mensola fungevano da pista di decollo e atterraggio per i veicoli volanti. L'altezza definitiva della città era difficile da stabilire; era in continua crescita, mano a mano che il cervello elettronico centrale inviava comandi ai computer addetti alla sempiterna costruzione. Nonostante la città fosse viva, poteva essere paragonata a un albero solamente per il suo aspetto; in realtà nessuno era mai riuscito a catturarla tutta intera con uno sguardo, e la visione parziale non permetteva certo di lanciarsi in tali paragoni.

La struttura interna della città era piuttosto complicata. Attraverso una rete di tubature a grande pressione circolavano l'acqua e i minerali estratti dal sottosuolo, l'azoto e il biossido di carbonio di origine atmosferica – ovvero le materie prime necessarie alla preparazione, con l'aiuto dell'energia solare, degli alimenti e dei beni di prima necessità per gli abitanti. Nella parte interna della costruzione erano inoltre custodite le centraline di condizionamento e climatizzazione, così come le installazioni destinate alla circolazione e alle comunicazioni. Il nucleo tecnico era circondato da un primo anello costituito di spazi pubblici; l'anello esterno era destinato alle abitazioni. Queste ospitavano anche le stanze nelle quali i membri della famiglia svolgevano le proprie attività professionali, un lavoro di natura intellettuale, poiché tutte le altre attività erano automatizzate e coordinate dai computer.

Il giovane Nat si sentiva solo. Aveva ottenuto, dopo lunghe insistenze, il permesso di visitare la città. La sua richiesta aveva tuttavia suscitato vari sospetti tra le autorità, abituate a una popolazione che, beneficiando del sistema stereo-cromo-videofonico di comunicazione totale, aveva rinunciato da lungo tempo persino alle visite di cortesia che, fino a una certa epoca, erano state mantenute per tradizione. D'altra parte, gli abitanti della città erano molto occupati, L'obbligo di lavoro era stato legiferato soprattutto per motivi formali, poiché il dedicarsi ad attività utili era un'abitudine talmente radicata che ogni singolo cittadino maggiorenne le dedicava tutto il tempo di cui disponeva. Tutti quanti avevano molti impegni e, disponendo di qualifiche polivalenti, riuscivano a effettuare diverse operazioni contemporaneamente. Nessuno aveva tempo da dedicare al giovane turista.

Nel gigantesco formicaio di Verticity, Nat soffriva di solitudine. Trascorreva ore e ore a salire e scendere con gli ascensori rapidi – che da un po' di tempo venivano utilizzati molto di rado – senza incontrare anima viva. Dopo qualche giorno trascorso in una sala di documentazione, era giunto a conoscere parecchie cose sulla città e sulla sua storia, troppo poche però per riuscire a stabilire un contatto con chi la abitava. Si sentiva attratto, in maniera curiosa, dall'essenza immateriale della voce femminile che annunciava l'ora esatta; infine, si era deciso a cercarla. La faccenda era tutt'altro che semplice: le informazioni specifiche non venivano divulgate a chiunque le chiedesse e in particolare non erano fornite agli estranei; e dunque non era riuscito in nessun modo a scoprire il nome dell'enigmatica dulcinea. Man mano che la ricerca della sconosciuta si rivelava più complicata, la sua attenzione veniva irresistibilmente attratta dal suo sorriso evanescente. Ben presto, Nat si era ritrovato ad attendere con impazienza il momento in cui era annunciata l'ora esatta. E ciò avveniva addirittura ogni mezz'ora nei principali snodi della circolazione. Completamente assorbito dalla propria passione, lo straniero non prese in considerazione il fatto che le poche donne del luogo che incontrava erano ben lontane dalla bellezza dell'annunciatrice. E, nonostante potesse trattarsi di una semplice casualità, ciò forniva una spiegazione alla sua bizzarra scelta.

Nat non sentiva la necessità di giustificarsi: ossessionato, sospettando tuttavia di essersi innamorato ciecamente come un ragazzino, prese la decisione di penetrare, a qualunque rischio, all'interno del centro dal quale venivano trasmessi gli annunci. Durante le sue investigazioni continuava, è naturale, a sprofondare nell'estasi dell'ora esatta che, ogni 30 minuti, era fornita dall'unica trasmissione che lo interessava, la sua preferita. Ebbe così modo di constatare che l'annunciatrice si cambiava d'abito a ogni annuncio. Di notte indossava camicie vaporose oppure si mostrava nuda, e allora Nat sentiva il sangue salirgli alle tempie; spesso allungava le braccia verso il corpo illusorio e cercava inutilmente di toccarlo agitando le dita nell'aria, impotente.

"Speriamo solo che non sia un'antenata," si augurava, ricordando vagamente un racconto di Edgar Allan Poe, "o il fantasma di una qualche diva del secolo scorso..."

Quando, dopo un lungo periplo, giunse finalmente al centro di trasmissione, poté constatare che, in un certo senso, le sue preghiere erano state esaudite. Le immagini cromospaziali, così come la colonna sonora, erano create – grazie all'elaborato programma di un ripartitore automatico, che si basava sulle preferenze espresse dagli abbonati – con informazioni disparate depositate all'interno della memoria centrale. Disperato, Nat si rese conto, finalmente, che si era innamorato di quello che per gli abitanti della città era l'ideale di bellezza femminile, e ciò non sembrava affatto consolarlo. Proprio come gli scultori antichi, il ripartitore automatico modellava le fattezze dell'annunciatrice non copiando una persona in particolare, né riproducendo il corpo e il viso di una celebrità – fosse anche invecchiata o morta da molti anni – ma semplicemente sintetizzando in una personificazione ideale le proporzioni e i tratti somatici che i cittadini consideravano eccezionali.

Si inginocchiò davanti alla Venere di Milo, a cingere fra le braccia il basamento dal quale si innalzavano le superbe gambe di marmo della dea. Si disprezzava, dicendosi che Pigmalione, se non altro, aveva avuto la scusa di essersi innamorato della sua stessa creazione. E tuttavia, quell'amore sofferto continuava a tormentarlo.

Solo più avanti, dopo essersi stabilito in pianta stabile a Verticity, dopo che gli abitanti della città lo ebbero accolto tra le loro fila, dopo che ebbe iniziato a decifrarne i segreti, Nat comprese che nessuno di loro trovava bizzarra la sua passione per la chimerica figura dell'annunciatrice.

Imbruttiti da una sedentarietà secolare, gli schiavi della nuova Vavilonia coltivavano il proprio finissimo senso estetico dedicandosi a orge segrete, circondati da amanti impalpabili, virtualmente incarnati su commissione dai robot adibiti al settore intrattenimento.

POSEIDONIA

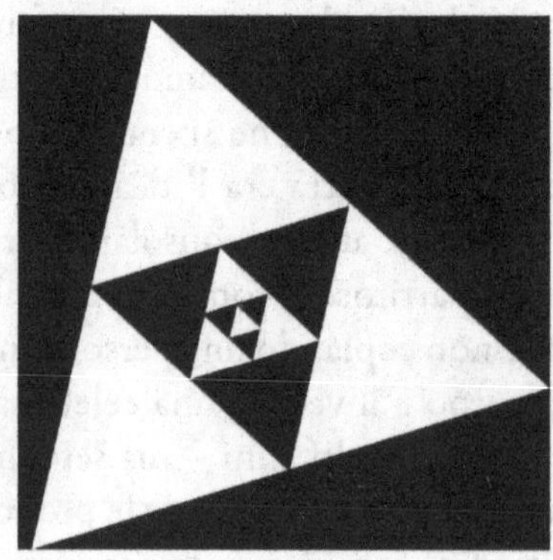

Con il tempo, gli esseri umani sicuramente si abitueranno alla vita subacquea. Si lasceranno sedurre dai palazzi – al momento deserti – della città sottomarina, con i suoi muri di corallo e i suoi lampadari decorati da perle vive; si abbandoneranno alle strade tortuose, lontane dalla calura e dal gelo, dalle raffiche di vento e dalle piogge ossessive, si abbandoneranno alle piazze verde-azzurro illuminate da un sole mite, mai accecante, nelle profondità liquide che non conoscono la paura del diluvio...

Con il tempo, i loro polmoni impareranno a padroneggiare l'arte dello scindere l'ossigeno dall'acqua; il loro stomaco apprezzerà il gusto raffinato delle alghe, del pesce crudo strappato a morsi; i corpi acquisiranno la capacità di galleggiare con eleganza, si abitueranno all'ondeggiare ipnotico, e al guizzare fulmineo. I corpi si allungheranno, prendendo la forma di un siluro. Le membra si adatteranno al nuoto, l'intelligenza si farà più acuta, così come il muso. Popoleranno Poseidonia, vivranno nell'abbondanza delle sconfinate distese acquatiche, conosceranno il piacere ineffabile dei capitomboli anfibi, e la nostalgia della condizione originaria, terrestre e bipede, si farà sentire sempre meno.

Con il tempo, prenderanno a somigliare sempre più a delfini...

Ma, fino ad allora... oh, quanto è difficile fare il primo passo, imparare la prima regola aurea – il silenzio!

MUSAEUM

In principio era una città qualsiasi...

Avvenne poi che, per un capriccio del destino, in una delle sue case – una casa qualsiasi – venne alla luce un bambino straordinario; cocciutamente avverso alle condizioni banali, che i genitori gli instillavano meticolosamente e con forte slancio, si era messo in testa di forzare gli ineffabili confini dell'immortalità. I posteri riconobbero il suo genio (forse un po' troppo in fretta), e il suo esempio divenne presto contagioso. Si spiega così il fatto che, in breve tempo, la città si riempì di individui geniali e quasi non c'era casa in cui non fosse nata e non fosse vissuta per almeno un mese una delle numerose personalità baciate da un glorioso talento.

Ed ecco che, in queste condizioni – e dando prova di un'intuizione profetica formidabile – il sindaco cambiò il nome della città in *Musaeum* e adottò la famosa *Decisione*, che divenne poi la pietra miliare dell'inizio di una nuova epoca (come è noto, i museaumiani contano ancora oggi gli anni a partire da quella data...). Atto di grande saggezza, infusa di pio rispetto nei confronti delle illustri figure dei pionieri e della storia, la *Decisione* vietava severamente, pena la condanna capitale, la demolizione delle case, qualunque fosse la ragione. Non si poteva spostare dal proprio posto nemmeno un mattone e persino la modifica più piccola – anche degli spazi interni – implicava il rischio di un incontro indesiderato con il plotone di esecuzione.

Forse la *Decisione* non avrebbe goduto di una validità tanto prolungata (d'altra parte la città non poteva certo espandersi all'infinito) se uno dei più grandi inventori di tutti i tempi (che viveva, come c'era da aspettarsi, proprio a Musaeum) non avesse escogitato un sistema estremamente ingegnoso che permetteva a ogni nuova generazione di costruire nuovi edifici sopra al tetto di quelli già esistenti. Decine di città morte, sovrapposte, facevano da supporto alla città viva...

Con il tempo, una divisione lavorativa speciale aveva ristretto a tre il numero delle professioni fondamentali. Gran parte della popolazione svolgeva la propria attività in virtù delle città che stavano sotto: si registrava tutto con gran rigore negli archivi, si compilavano schede biografiche dettagliate per ogni singolo abitante che avesse mai vissuto da quelle parti, si scrivevano voluminosi trattati di storia generale della località e di storia applicata a ogni specifico aspetto della vita sociale; si faceva ricerca sui rapporti tra le strutture urbane sovrapposte, sulla successione degli stili architettonici, sulle influenze reciproche con il resto del mondo.

I rappresentanti della seconda professione musaeumiana per ordine di importanza si dilettavano con la difficile operazione di innalzare nuove impalcature e costruire la città destinata alla generazione successiva. Si trattava, senza dubbio, di un mestiere di enorme responsabilità, che necessitava di conoscenze tecniche multilaterali ai cui segreti veniva iniziato, ogni anno, un numero ristretto di giovani distintisi al liceo per diligenza e coscienziosità.

Infine, alcuni (i pochi eletti) creavano opere immortali sulla vita meravigliosa vissuta dagli abitanti di Musaeum (tra di loro si contava anche qualche studioso che, di tanto in tanto, si lanciava in sottili allusioni sulla vita che avrebbe potuto vivere se solo l'atro decisivo non fosse mai stato adottato; ma, indignata a tutti gli effetti, la popolazione procedeva a ucciderlo per lapidazione, nonostante il linciaggio fosse stato dichiarato illegale). La lista completa delle decine di generazioni di creatori autentici occupava un posto speciale nei trattati di storia. Le loro case diventavano musei, e la loro vita era ricordata da numerose targhe commemorative. La verità è che le loro opere restavano del tutto sconosciute, poiché nessuno aveva il tempo di esaminarle. Nemmeno i creatori stessi potevano farsi reciprocamente questo favore, poiché erano tutti fortemente impegnati nel loro lavoro.

La notte, dopo che il chiasso dei carpentieri arrampicati sui tetti si era calmato, il silenzio veniva interrotto, di tanto in tanto, da un ronzio sordo, ossessivo, che proveniva dalle profondità. Spaventati, i musaemiani si barricavano nelle loro case, dove si ubriacavano, si riempivano di sonniferi oppure si sigillavano le orecchie con tappi di cera per non sentire più quel suono. I più coraggiosi qualche volta erano scesi tra le città tramontate, ma nessuno aveva mai fatto ritorno.

E nessuno avrebbe saputo dire se quelle emissioni sonore notturne fossero i gemiti dell'enorme impalcatura che si intrecciava sotto il peso della città, o magari il mugghiare del vento tra le rovine, i sussurri privi di senso dei morti lapidati non seppelliti o, forse, il coro degli squittii di milioni di ratti...

HOMOGENIA

In quella città formata di quartieri assolutamente identici tra loro, lungo le strade tutte uguali, si allineavano case identiche, nelle cui stanze identiche vivevano persone identiche. Ciò dava l'impressione (e così non era) che la città fosse costituita di un solo quartiere con una sola strada sulla quale si affacciava una sola casa, dentro la quale abitava una sola persona (ci sarebbe da chiedersi se per caso quest'ultima immagine rappresenti l'unica variante possibile del tipo descritto sopra).

Eppure, la città esisteva, così come è scritto nella prima frase. Tutta la difficoltà consisteva nel concepire il progetto di una città fatta di quartieri, strade e case assolutamente identiche, e progettare stanze perfettamente uguali. Una volta superati questi due ostacoli, la costruzione della città si era realizzata con rapidità e precisione straordinaria, dato che migliaia di case venivano erette seguendo un unico modello – senza alcun dubbio, il sempiterno ideale di qualsivoglia architetto. In ultima istanza, la costruzione della città si era limitata a due operazioni fondamentali: la riproduzione in milioni di esemplari di un unico elemento prefabbricato e il montaggio delle case sugli spazi prestabiliti dal progetto di sistematizzazione – cosa che consisteva nel semplice assemblaggio di qualche centinaio dei suddetti elementi.

Inizialmente, gli abitanti di Homogenia, come tutti gli esseri umani, erano ben lungi dal somigliarsi tra loro. Ma la vita in una città dalla struttura tanto omogenea, fin dal principio, aveva avuto su ognuno di loro, in maniera del tutto impercettibile, una strana influenza. Innanzitutto, dopo essersi convinti che sarebbe stato impossibile distinguere la propria residenza, rinunciarono all'idea stessa di avere un domicilio prestabilito e fecero appello alla soluzione più comoda, ovvero quella di occupare, ogni volta, la casa libera più vicina. Così facendo, gli abitanti nemmeno si rendevano conto del ripetuto cambio di residenza, poiché, essendo tanto omogenea la città, avrebbero percorso la stessa identica strada per recarsi presso qualunque casa. Poi, siccome sarebbe stato faticoso portarsi appresso il guardaroba, venne stabilita rapidamente l'usanza di indossare un'uniforme molto semplice e pratica – una sorta di larga tunica, distribuita a titolo gratuito, identica per uomini e donne – che, essendo tessuta con una stoffa economica, veniva buttata non appena si sporcava.

La cosa più complicata era stata rinunciare alla tradizione profondamente radicata dell'avere una famiglia. Per lungo tempo, le famiglie si erano viste costrette a vagare costantemente insieme, poiché, una volta separate, sarebbe stato impossibile ritrovarsi. Oltre al fatto che ciò era scomodo, questo genere di migrazione perpetua rendeva impossibile lo svolgimento quotidiano delle attività produttive, dell'educazione e di tutte le altre attività sociali, organizzate secondo presupposti diversi da quelli famigliari.

Le conseguenze si rivelarono drammatiche: non passava giorno senza che venissero trovate decine di cadaveri di piccoli innocenti uccisi dalla fame. Ma ormai le famiglie si erano disgregate e sarebbe stato impossibile, a quel punto, ricostituirle; l'evoluzione delle cose precipitò, e la sola conseguenza della morte dei bambini piccoli fu la decisione, accettata gradualmente, di smettere di riprodursi. Non molto tempo dopo, la procreazione cominciò a essere considerata un atto di grave immoralità, e la scelta di mettere al mondo un erede punita per legge.

Il nuovo stile di vita degli homogeniesi diede vita a effetti biologici inattesi. Le differenze tra i sessi scomparvero gradualmente; non nasceva più nessuno, ma nemmeno si moriva e, con il tempo, scomparvero anche le differenze d'età. Infine, quando scomparve ogni caratteristica morfologica individuale, quando tutti gli abitanti della città raggiunsero la stessa statura, lo stesso aspetto e la stessa stazza, scomparvero anche le differenze di pensiero e, a essere sinceri, scomparve il pensiero stesso. Le persone identiche tra loro si muovevano allo stesso identico modo – come ingranaggi perfettamente sincronizzati – all'interno delle stanze identiche nelle case identiche affacciate sulle strade...

"Al diavolo!" esclamò Richard, proteggendosi gli occhi dal sole con la mano a mo' di visiera. "Non sarebbe male esaminare per bene la tesoreria di questa brava gente."

Henry taceva. Con uno sguardo aveva osservato i robusti bastioni della fortezza, incoronati da vessilli color arancio con un leone rosso ricamato al centro. Aveva stimato con gli occhi lo spessore delle mura, la profondità dei fossati, la robustezza delle porte. Aveva subodorato la minaccia nascosta oltre le merlature, il barbacane e le piombatoie, aveva calcolato il numero dei probabili combattenti, soppesato il rapporto di forze e le possibilità di vittoria in caso di assedio.

"Guarda quelle torri" insistette Richard, "sono persino più numerose di quelle di Firenze! Chissà quanto oro e pietre preziose giacciono nella cantina puzzolente del municipio!"

"C'è pace" sibilò il principe.

"Quante donne spasimano e quante ragazze appassiscono di desideri nascosti! Non lasciamoci trasportare dall'egoismo..."

Henry ringhiò.

"In sella!" tuonò, toccato nel suo punto più vulnerabile.

Il vessillo blu decorato di rose si svolse, sventolando nel folle galoppo dei cavalli da guerra. Con le visiere abbassate, i cavalieri assalirono la porta più vicina. Senza sospettare nulla, i guardiani si erano addormentati ai propri posti, dimenticando di sollevare il ponte levatoio. L'assedio fu atroce. Nell'attesa che la pece si scaldasse, che acqua e olio bollissero e che le guardie si radunassero, gli assalitori avevano già preso il primo bastione e si erano aperti un varco nella fortezza. Dentro le mura ebbe inizio un sordido macello. I difensori lottarono con forza e nessuno di loro si fece catturare vivo. Cedettero metro per metro, casa per casa, lastricando dei loro stessi cadaveri i vicoli stretti.

Quando, dopo cinque giorni e cinque notti di lotta anche l'ultimo difensore si aprì la gola con la spada piuttosto che cedere, la città aveva assunto un aspetto sinistro. Ovunque giacevano carogne in stato di decomposizione. Il vento ne trasportava l'olezzo in ogni angolo. Gli spaventosi vincitori stapparono le botti panciute trovate nelle cantine delle case più eleganti e si abbandonarono alla baldoria. Poi, intrisi di sangue, sudore e puzzo d'aglio, con le barbe lunghe, attizzati dal vino, fecero il loro ingresso trionfale nell'alcova delle povere vedove, rovesciandole sui soffici cuscini e consolandole con grande convinzione.

Numerose giovani che esibivano in maniera eccessiva il proprio dolore furono a loro volta consolate con benevolenza. Alcune vergini si lasciarono mettere in ginocchio senza fare troppe storie.

Poi, tutti insieme, dormirono dove capitava per un giorno intero.

"Mi pare che tu avessi detto qualcosa a proposito di una certa tesoreria," mormorò il principe, mentre Richard si affaccendava a mettergli gli stivali.

"Nei sotterranei del comune ci aspettano bauli ben custoditi pieni di tesori."

Per strada, Henry sentiva una strana agitazione. Osservò attentamente i vessilli blu con i quali avevano rimpiazzato quelli arancioni. Si guardò attorno. Sembravano esserci troppi cadaveri. E alcuni sembravano eccessivamente scarnificati. L'agitazione si intensificò nel momento in cui scorse in un angolo degli scheletri sbiancati dal tempo. Non poteva credere che gli abitanti della città avessero lasciato insepolti i propri morti.

"Che dici di queste vecchie ossa?"

"Sembrano vecchie di mesi" commentò Richard.

"O di anni" aggiunse, pensieroso, il principe.

Turbato dai suoi stessi pensieri, Henry scese le scale di pietra. La tesoreria era effettivamente tappezzata di vasi d'oro e argento riccamente decorati, casse di monete d'oro, perle e pietre preziose. Per qualche istante dimenticarono ogni preoccupazione, lustrandosi gli occhi con l'immagine di quel tesoro favoloso.

L'oro e i diamanti rilucevano alla luce palpitante delle torce. Di colpo, bruscamente, il principe tirò Richard per il braccio: il tesoro era circondato di decine di corpi in diversi stadi di decomposizione. I cadaveri indossavano abiti, armi e armature provenienti da tutti i paesi del mondo. Per una frazione di secondo, nella sua mente si rivelò la terribile verità. Vide come, attratti dall'opulenza della città, i guerrieri la assaltavano, ondata dopo ondata; vide come i precedenti assediatori, ebbri di vittoria e indeboliti dai festeggiamenti, diventavano le facili vittime dell'assalto successivo. Lo spettro di una svolta terrificante gli si piantò in testa come un'ossessione.

"Dobbiamo andarcene!" disse con voce rauca, spaventato.

"Andarmene? Dovrei essere pazzo..." rispose Richard, accalorato.

"Dobbiamo salvarci finché c'è tempo! Allarme!" gridò il disgraziato, risalendo frettolosamente un paio di gradini. L'altro lo fermò piantandogli la spada in mezzo alle scapole.

Rantolando, Henry crollò in mezzo ai cadaveri.

"È troppo per tutti e due" concluse Richard, nostalgico.

Qualche ora dopo la città fu presa d'assalto da altri prodi assetati di amore e denaro. Portavano un vessillo violetto sul quale erano ricamati in filo d'oro due serpenti. Giunsero in ranghi serrati, forti, crudeli, pronti a dimostrare a Richard che quello che aveva visto nei sotterranei del municipio era troppo anche per uno solo.

MOEBIA O LA CITTÀ PROIBITA

Aveva letto nelle memorie di Marco Polo che la famosa capitale era circondata da diverse mura di cinta concentriche, che comunicavano tra di loro tramite porte monumentali con gronde sovrapposte, come quelle delle pagode. La cinta esteriore circondava la Città Esterna. Seguivano la Città Mongola o Mediana e, infine, la Città Interna, detta Imperiale. Infine, all'interno di quest'ultima, c'era la Città Proibita, la Città Sacra dove nessun europeo era mai riuscito a penetrare. La guida gli aveva fatto notare che il suo tentativo era inutile, ma non aveva intenzione di rinunciare. Sarebbe stato il primo straniero a penetrare all'interno della Città Sacra!

"Benissimo" rispose la guida. "Seguimi!"

Attraversarono la prima cinta senza troppe difficoltà. Le strade erano dritte, e le case, per quel che poteva vedere, riproducevano in scala minore la pianta della città, con le sue mura concentriche. I passanti, che si somigliavano talmente tanto da poterli distinguere solamente dagli abiti, si facevano gli affari loro, senza dar segno di averlo notato. Alla porta successiva gli fu chiesto di presentare le lettere di raccomandazione. La Città Mongola non sembrava molto diversa da quella Esterna, se non per il fatto che i suoi abitanti si dimostrarono ancora più indifferenti al passaggio dello straniero. L'entrata nella Città Imperiale, con i suoi palazzi e i suoi giardini, gli fu concessa solo dopo una lunga attesa. Venne tuttavia informato che il Gran Khan in persona lo avrebbe accolto presso il suo palazzo.

Il Gran Khan lo accolse con un sorriso e con un cerimoniale degno dell'ambasciatore di un grande imperatore. Fu servito un pranzo abbondante, una dozzina di pietanze preparate secondo le ricette dei più raffinati gastronomi dell'impero, intervallate da ogni sorta di tè e infusi. Seguì uno spettacolo di pantomima con attori in costume che indossavano maschere grottesche. Poi fecero la loro comparsa le danzatrici che, assecondando il ritmo di una strana melodia, si esibirono in una danza ricca di grazia. Lo straniero considerò che fosse il momento migliore per avanzare la propria richiesta.

"Ma certo, ma certo," accondiscese il Gran Khan, seguendo con il suo imperturbabile sorriso i movimenti ipnotici delle danzatrici. "Il nostro ospite non se ne avrà a male se, sulla via della Città Sacra, dovrà attraversare qualche altra porta..."

"Oh, proprio no, ormai ho cominciato ad abituarmi."

"C'era da aspettarselo" continuò il Khan sorridendo. "Il nostro ospite non ne avrà a male se, essendo richiesto che solo gli eletti – lodato sia il nome di Dio! – ottengano l'accesso alla Città Sacra, a ogni porta gli verrà posta una domanda."

"Mi sembra legittimo."

"Né reputerà ingiusto che la sua testa verrà richiesta quale garanzia per le risposte che darà" concluse il Gran Khan.

Lo straniero tacque. La gola gli si era stretta in una morsa di ghiaccio.

"Il nostro ospite può ancora ripensarci" disse colui che teneva il suo destino tra le mani, sorridendo.

"Accetto ogni condizione" disse lo straniero, padroneggiando la sua paura.

Il Gran Khan colpì con un martelletto un gong di rame. Immediatamente apparvero due soldati armati, che accompagnarono l'ospite verso la fila di porte che avrebbe dovuto oltrepassare. Circondato da una vera e propria scorta, giunse di fronte alla porta dalla quale sarebbe iniziata la terribile prova. Fatta di marmo bianco e inserita in mura di mattoni smaltati, era sormontata da un triplo tetto spiovente. Da sotto le tegole dorate che brillavano violentemente al sole, facevano capolino teste di caprioli in legno di pino laccato di rosso. I due battenti, chiusi, erano di bronzo. Di fronte alla porta, sdraiato su un tappeto, vestito di bianco, un vecchio incanutito dalla barba rada lo attendeva con un sorriso. Il suo viso somigliava in maniera sorprendente a quello del Gran Khan, così come a quello dei soldati, a quello della guida e a quello di tutti gli uomini che aveva incontrato in quel paese, ma lo straniero, tormentato dal pensiero della risposta che avrebbe dovuto dare, aveva smesso di stupirsi.

"Quante porte ti separano dalla Città Sacra?" chiede il vecchio.

I soldati sollevarono il dao, pronti a sferrare il colpo.

"Se rispondessi," disse ad alta voce lo straniero, "me ne rimarrebbe certamente una di meno!"

I battenti di bronzo ruotarono silenziosamente: aveva indovinato! La scorta lo seguì attraverso le mura decorate, nella parte bassa, da immagini di dragoni alati. Gli piacquero i colori vividi dei mattoni smaltati. Le mura erano alte, seguivano una linea sinuosa e, qui e là, erano sormontate da torri tutte identiche. Dopo un'ora di viaggio il suo interesse per i dragoni e le piastrelle smaltate lo abbandonò, lasciando posto a una logorante monotonia. Quando giunse di fronte a un'altra porta sormontata da tetti di tegole dorate, sorvegliata da un vecchio dalla barba rada, gli sembrò interessante essere accolto dallo stesso sorriso enigmatico e dagli stessi battenti di bronzo. Questa volta, però, le vesti del saggio erano color porpora. Se non fosse stato per quel dettaglio e per la strada lunga e faticosa che aveva percorso, avrebbe potuto giurare di trovarsi di fronte alla prima porta.

"Cosa ti porta da me?" chiese il saggio.

I soldati si mossero svelti, e lui sentì il suono del metallo che scivolava lungo il rame dei foderi.

"La benevolenza del Gran Khan" rispose lo straniero.

Ancora una volta, i battenti ruotarono su sé stessi e si ritrovò nuovamente a percorrere, con un certo timore, il corridoio tra le piastrelle smaltate. Si ritrovò una terza e una quarta volta di fronte a una porta e ogni volta rispose nella maniera corretta alle domande del saggio dalla barba rada. E avanti così fino alla decima porta. Quando, dopo un cammino sfiancante, scortato di fronte alla porta dai valorosi soldati con il dao pronto, un vecchio saggio vestito di nero gli fece la domanda di rito, lo straniero rimase impietrito, poiché non aveva capito nulla. I soldati sguainarono le lame.

"Quante porte hai attraversato?" ripeté sorridendo il vecchio.

Le lame si sollevarono, lucenti.

"Ho attraversato dieci porte" rispose frettolosamente lo straniero.

I battenti di bronzo rimasero fermi. Le braccia dei soldati erano sollevate sopra le loro teste. Lo straniero si chiese se non avesse dovuto contare anche le porte che aveva attraversato prima di raggiungere il Gran Khan.

"Tredici!" gemette, implorante.

Il saggio sorrideva, carezzandosi la barba rada. E mentre il metallo, fulmineo, guizzava, disse:

"Hai attraversato dieci volte, è vero, ma attraverso un'unica porta…"

Poi sollevò dal selciato la testa grondante di sangue e la gettò sul mucchio di teschi che lo straniero non aveva notato.

MOTOPIA

Non si sa con certezza quando sia apparsa, quando abbia iniziato a dilatarsi e nemmeno quali forze ne alimentino l'espansione. Sono pochi quelli che hanno avuto l'ardire di approcciare l'annoso problema del suo futuro, per quanto molti temano che nulla possa fermarne l'espansione. Motopia è una città in piena esplosione. Ma è davvero una città?

Immaginate un'area delimitata – tra l'altro in maniera molto sommaria – da un cerchio del diametro di 100 chilometri. Il perimetro di questo cerchio è formato da più di 100.000 esemplari di una sorta di trebbiatrici giganti, una di fianco all'altra, impegnate in un lento movimento radiale verso l'esterno. Nella misura in cui, allontanandosi dal centro, esse cominciano a formare zone libere, nuove trebbiatrici si allineano e si attivano. Lo scopo di queste vere e proprie officine ambulanti, completamente automatizzate, è quello di preparare l'offensiva.

Le colline e i rilievi vengono livellati, le depressioni riempite, persino la montagna più alta è ridotta a un piano perfettamente orizzontale. Le foreste vengono trasformate in legname e cellulosa, la terra fertile dei campi è rimossa e compressa in laghi appositamente creati; i fiumi diventano canali coperti e l'intera fauna viene valorificata per mezzo industriale. Le trebbiatrici non eseguono, tuttavia, una semplice operazione di livellamento: dietro di loro prende forma una fantastica rete stradale costituita di autostrade sopraelevate, che si sviluppano in decine di direzioni e si intersecano stupendamente in un merletto di cemento e asfalto.

Negli spazi tra questo reticolato sono situati parcheggi sopraelevati e sotterranei, garage in forma di torre a decine di piani, padiglioni chiusi da enigmatiche porte di metallo. A qualche centinaio di metri dal suolo fluttua, notte e giorno, una nuvola azzurrina enorme che avvolge l'intero orizzonte.

La città è abitata esclusivamente dalla feconda specie degli omomobili. La vita di questi ultimi è relativamente sconosciuta, a causa dei motivi che sveleremo tra poco. Tuttavia, alcune testimonianze ci sono state consegnate da alcunireporter temerari che sono riusciti miracolosamente a fare ritorno. Considerato il loro turbamento, espresso subito dopo un soggiorno brevissimo, così come i numerosi punti in cui le loro testimonianze si contraddicono vicendevolmente, le informazioni considerate meritevoli di essere messe in circolazione sono estremamente sommarie.

L'esistenza – quella pubblica, se non altro – degli omomobili ha inizio ai cancelli dei padiglioni, dai quali escono in gruppi compatti, di ora in ora. Sembra che qui facciano la loro comparsa solo esemplari maturi, di grande potenza. Diverse sotto-specie si distinguono tra di loro solo grazie al tipo e alla posizione del cuore, della trasmissione, delle sospensioni e altri dati anatomici di questo tipo. Ogni famiglia è caratterizzata da un determinato genere di carrozzeria. Le differenze individuali sono riconoscibili in particolare a livello di linea, colore, numero di fari o, ancora, limitate al numero di targa. Un tratto comune attorno al quale tutte le testimonianze concordano è la presenza di un occhio sulla testa, che lampeggia in modo impressionante ed è rosso come una ferita sanguinante: sembra privo di senso.

Gli omomobili manifestano una irresistibile vitalità che si sfoga principalmente attraverso il movimentocasuale a velocità sostenuta sulla rete autostradale, concepita appositamente per questo scopo. La casualitàè, a dire il vero, soltanto fittizia: in realtà, lungo tutto il percorso di questa magica danza della velocità, si svolge, secondo forme specifiche, un processo di selezione naturale. Alla corsa demenziale lungo le corsie di asfalto sopravvivono solamente gli esemplari più robusti, con i riflessi più svelti, ben adattati al ritmo infernale dell'esistenza. Qualsiasi difetto dei freni, del cambio o delle frecce implica grossi rischi: la minima deviazione della colonna vertebrale è infatti fatale. I veicoli speciali, del peso di varie tonnellate, trasportano i cadaveri nei pressi dei padiglioni dove, dopo una iniziale compressione in forma di parallelepipedi, vengono recuperati in maniera misteriosa e destinati probabilmente al complicato processo di creazione di nuovi bolidi.

Al di fuori delle ore dedicate alla lunga e crudele sfida stradale, alla lotta quotidiana per la sopravvivenza, gli omomobili conoscono anche brevi momenti di respiro all'interno dei parcheggi. Silenziosi, immobili e insensibili alla vicinanza dei rivali, giacciono in un curioso stato di torpore, voltando spesso le spalle al gigantesco schermo sul quale scorrono, ininterrottamente, le immagini di un film toccante, ispirato alla dura vita degli escavatori.

Quando non le trascorrono in autostrada, le famiglie motopiane passano le loro nottate nei garage a torre, sprofondate in un sonno metallico privo di sogni.

Il dettaglio più terrificante sulla vita degli abitanti di Motopia – e che rende di fatto odiosa la crescita maligna dell'urbe – è il loro modo di nutrirsi. In breve, in città si pratica l'antropofagia. L'alimento principale degli omomobili sono gli esseri umani. Attirati dalle loro città natali grazie a una sediziosa seppur ben architettata propaganda, catturati a causa della loro proverbiale ingenuità, gli esseri umani così adescati vengono scaricati in grandi quantità presso le stazioni e gli aeroporti di Motopia, da dove vengono lanciati direttamente alle fiere affamate, oppure trasportati in massa presso depositi speciali – denominati pomposamente hotel e adiacenti agli edifici in cui le famiglie trascorrono la notte, allo scopo di essere serviti come colazione. Sazi, con le pance che pendono a pochi centimetri dall'asfalto, gli omomobili iniziano a digerire le loro prede prendendo le curve lentamente. Le loro fronti smussate, opache, nascondono i pensieri più oscuri. Con l'eccezione di alcuni reporter, già ricordati – e che sono i nostri veri salvatori, in quanto il vero pericolo non è l'esistenza di Motopia di per sé quanto l'ignoranza della sua esistenza, – nessuno ha mai fatto ritorno dalla lugubre città. Sia detto che le telefonate e le lettere entusiaste tramite le quali i nuovi arrivati esprimono il proprio benessere o la decisione, certamente inverosimile, di stabilirsi definitivamente in quell'urbe, non possono che essere considerate azioni disperate, praticate sotto minaccia di morte, se non addirittura delle vere e proprie contraffazioni, grottesche e dozzinali.

I sopravvissuti narrano fatti spaventosi circa la crudeltà infinita degli omomobili, che spesso uccidono non per nutrimento – d'altra parte mangiano solo esseri umani vivi – ma per puro piacere. Dal momento in cui prendono coscienza del pericolo che stanno correndo, i pensieri dei prigionieri iniziano a concentrarsi attorno alla possibilità di una salvifica evasione. Siccome l'unica soluzione è quella della fuga pedestre, essi cercano di uscire dalle camere dei cosiddetti hotel. Solo allora si mostra per davvero il raffinato sadismo degli omomobili : le uscite non sono nemmeno sorvegliate: sanno che – e il loro cinismo supera qualsiasi immaginazione – lungo il percorso di qualche decina di chilometri che porta ai confini di Motopia, anche procedendo solamente di notte, quando il traffico è ridotto, e nascondendosi durante il giorno, gli esseri umani dovrebbero percorrere talmente tante strade e corsie che solo un miracolo li potrebbe salvare. Per fortuna, qualche miracolo di questo genere è avvenuto. Tuttavia, moltissimi fuggitivi hanno pagato con la vita. Infatti, lasciando loro la speranza e sorprendendoli poi uno a uno, spaventati e affamati, gli omomobili li schiacciano senza pietà, abbandonando i cadaveri a marcire direttamente sul luogo della triste esecuzione sotto il sole, fino a che ne rimangono solo le ossa bianche sull'asfalto. L'idea è che gli spaventosi teschi dissuadano gli altri prigionieri, estinguendo sul nascere ogni fantasia di fuga.

ARCA

...

COSMOVIA

Per lungo tempo avevano creduto che quella da essi considerata la loro città si trovasse al centro dell'Universo, che i numerosi corpi celesti attorno a lei si muovessero seguendo gli ordini di Staris, il leggendario creatore di Cosmovia. Fino a che, un giorno, uno di loro, più perspicace, dimostrò che gli astri non si muovevano in maniera casuale, ma seguendo leggi precise; dimostrò inoltre che le stelle e i pianeti, così come le galassie e le nebulose, si trovano in relazione reciproca di massa, distanza e velocità determinate, che non esiste un punto fisso nel Cosmo, un centro dell'Universo, e che il movimento – assolutamente reale – di Cosmovia nello spazio extragalattico era dettato da quelle stesse leggi, determinato, sostanzialmente, dalla posizione reciproca delle galassie vicine.

Una volta fondata l'astronomia scientifica, l'intelligenza dei cosmoviani registrò uno sviluppo spettacolare; non passava settimana senza che venisse fatta almeno una grande scoperta, e ogni mese nascevano nuove discipline. In breve tempo, la conoscenza fu abbastanza evoluta da permettere di decifrare i documenti custoditi in un archivio fino ad allora ignorato. Tale laboriosa operazione, iniziata per caso e affidata a un gruppo di illustri sapienti, si concluse con una serie di rivelazioni sorprendenti.

Per prima cosa, si stabilì che la città non era altro che una enorme astronave fuori controllo che ora vagava nell'abisso. Fu poi rivelato che Staris era realmente vissuto: era stato il primo comandante della nave. Infine, dai documenti risultò pure che, a un certo punto, i membri della spedizione avevano affrontato l'attacco di un gruppo di individui estranei, venuti non si sa da dove e non si sa perché. La lotta fu dura e lunga, e i suoi esiti non sono stati registrati in nessuna carta. In breve, queste erano le conclusioni alle quali si poteva giungere dopo un attento studio dell'intero archivio, o meglio di quel che ne era rimasto a quell'epoca. Evidentemente esisteva la possibilità che svariati documenti fossero stati distrutti nei lunghi anni di completa ignoranza – nessuno avrebbe saputo stimare quanti – che erano trascorsi dai fatti.

Solo dopo che il clamore delle sensazionali rivelazioni ebbe iniziato a sopirsi, i cosmoviani cominciarono a comprenderne le conseguenze. Si ritrovarono, così, in possesso di una preistoria, o, per meglio dire, di una protostoria; d'impovviso, domande drammatiche si fecero urgentemente attuali: da dove venivano, dove andavano, da quanto tempo vagavano senza meta nei cieli e fino a quando avrebbero continuato quel viaggio assurdo? Ma, ancor più terribile di qualsiasi altra fonte di angoscia, li tormentava l'incertezza generale, l'impossibilità di scoprire se fossero i discendenti di qualche membro dell'eroico equipaggio o piuttosto quelli dei violenti aggressori. Non disponendo della benché minima descrizione dell'aspetto fisico dei membri delle due fazioni, ognuna delle due ipotesi era ugualmente probabile, e al contempo inconsistente; d'altra parte, non potevano nemmeno respingere l'ipotesi di essere i discendenti comuni di vittime e aggressori.

Qualche generazione visse sotto l'egida di questo terribile equivoco. Alla fine, tuttavia – stanchi di chiedersi se nelle loro vene scorresse sangue eroico o dannato – gli abitanti di Cosmovia decisero di comune accordo che il fatto non aveva alcuna importanza. Finirono per constatare che la mancanza stessa di una destinazione precisa era per loro del tutto indifferente, e anzi, alcuni di loro iniziarono a considerarne naturale e necessaria l'inesistenza.

SAH-HARAH

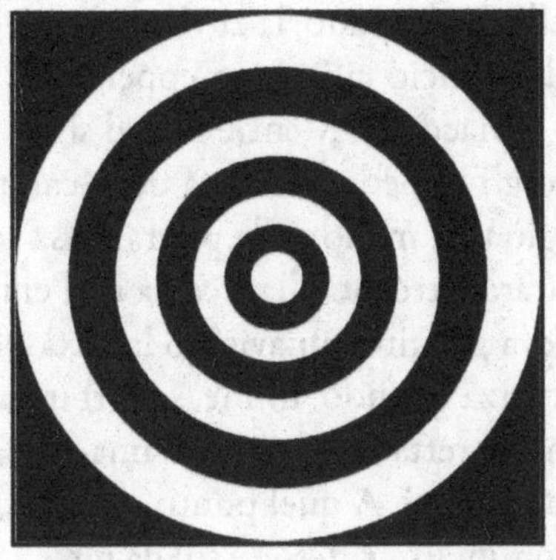

Lord Knowshire contenne a fatica l'emozione; di fronte a lui, a sole poche miglia, si stendevano le mura rosse, brillanti sotto il sole, di Sah-Harah. Per un istante dimenticò i tragici fatti occorsi durante il viaggio, dimenticò l'infelice destino dei suoi compagni e l'abbandono da parte delle guide, dimenticò tutto, ad eccezione dell'immagine affascinante che gli si parava davanti agli occhi. L'aveva sognata per anni e anni, ripetendosi alcune frasi tratte dagli scritti di Abu-Abbas che ormai conosceva a memoria in lingua originale. Aveva imparato confrontando le iscrizioni copte di Abydos con il papiro, vecchio di più di due millenni, scoperto nella tomba anonima di Deir-el-Bahari e rimasto, fino a quel momento, privo di un'interpretazione certa. Ed ecco che, infine, era giunto alla sua meta. Per un istante immaginò di gustare il sapore della vittoria tanto sperata e pagata a un prezzo altissimo. Si caricò sulle spalle il sacco in cui portava tutto ciò che gli rimaneva e partì con passo deciso verso le mura di granito lucido, che, da lontano, sembravano invitarlo.

Mano a mano che si avvicinava, la forma circolare della città si faceva sempre più nitida. Il lord ne misurò a occhio il diametro: non poteva essere meno di due miglia. Esternamente, Sah-Harah esibiva all'inatteso visitatore una parete ininterrotta costituita di blocchi di pietra perfettamente incastrate e levigate. La parete era alta circa 60-70 piedi e perfettamente liscia, priva di dislivelli. Da lontano, la città sembrava composta di un unico, colossale edificio cilindrico coperto da una calotta sferica, piuttosto schiacciata. Mentre il lord si avvicinava, il muro in primo piano gli impediva la vista della calotta. Giunse fino al muro e poggiò una mano sulla pietra rossa scaldata dal sole. Cominciò a girarci attorno alla ricerca dell'entrata. Secondo i suoi calcoli aveva già circumnavigato la città per un terzo della sua circonferenza quando, infine, scoprì un'apertura lunga e stretta, talmente stretta che soltanto una persona magrissima sarebbe potuta entrarci. A quel punto si fermò, si tolse il sacco dalle spalle e cominciò a riflettere sul da farsi.

L'entrata – poiché non era possibile definirla porta – era di una semplicità sconvolgente. Una fenditura lunga e buia che interrompeva la continuità del muro nella sua terza parte inferiore. Nulla di spaventoso, nessun elemento volto a intimorire colui che avesse avuto l'ardire di entrare: nessuna traccia di porte inferriate, di lucchetti, sfingi o chimere. E, tuttavia, osservando la fenditura, il temerario lord Knowshire sentì che un brivido spiacevole lo percorreva da capo a piedi. Ma era troppo tardi per tornare indietro e, dopo un momento di esitazione, attraversò la soglia invisibile. Nonostante fosse di una magrezza innata, nonostante le lunghe giornate di marcia nel torrido deserto lo avessero reso ancora più magro, si vide costretto a entrare di profilo, con il mento schiacciato contro la spalla, tirandosi appresso il sacco. Contrariamente alle sue aspettative e alle leggende che circolavano attorno a quel genere di luoghi, l'entrata non era protetta da trappole o perfidi tranelli che avrebbero ingannato anche gli assedianti più prudenti e ingegnosi. Al contrario, l'apertura così stretta si allargava quasi subito, digradando in un corridoio non troppo largo, è vero, ma sufficientemente confortevole. La luce penetrava dall'alto, l'aria era respirabile, il pavimento saliva dolcemente, le pareti erano pulite e il corridoio s'incurvava in maniera lieve ma costante verso sinistra: questa curvatura sembrava seguire perfettamente la forma delle mura esterne.

Dopo qualche ora di camminata, il lord si rese conto che la forma del corridoio non era circolare, perché se così fosse stato sarebbe dovuto tornare all'entrata o in un punto che aveva già superato. Il corridoio continuava per la sua strada, sempre curvando lievemente a sinistra. Non si sbagliava: la strada si avvolgeva su sé stessa in una colossale e placida spirale, il cui culmine restava imprevedibile, perché non era in grado di calcolare con precisione l'angolo di curvatura, non conosceva lo spessore delle pareti e non poteva nemmeno capire se la spirale arrivasse fino al centro della colossale costruzione o finisse prima. Aveva una sola possibilità: andare avanti, girando attorno alle pareti.

La sera, a quella latitudine, durava poco e, siccome la luce proveniva dall'esterno, il lord si ritrovò improvvisamente avvolto dalla semioscurità. Ebbe giusto il tempo di consultare il cronometro e togliersi il carico dalle spalle. Il buio era completo. Per diverse ore, non sentì altro suono che quello dei propri passi, amplificato dall'eco. Ora tendeva l'orecchio, ma invano: i suoi timpani non erano sfiorati dal benché minimo suono. Nella quiete della notte gli unici segni di vita erano i battiti ritmici e calmi del suo stesso cuore. Chiuse gli occhi. L'immagine del corridoio, ondeggiante per il ritmo dei suoi passi, persisteva nella sua mente. Poi, disfatto dalla stanchezza e dalle emozioni sopite, sprofondò in un sonno senza sogni.

La notte trascorse tranquilla. Tuttavia, per la prima volta da quando si era messo in viaggio, il lord si era svegliato con addosso la sensazione dello scorrere fatale del tempo. Controllò ancora una volta il misero contenuto del suo sacco: un binocolo, una mappa, una bussola rotta, un diario dal quale non si separava mai, qualche confezione di cartucce per il revolver che si portava appeso alla cintola, una borraccia piena per metà di acqua stagnante, pane secco, cioccolato, legumi in scatola, un coltello... e basta. Facendo grandi economie, il cibo gli sarebbe bastato per qualche altro giorno. L'acqua per massimo tre giorni. La situazione non era affatto rassicurante. Si rimise in cammino. Doveva andare avanti. Per un momento temette di aver preso la direzione sbagliata, ma era stata solo un'impressione: la strada svoltava leggermente a sinistra, era tutto a posto.

La vera difficoltà del percorrere quella strada apparentemente comoda cominciò a rivelarsi solo allora: trascorse un altro giorno, poi un altro e, prima che fosse finita la settimana, era tormentato dalla fame e dalla sete. I suoi passi si erano fatti incerti, la vista si era annebbiata, la leggera curvatura del corridoio aveva cominciato a ossessionarlo. Il sonno lo abbandonò, tanto che non si fermava nemmeno di notte. Nonostante il buio, infatti, l'immagine del corridoio gli si era impressa talmente a fondo nella mente che ce l'aveva sempre davanti agli occhi, a mo' di guida. Camminava di continuo, aveva smesso di distinguere il giorno dalla notte, aveva smesso di tenerne conto, col pensiero fisso alla fine del corridoio, che si allontanava sempre più e restava un elemento imprevedibile. Lo assaliva una furia, un terrore di dover tornare indietro, pur sapendo che sarebbe morto di sete molto prima di raggiungere l'uscita. Temeva pure che le gambe, impotenti, presto avrebbero potuto smettere di rispondere, e che sarebbe crollato a terra per strisciare ancora un pochino prima di perire senza riuscire a raggiungere la fine del maledetto corridoio. Inciampò e cadde, facendosi male a un ginocchio. Solo allora si rese conto che era buio pesto. Allungò la mano e andò a tentoni alla ricerca della parete, alla quale voleva appoggiarsi per tirarsi su. Le sue dita sfiorarono delle ossa. Si alzò a fatica: doveva andare avanti. Era convinto che, se fosse rimasto lì, non si sarebbe più alzato. Proseguì con cautela e, presto, quando fece giorno, incontrò altri scheletri. Una fiammella di lucidità lo spinse a constatare che il raggio del cerchio si era fatto molto minore, e la curvatura del corridoio era considerevolmente aumentata. Al centro mancava poco. Respirava a fatica, la lingua era gonfia e la fame sembrava lacerargli le interiora. Decise di rinunciare al sacco che si era trascinato appresso e che non gli era più di nessuna utilità. Si tolse le scarpe, poi i vestiti, uno a uno. Nel frattempo, quella sensazione di irreversibilità che si era sentito addosso la prima mattina ora dominava il suo pensiero. Quando infine penetrò, completamente nudo, all'interno della sala circolare al centro della città nummulitica di Sah-Harah, lord Knowshire aveva ormai esaurito ogni energia. Si appoggiò alla parete e si lasciò scivolare lentamente sul pavimento, riuscendo a cogliere con uno sguardo l'intera stanza. Quel che vide avrebbe sconcertato qualsiasi mortale: lungo le pareti della sala erano sistemati dodici scranni d'oro massiccio, sui quali sedevano dodici statue di Osiride in avorio e pietre preziose. Le pareti di alabastro, con i loro bassorilievi, formavano un enorme fregio di scene tratte dal Libro dei Morti, intervallate da file e file di geroglifici. In mezzo alla stanza, tra i tavoli di bronzo carichi di vasi e ceste colme di miele, grano, vino e datteri, c'era uno splendido sarcofago di argento. Il coperchio del sarcofago era appoggiato a due pali di cedro. A fianco, su una sedia la cui semplicità contrastava con il fasto della sala, erano appoggiate vesti di porpora.

Stregato, il lord si alzò e, come volando, fece qualche passo. Il suo corpo non sentiva più alcun dolore, la sete e la fame erano scomparse, o forse lui aveva smesso di registrarle. Aveva dimenticato cosa lo avesse portato fin lì. Con sguardo perso si avvicinò al sarcofago e, senza prestare alcuna attenzione alle tavole imbandite che lo circondavano, vi guardò dentro per capire se fosse vuoto. Si muoveva lentamente, con gesti rallentati, ieratici, come se stesse compiendo un rituale sacro. Prese le vesti color porpora e le indossò. Poi, attento a non far cadere il coperchio, si distese dentro il sarcofago. Uno strano sorriso gli tese le labbra. Si spegneva quieto, senza notare la frontiera tra i due mondi, come se una tale frontiera non fosse mai esistita.

Morì.

I bastoni putridi si ruppero, spargendo nell'aria una polvere fine; il coperchio del sarcofago si chiuse con un tonfo sordo. Su di esso era intagliato il volto di lord Knowshire, trasfigurato da un sorriso enigmatico. Da quattro millenni stava aspettando l'incontro con l'originale.

Gli abitanti di Sinurbia si sentivano preda di una strana nostalgia... Inizialmente, qui si erano cullate le calme acque del golfo, in pittoresco contrasto con le rocce della scogliera a strapiombo. Poi, dopo che era nata l'idea di costruireuna città galleggiante per alleviare il problema della sovrappopolazione dell'isola, le acque del golfo avevano preso a essere solcate da navi dai profili bizzarri. Fino all'inaugurazione del primo quartiere – quello dei costruttori – non era trascorso nemmeno un mese. Presto erano stati aggiunti nuovi quartieri, il centro, i luoghi di lavoro e quelli di intrattenimento. Infine, all'improvviso, così come erano arrivati, i costruttori avevano raccolto i propri attrezzi e se ne erano andati a bordo delle navi bizzarre. La natura stessa del loro lavoro li costringeva a un'esistenza irrimediabilmente nomade. La città, sospesa sulle verdi profondità marine, aveva una rete di circolazione pensata in modo da evitare qualsiasi tipo di incrocio. Le autostrade, le linee della metro, quelle del tram e le strade pedonali costituivano una sorta di immensa ragnatela disposta su vari livelli, nel mezzo dei quali sorgevano piazzette e piazze monumentali, affiancate da edifici pubblici rappresentativi della città. Nonostante intrattenessero una vita civica intensa e agitata, a casa propria i sinurbiani si facevano silenziosi, meditativi, come se solo in quei momenti venisse a galla la loro vera natura. Di conseguenza, di tutte le costruzioni, le abitazioni erano quelle prese in maggior considerazione. Le case – sulle quali la moda europea per un intero secolo non era riuscita a esercitare alcuna influenza – mantenevano inalterata la semplicità divenuta ormai tradizionale. Il mobilio con funzione di deposito era abilmente nascosto da pareti scorrevoli; lo stesso genere di pareti rendeva possibile allargare o restringere la capienza delle stanze. Il pavimento stesso, la cui durezza ed elasticità potevano essere regolate a piacimento, fungeva anche da sedie e letti. Tra i colori luminosi degli interni, il bianco era dominante. Nel salone, in una nicchia della parete, era esposto agli sguardi un quadro, una scultura oppure un vaso di fiori.

E tuttavia, gli abitanti di Sinurbia si sentivano struggere di questa strana nostalgia...

Un giorno uno di loro cominciò a trasformare il cortile in un giardino, dove si ingegnò a costruire, in miniatura, il paesaggio dell'isola originale: rocce, sabbia, muschio, arbusti, uno specchio d'acqua e un ponticello ad arco, un sentiero di pietra, un chioschetto. L'idea ebbe successo: in breve tempo, ogni abitazione si arricchì di un giardino decorato secondo i gusti del proprietario, ma sempre abbastanza simile al paesaggio natale. La nostalgia scomparve all'improvviso.

Inspiegabilmente, le acque del golfo – conosciute per la loro calma – si fecero agitate. La superficie del mare si increspò di cavalloni sempre più minacciosi. Il sole scomparve dietro un velo di nubi oscure. Un terribile tifone sradicò la città dalle fondamenta. Le fondamenta resistettero. Costruiti con lungimiranza, anche gli edifici, le strade e le case resistettero. Solo i giardini furono completamente devastati dalla furia delle acque; all'alba, quando la tempesta si placò, i giardini erano stati sostituiti da baratri profondi, a strapiombo, sul fondo del quale riluceva, oscuro, il mare.

Sconfortati, gli abitanti della città coprirono quei pozzi sinistri, ricostruirono le plance e ripresero la costruzione dei giardini, ai quali sentivano che la loro esistenza era legata in maniera organica. Un nuovo tifone rese vani i loro sforzi, poi un altro, e un altro ancora…

Quasi tutti loro, spaventati, sconfitti, abbandonarono la lotta. Il numero di quelli che si davano per vinti cresceva vertiginosamente. Ben presto solo il primo giardiniere, quello che aveva insegnato agli abitanti di Sinurbia come scacciare la nostalgia si era incaponito a riposizionarre nel suo piccolo cortile gli arbusti, le rocce e il chiosco. Ma, ogni volta che completava il tutto, ecco che tornava il tifone. Gli consigliarono di rinunciare. Invano. Allora, furiosi, lo lanciarono giù per il dirupo al centro del cortile che si stava apprestando a chiudere. Il mare rilucette come l'occhio di una fiera selvatica e schioccò, inghiottendolo. Gli altri tornarono mormorando verso le proprie case, scortati dalle maledizioni e dai lamenti della vedova e dal pianto straziante dei tre orfani. Le acque del golfo si calmarono, il cielo tornò limpido; il tifone non si abbatté più sulla città. In ogni cortile, tuttavia, l'occhio del mare faceva la guardia.

I sinurbiani ora soffrivano, ma non più a causa della nostalgia di un tempo; una terribile paura li tormentava e, ogni volta, la vista del baratro oscuro che aveva preso il posto dei giardini provocava loro incubi che li svegliavano ogni notte. Di nascosto, radunarono le famiglie e gli averi e, uno a uno, lasciarono la città, perdendosi nel formicaio dell'isola. Qui, in piena sicurezza, ripagarono il proprio debito insegnando agli isolani l'arte del giardinaggio.

Il sesto senso – la stereognosi, come era stato soprannominato il senso dell'orientamento nello spazio – non aveva alcuna possibilità di essere integrato nell'ereditarietà. Il categorico verdetto dei genetisti aveva provocato una viva agitazione tra le fila della popolazione stereopolitana, e aveva suscitato dibattiti accesi in tutto il mondo. Sognatori geniali avevano immaginato il progetto temerario di una città spaziale, dove sarebbe stata abolita la tirannia dell'orizzontale e del verticale, dell'angolo retto, del piano; intere generazioni di costruttori avevano faticato per la preparazione dei materiali e per le tecnologie che ne avrebbero resa possibile la creazione. Nessuno, però, aveva previsto il terribile risultato.

La città spaziale – Stereopolis – era una realtà. Una realtà nella quale l'umanità multidecamiliardaria aveva riposto ogni speranza: era l'unica possibilità di sopravvivenza. Era ormai evidente che solo la completa padronanzza delle tre dimensioni, nell'organizzazione urbana, avrebbe potuto impedire di ricoprire l'intera superficie del pianeta con il tappeto di una città ininterrotta che si sarebbe gradualmente soffocata nel proprio stesso tessuto maligno. La curva, l'inclinazione, le superfici tridimensionali e la spazialità rendevano possibile non soltanto la costruzione libera e organica delle funzioni, ma anche la piena occupazione degli spazi, la risoluzione razionale dei problemi costruttivi, un'esposizione alla luce e una ventilazione ottimali, una comoda distribuzione dei beni di consumo e una raccolta efficiente dei rifiuti.

Furono preparate alcune decine di ubicazioni in cui il prototipo stereopolitano sarebbe stato ripetuto in diverse varianti perfezionate. Una dozzina di cantieri avevano già iniziato la propria attività; il complicato processo di assemblamento degli elementi spaziali era diretto dai computer più potenti.

Dopo che gli stereopolitani, freschi come rose, ebbero ricevuto le loro nuove residenze, cominciarono a comparire i primi segnali di preoccupazione: gli abitanti non riuscivano ad adattarsi alle richieste di orientamento del tutto inedite. Era come se una formica, abituata a muoversi su un filo di paglia o tra gli steli di un campo di grano, fosse stata improvvisamente sepolta in un mucchio di sabbia, dal quale si pretendeva che riemergesse immediatamente. Si registrarono numerose sparizioni – soprattutto tra gli anziani e gli adolescenti, che non erano in grado di ricorrere al sostegno delle guide elettroniche – e il tempo perso per gli spostamenti giornalieri era incomparabilmente maggiore rispetto a prima (nonostante le distanze da percorrere fossero ora molto più brevi), cosa che provocava parecchio scontento. Sotto la pressione dell'opinione pubblica e di diverse campagne organizzate dai media, vennero adottate misure speciali per il supplemento dei mezzi di trasporto e il perfezionamento del sistema di guida automatica. Il numero delle persone scomparse si ridusse vertiginosamente; apparve però una nuova malattia chiamata stereopolite, che fece stragi in tutto il mondo. Inizialmente, chi era contagiato dalla malattia soffriva di svenimenti accompagnati da un persistente senso di nausea. Poi si verificavano disturbi dell'equilibrio ed erano colpiti da dolori occipitali di forte intensità. Finché i medici non trovarono una spiegazione, finché non decisero unanimemente una cura, i pazienti continuarono a soccombere, perché la malattia aveva un decorso assai rapido. Infine, si giunse alla conclusione che l'unica soluzione fosse quella di evacuare dalla città le persone contagiate dalla stereopolite; in questo modo, pur non raggiungendo una completa guarigione, era possibile che (dopo una lunga convalescenza) gli ex malati venissero reintegrati nella società per svolgere lavori socialmente utili – e naturalmente con il divieto di fare ritorno a Stereopolis.

Siccome il numero dei malati cresceva vertiginosamente, si passò a misure preventive: l'intera popolazione della città fu sottoposta a test speciali, simili a quelli praticati per la selezione dei candidati alle spedizioni cosmiche di lunga durata. Dopo aver superato le prove preliminari seguiva un programma intensivo che assicurava una relativa immunità. Non erano ammessi "ripetenti": per il loro bene, tutti quelli che non mostravano di avere la giusta attitudine venivano espulsi. Con il tempo, la malattia si spense, rimase solo qualche raro caso isolato. I visitatori ricevevano il consiglio di non restare in città più di una settimana, e quelli che desideravano stabilirvisi – se non erano respinti ai test preliminari – dovevano sottoporsi al tirocinio di allenamento previsto. Si sarebbe potuto dire che la situazione fosse definitivamente risolta. Nel frattempo, alcune nuove città spaziali erano in procinto di entrare in funzione. Le commissioni di selezione valutavano di continuo i nuovi candidati, le prime serie di allenamenti erano già iniziate, alcuni avevano persino preso residenza. Ci si aspettava che, da un giorno all'altro, fosse annunciata l'inaugurazione ufficiale. E proprio allora ci fu un vero e proprio colpo di scena: si constatò, come dicevamo, che la stereognosi – tanto faticosamente ottenuta dalla gente del luogo – si trasmetteva geneticamente ai propri eredi in maniera del tutto casuale.

Gli abitanti della città furono quelli maggiormente colpiti dalla dura rivelazione. Per amore dei propri figli molti abbandonarono la città solo per scoprire che non erano in grado di riadattarsi al tradizionale spazio urbano ortogonale, a predominanza bidimensionale; Alla fine, alcuni di loro fecero ritorno. Altri rinunciarono a procreare, ma era contro natura e non poteva durare a lungo.

"Temo per il futuro di questa città..." meditava l'Architetto.

Vedeva famiglie che abbandonavano i propri figli per non mettere a repentaglio la loro vita, li vedeva internati presso istituti speciali in attesa dell'età in cui sarebbero stati sottoposti ai test – e che tragedia per chi veniva respinto! Vedeva come, privata di un senso, la famiglia stessa si stesse , preparando la società a un nuovo tipo di libertà individuale, facendo sprofondare l'individuo nel baratro dell'isolamento, della solitudine e dell'amarezza.

Possibile che non esistesse un'altra strada?

PLUTONIA

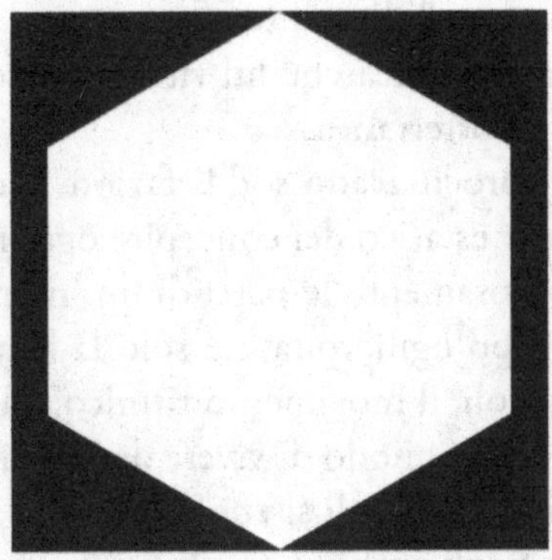

Scava. Da anni, secoli, forse dalla creazione del mondo, scava sempre, instancabile. Nel frattempo, ha completamente dimenticato che cosa, di preciso, lo abbia spinto a farlo: lo spettro di una inevitabile catastrofe termonucleare, la sovrappopolazione della superficie terrestre, un qualche istinto ancestrale bruscamente risvegliatosi o una semplice curiosità... In definitiva, il motivo originario non aveva più alcuna importanza; si era convinto che l'unico mondo reale era quello delle profondità che trivellava senza sosta, che l'intera vita sovraterrestre – della cui esistenza dubitava sempre di più – non fosse altro che una contraffazione, un'esperienza sterile e priva di futuro. Le città in superficie gli avevano sempre suscitato un profondo senso di sfiducia; credeva sinceramente che l'essenza ultima dell'architettura stesse negli interni. Lassù, alla luce del giorno, lo spazio esterno non poteva mai essere annichilito, mentre qui, a Plutonia, non esisteva altro che l'interno, la quintessenza dell'architettura autentica. Aveva scoperto una vocazione!

La città, per lui, era divenuta una sapiente concatenazione tridimensionale di cavità ipogee – gallerie, corridoi, saloni, pozzi – di forme e dimensioni cinte soltanto dai limiti della sua stessa immaginazione. Un labirinto tra le cui sale gli piaceva correre, sfiorando con i palmi delle mani le pareti lisce, pronto ad aprire una nuova galleria ogni volta che la tensione del flusso spaziale gli sembrava insoddisfacente. Di fatto era proprio questa illimitata possibilità di trasfigurazione, questa mobilità strutturale quasi organica che lui riteneva essere il principale pregio della città sotterranea.

Gli scavi gli procuravano soddisfazioni multiple: non era soltanto lo sforzo estatico del concepire ogni nuovo tratto, di integrare armoniosamente le parti di un intero la cui visione riprendeva da capo ogni volta, né solo la benefica fatica che fortificava i muscoli, il movimento ritmico delle articolazioni, quanto, piuttosto, un modo di vivere di una pienezza sconcertante. Vero è che la vista gli si era indebolita; affinché la terra non gli entrasse negli occhi, si era abituato a tenere le palpebre incollate e non era nemmeno sicuro che sarebbe mai riuscito a staccarle. D'altra parte, cosa se ne sarebbe fatto della vista? La percezione dello spazio interiore non era minimamente condizionata dalla vista, tanto più che lo stesso senso plutoniano della nozione di spazio interiore implicava il buio completo. E anche se ci fosse stata luce, anche se avesse potuto vedere, la percezione sarebbe stata perturbata dalle eventuali illusioni ottiche. Dunque, si poteva fare a meno della vista, poiché sarebbe stata solamente di impiccio.

Con l'udito, al contrario, era tutta un'altra faccenda; aveva sviluppato un udito finissimo, che faceva a gara con quello dei pipistrelli, ne era certo. L'udito gli permetteva di orientarsi senza falle all'interno del complesso labirinto di gallerie sotterranee, di riconoscere a grande distanza gli amici e i nemici, di evitare le rocce friabili e non sicure, di evitare i corridoi che minacciavano di franare. Quando lavorava, gli era sufficiente interrompere il lavoro per qualche momento e, improvvisamente, gli provenivano da ogni direzione i segni sonori di una attività intensa; ovunque si scavava con foga. Mai, nemmeno per un istante, si era sentito solo.

E mica si trattava solo dell'udito! Anche il tatto era di un'acutezza non meno rimarchevole. Certo, non aveva modo di non accorgersi che le membra gli si erano accorciate, che le palme delle mani e le piante dei piedi si erano allargate; lo sapeva pur essendo quasi cieco, così come sapeva che il suo intero corpo era ora ricoperto di una peluria corta, folta e soffice. Ma con quanta precisione riusciva a distinguere – con un solo tocco, persino con le parti meno sensibili del corpo – gli strati di diversa durezza e consistenza, percepire la granulosità del pietrisco e della sabbia; distinguere le radici, le fondamenta, le condutture, i massi... identificava istantaneamente, soltanto tastandoli, i lavori fatti alla bell'e meglio e i capolavori di ingegneria; i suoi soffitti a volta, creati con maestria, ingegnosi, erano destinati a durare in eterno.

Tuttavia, il più miracoloso e penetrante dei suoi sensi era senza dubbio l'olfatto: lo aiutava a scoprire pozzi e sorgenti, falde acquifere, a tenersi lontano dai cimiteri e a procacciarsi il sostentamento. Scopriva con gran precisione il nascondiglio di ogni larva, i formicai, la traccia fresca di un giovane lombrico, le riserve di semi ben custodite dei citelli. E più di tutto, l'olfatto lo guidava immancabilmente verso incontri sessuali che si susseguivano a ritmi folli, e al cui ricordo gli si annebbiavano i sensi. Non poteva immaginare un'espressione di felicità più vicina alla perfezione di quegli inseguimenti deliranti attraverso la terra complice, seguendo traiettorie imprevedibili, che culminavano in uno strano ed esplosivo miscuglio di verecondia virginea e perversi agganci di incisivi, in abbracci paradossali di corpi cilindrici, sudaticci, ricoperti di polvere.

Tuttavia, nei rari momenti di riposo, quando si concedeva di sognare, i suoi pensieri non andavano agli amori passati o futuri, ma – in modo significativo seppur difficile da spiegare – pensava alla Genesi; si immaginava il Muratore, il dio plutoniano supremo in forma di talpa enorme, che avanzava raspando demiurgico le gallerie dell'Universo nelle tenebre mucide, prive di frontiere, del non essere.

NOCTAPIOLA

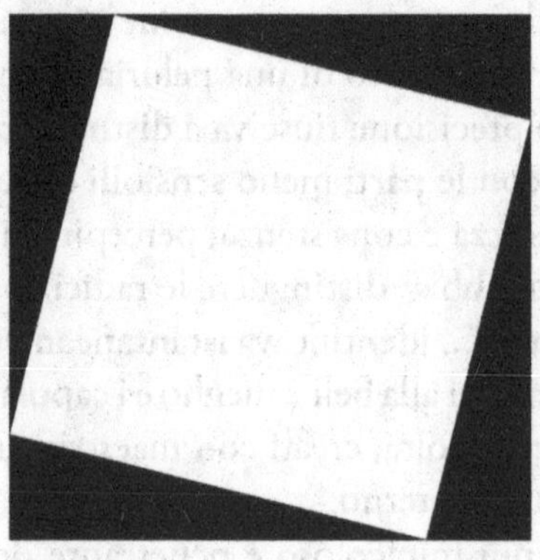

Vista dall'alto, da molto in alto, sembra un vasto arcipelago. Più da vicino somiglia a una foresta immensa punteggiata di laghi. Solo agli occhi dei viandanti la città svela la sua esistenza asettica e bizzarra. L'abbraccio tra la terra e le acque, tra le rocce e la foresta, tra le costruzioni della natura e quelle prodotte da mano umana è, come in nessun altro luogo al mondo, spinto fino alle vette assolute dell'armonia.

Le case, costruite apparentemente a caso sulle rive dei laghi e delle lagune, tra i pini e le betulle, si trovano a considerevole distanza l'una dall'altra e per cercarle tutte servirebbe molto tempo. Con finestre ampie e racchiuse in telai laccati di bianco che lasciano passare la luce da entrambi i lati, le abitazioni vantano una comodità adatta alle esigenze più raffinate: fra le altre cose, il sistema di condizionamento dell'aria – brevetto svedese – permette che ogni singola stanza mantenga la temperatura e il grado di umidità desiderato.

I viali sinuosi sono ricoperti di pietrisco giallino che viene setacciato, lavato e rinfrescato con cura ogni primavera. Nell'erba vegliano sognanti sculture di granito e bronzo. Noctapiola è una città priva di fango e di polvere, priva di crimine, furti e adulteri. È una città senza luna, e, di conseguenza, senza innamorati. La vita in questi luoghi potrebbe essere considerata molto noiosa.

In effetti durante il giorno non succede mai nulla, sembra quasi che la località sia abbandonata. Tra le abitazioni sprofondate nel silenzio, i viali deserti tratteggiano vaghi punti interrogativi, come ad aumentare il mistero e la malinconia delle statue. Le ore scorrono inosservate; non esistono orologi, ed è fatto assoluto divieto di misurare il trascorrere del tempo. Quando cala il buio – e le notti, prive di stelle e luna sono sobrie e lunghe – ecco che gli abitanti danno i primi segni di vita: una luce accecante inonda bruscamente le stanze e in quel momento, dalle grandi finestre, gli abitanti possono essere visti riunirsi attorno a tavole di un'opulenza mai vista prima. Nessuno è ancora riuscito a spiegare come sia possibile che le prelibatezze di tutti i continenti siano presenti ogni sera per alimentare i banchetti dei noctapiolesi, così come nessuno ha saputo dare una spiegazione plausibile circa lo scopo delle statue e dei viali, dato che gli abitanti di questa città nordica non vengono mai visti fuori casa se non una sola volta all'anno.

A mezzanotte le luci si spengono. Straniero, abbi cura di non essere sorpreso a Noctapiola proprio a quest'ora; nessuno tra i temerari che hanno voluto gustarsi una simile esperienza ne è mai uscito vivo! All'alba, i loro spaventosi cadaveri, mutilati e smembrati, non sono più in grado di raccontare nulla.

Una sola volta l'anno, e solo grazie a un permesso speciale, gli stranieri vengono tollerati in città anche dopo la mezzanotte: in occasione del solstizio d'estate. Quella notte nessuno perde la vita; il sole stesso, per quanto sanguinolento, resta sospeso sulla linea dell'orizzonte sconfiggendo la tenebra. I rari viaggiatori che hanno avuto l'occasione di essere ammessi in città durante quest'unica notte bianca raccontano affascinati che, dal fondo dei laghi, provengono canti in sordina, voci sovrumane, nostalgiche. Al loro suono si spalancano porte invisibili e, immersi in un'aura accecante, i noctapiolesi scendono scale di pietra che sprofondano tra le onde. Vecchi e giovani, ragazzi e ragazze, donne e bambini, come sfiorati dal veleno di un narcotico, scendono le scale di pietra umide e, con movimenti lenti, sprofondano nelle acque verdognole e gelide. I loro corpi nudi, bianchi e marmorei, di una pagana bellezza, vengono inghiottiti dalle onde. Nel frattempo, le voci invisibili tacciono; dalle porte socchiuse escono vapori roventi, che profumano di corteccia di betulla.

Resta da comprendere la ragione del loro vagare acquatico, così come il meccanismo miracoloso che permette loro di sopravvivere a un'immersione così lunga: dopo qualche ora, privi di forze, i noctapiolesi si trascinano a riva, e non sembrano disposti a rispondere ad alcuna domanda, per quanto sensata. E, mentre il portone si chiude silenzioso alle loro spalle, il sole si alza, accecante, nel cielo.

Esagonale, simmetrica e perfettamente pulita, la città era dotata di tutto il necessario a un'esistenza degna e felice. I fossati profondi e larghi comunicavano con il letto del fiume e, in tempo di pace, potevano fungere da vasca per l'allevamento dei pesci, da piscina o da bacino per gli spettacoli nautici. Le mura, di uno spessore indicibile, custodi di misteriose concatenazioni di soffitti a volta, non costituivano solamente un temibile ostacolo a un potenziale assalto, ma anche un eccellente arsenale, un fresco deposito per le botti di vino e olio, uno spazioso granaio e un comodo silos per frutta e verdura. Oltre i portoni fortificati – affiancati da torri con orologi – si aprivano strade dritte, pavimentate, che si intersecavano fra loro formando piazze e piazzette. Le piazze erano decorate da statue di marmo e fontane. Il fiume era attraversato da sontuosi ponti di pietra, ad arco, fiancheggiati da sculture ricche di fascino. Ogni famiglia disponeva di una residenza onorevole in una delle numerose case che si affacciavano sulle strade secondarie. Le abitazioni avevano camere spaziose, ed erano dotate di acqua corrente e fognature.

Lungo le strade principali – sei in tutto – erano allineate botteghe, officine e manifatture, osterie, taverne e birrerie, scuole, caserme e bagni pubblici. Le piazze ospitavano le case dei membri delle varie gilde, le chiese, le biblioteche e i musei, e poi ancora tribunali, galere e patiboli, mercati coperti, fiere e arene. Nel foro verso il quale convergevano le sei strade principali si trovavano il municipio e la cattedrale, la borsa e l'università, l'anfiteatro e il luogo in cui si radunavano i cittadini. La città era attraversata da vari canali, vantava giardini e laghi che rinfrescavano l'aria. Tutto era concepito secondo le regole auree dell'architettura, della morale, della politica e della filosofia. I cittadini si beavano di una piacevole libertà e sceglievano tramite voto diretto ed eguale i propri governatori, che gestivano gli affari della città secondo leggi molto sagge.

Gli abitanti della città parevano tuttavia avere una pecca: l'immobilità. Così come gli abitanti dell'antica Pompei, così come gli eroi della fiaba della bella addormentata nel bosco, essi si erano congelati, come per il tocco di una bacchetta magica, nel bel mezzo delle azioni più bizzarre. Qui, vestito della sua tonaca nera, il prete era rimasto con gli occhi fissi sul corsetto di una pia credente, inginocchiata di fronte a lui. Laggiù, il venerabile oratore era stato sorpreso nel bel mezzo di un'orazione rivolta a un pubblico sonnolento. Poco più in là, il saltimbanco era fermo in aria, immobile nel bel mezzo di un salto mortale. Nuda, con le carni molli, una donna di mezza età posava eternamente per un pittore mediocre. Il condannato a morte era fermo con il collo a solo due dita dalla scure del boia, sotto lo sguardo instupidito di qualche centinaio di sciocchi. Un anziano smunto aveva trovato, finalmente, un po' di tranquillità nello studio approfondito con il cannocchiale delle rotondità delle giovani clienti di un bagno pubblico. Proprio sul punto di vedere la luce, un bambino ci aveva ripensato a metà strada, per la delusione della sua futura madre.

Un ragazzetto affamato annusava i vapori che esalavano perfidi dalla cucina dei vicini. Tra le sordide stanze di un bordello alcune coppie prolungavano all'infinito il piacere di un istante. Un borseggiatore dozzinale si era immobilizzato con la mano nella tasca del vicesindaco, durante lo spettacolo di pantomima. La birra versata nei boccali sembrava essersi congelata in aria, rifiutandosi di staccarsi dalla botte...

Insoddisfatto, Scamozzi strappò la tavola, la appallottolò e la gettò in cima al mucchio di schizzi incompiuti della città ideale.

Sotto le fredde volte ogivali appoggiate su fantastici costoloni in pietra, l'eco dei passi risuonava senza sosta. La notte perpetua aveva reso vano ogni possibile utilità delle vetrate che oscuravano le buie orbite delle finestre: i loro colori vivaci si sarebbero potuti ammirare solo dall'esterno, nei rari momenti in cui la luce pallida e tremolante delle stelle attraversava i vetri. Tuttavia, erano tutti all'interno e nessuno aveva ancora trovato l'uscita. Ogni porta aperta dava immancabilmente su un'altra sala o su di un corridoio. Le scale di legno scricchiolavano spaventosamente, le armature e le panoplie lanciavano bizzarri riflessi metallici, e i pavimenti di pietra erano lucidati talmente bene che sarebbe stata una vera follia allontanarsi dall'appoggio sicuro delle pareti. A volte, quando l'eco dei passi si spegneva del tutto, il silenzio era rotto solamente da qualche urlo sinistro che irrompeva all'improvviso. Spaventate, le creature notturne fuggivano, abbattendo in un frastuono infernale le armature e le alabarde, rotolando giù dalle scale e schiantandosi contro i pilastri cinerei, come fossero dei pipistrelli con le orecchie tappate.

Chi avrebbe potuto dir loro come erano giunti fin lì? Quelli che si erano abituati al pensiero di vivere all'interno del tenebroso labirinto del castello non ricordavano più da quanto fossero lì dentro, poiché il tempo non aveva più alcuna importanza e il suo scorrere sembrava essersi fermato. I nuovi arrivati, terrorizzati all'idea di coabitare con tante generazioni che a loro sembravano essere da lungo sprofondate nel non-essere, cercavano ancora di scoprire il modo di distinguere quelli che supponevano fossero vivi dai fantasmi. Mai prima avrebbero immaginato che ciò potesse essere così difficile. Solo dopo essersi resi conto che non appartenevano più al regno dei vivi, che loro stessi erano morti stecchiti, si rimboccavano le maniche e cercavano di imparare l'abc dei fantasmi alle prime armi: come provocare l'eco dei passi senza muoversi, come fluttuare senza rischio sui pavimenti lucidi e, in particolare, come produrre il formidabile urlo nei momenti di silenzio assoluto.

Pian piano, la loro vita si rasserenava. Veniva loro affidata la custodia e la formazione dei nuovi arrivati. Scoprivano che la notte perpetua era solo apparente, che era intervallata da pause chiamate giorni durante i quali loro si immobilizzavano lungo le pareti sotto forma di quadri. Venivano loro concessi, poi, brevi incontri con i moribondi, e a volte anche con i vivi. L'ossessione del cercare una via di uscita non li abbandonava mai. Al contrario, mano a mano che si qualificavano, divenivano sempre più perseveranti. Si infilavano nei corridoi e nei sotterranei, salivano nelle soffitte, trafficavano nei caminetti, si recavano negli angoli più remoti della loro eterna prigione, forzavano porte chiuse e pesanti che non erano più state aperte da nessuno. Svolgevano il loro tirocinio in mezzo alle immagini apocalittiche di Dürer per padroneggiare l'utilizzo della falce, stilizzavano la propria figura e i propri abiti e, infine, riuscivano ad attraversare anche le pareti più spesse. A quel punto i ritratti appesi ai muri del castello, ultimi testimoni della loro vita, si scrostavano, si decoloravano, perdevano contorno e personalità, divenendo misere tele sporche. E loro, da soli o in gruppo, partivano per il mondo per realizzare, finalmente, il proprio scopo.

GEOPOLIS

Erano stato tentato già il tutto per tutto: il pianeta era giunto, senza dubbio, al limite ultimo della sua abitabilità. La sua intera superficie era occupata da una città ininterrotta, i cui quartieri raggiungevano l'altitudine delle più alte catene montuose, la superficie e le profondità di mari e oceani, le zone prima deserte o ricoperte di ghiacci. Raggiungevano persino il sottosuolo. Non era stata ignorata nessuna occasione, nessuno dei progetti anche solo vagamente realizzabili era rimasto intentato.

L'accomodamento alle particolari condizioni dei diversi tipi di quartiere aveva ramificato mano a mano il tronco vigoroso della specie geopolitana. Le etnie storiche avevano ceduto il posto a quelle nuove, caratterizzate da differenziazioni di tutt'altra natura, molto più profonde. Avevano fatto la loro comparsa gli uomini-talpa, gli uomini-delfino, gli uomini-uccello, gli uomini-anfibio... Una sola razza non sembrava disposta a nascere: l'uomo-razzo. Priva di supporto genetico, la famiglia degli astronauti non era in grado di costituirsi in una entità biologica distinta, strutturalmente adattata alle proprie difficili condizioni di vita. Geopolis non poteva, dunque, estendersi allo spazio cosmico: la fondazione dell'ipotetica Cosmopolis restava irrealizzabile. E la popolazione continuava a crescere!

In quell'epoca cominciarono a proliferare le cosiddette scuole o sette della sopravvivenza. I partigiani più numerosi – di tutte le razze – facevano parte della scuola degli ottimisti; credevano che i limiti all'espansione cosmica fossero temporanei e che, presto o tardi, l'esodo spaziale sarebbe stato realizzabile, permettendo il popolamento di nuovi corpi celesti e la colonizzazione (equa per tutti gli abitanti) dei pianeti più vicini dotati di un'atmosfera adeguata. Ingiustamente soprannominati sognatori – poiché gli ottimisti erano proattivi e perseveranti – la loro influenza sull'opinione pubblica si era fatta piuttosto forte, per la fortuna di tutti; infatti, con le speranze tanto rinvigorite, i geopolitani trovavano le risorse per resistere a uno stile di vita sempre più scomodo, dal servaggio sempre più frequente. Ciò era tanto più importante quanto più i risultati – mantenuti segreti – delle ricerche non erano incoraggianti.

Non esistevano altre scuole che avessero lo stesso peso e influenza; tra quelle di seconda scelta, alcune si distinguevano per la virulenza delle idee che veicolavano. La setta dei medicisti stigmatizzava le misure immunoprofilattiche e l'attività sanitaria in generale, considerando i progressi della medicina, della biofisica e della genetica i veri responsabili della crisi. La setta dei primitivisti, in un certo qual modo simile alla precedente, predicava il ritorno allo stato di natura e l'abbandono di tutte le conquiste civili, tacciate di essere causa della disgrazia. I neoyoghini vedevano nell'ascesi e nell'interiorizzazione autentica la salvezza dell'umanità, raccomandando il digiuno, il suicidio per fame; similmente, il suicidio di massa era insistentemente consigliato da altre sette. Veleno, fuoco, pugnale, fune, pallottole, fonti di radiazioni fatali erano divenuti oggetti di culto. Alcuni si spingevano fino a chiedere al Municipio Supremo di sottoporre a un plebiscito l'idea di un suicidio globale. Gli adepti di una setta apocalittica, anch'essi molto numerosi, facevano appello ai libri sacri o alla teoria dei cataclismi, fondando le proprie conclusioni ora sulla scienza e ora sulle verità rivelate.

Altri, più moderati, si accontentavano di proporre l'uccisione degli anziani e dei bambini, o, in alternativa, l'imposizione totale di metodi anticoncezionali. Le sette fanatiste promuovevano la tesi della supremazia di una specifica razza, chiedendo l'instaurazione di una egemonia e lo sterminio delle razze che consideravano inferiori. In tal senso, si distinguevano i gruppi clandestini e irresponsabili degli uomini-talpa; essi incitavano alla guerra, basandosi sul vantaggio niente affatto trascurabile del controllo sulle officine sotterranee di sintesi alimentare e sul monopolio delle materie prime. La realtà è che, al contrario, una guerra non solo sarebbe stata priva di senso – poiché sarebbe stata equiparabile a un suicidio generale – ma anche di oggetto; adattati com'erano al proprio stile di vita, gli uomini-talpa – così come gli altri, d'altra parte – non avrebbero ottenuto alcun vantaggio dall'ipotetico sterminio delle altre razze, poiché la disputa non era basata tanto sul cibo quando sullo spazio disponibile. Il dramma dell'umanità si ripeteva infatti internamente a ogni gruppo, in termini identici. Infine, i rappresentanti della scuola messianica, chiamati sarcasticamente discovolantisti, attendevano una salvezza dall'esterno, proveniente da un altro mondo abitato, da una possibile civiltà extrageopolitana.

Allora successe una cosa inaspettata: il pianeta prese a gonfiarsi, le sue dimensioni cominciarono a crescere – all'inizio in maniera discreta, impercettibile, e poi in maniera sempre più evidente. La crescita procedeva tranquilla, senza traumi, senza cataclismi, senza terremoti o eruzioni vulcaniche, senza spostamento di continenti e senza che si formassero nuove catene montuose. La configurazione dei continenti era restata tale e quale e, se gli astronomi non avessero concesso ferme rassicurazioni che sì, le dimensioni del pianeta stavano davvero cambiando in rapporto a quelle del sistema solare, si sarebbe potuto credere che fossero gli abitanti a modificarsi, a rimpicciolire. Ai geopolitani toccava ora la difficile missione di integrare alla loro città – le cui costruzioni, insieme al pianeta, avevano ora dimensioni colossali – le nuove strutture (vere e proprie miniature se paragonate alle precedenti) allo scopo di ridurre in scala umana quel mondo gigantesco. La civiltà ricominciava dunque dal principio – o, se non altro, da un limite molto prossimo allo zero – su un pianeta estraneo, i cui abitanti giganteschi se ne erano andati chissà dove... e nessuno, in seguito, riuscì mai a spiegare l'incredibile fenomeno grazie al quale la specie geopolitana – ridotta dall'oggi al domani a un'esistenza lillipuziana – poté salvarsi.

DAVA

E dunque eccoli giunti in vetta! I tre alpinisti si abbracciarono in silenzio. Sopra di loro, nel cielo di un azzurro intenso, la stessa aquila planava con ali immobili. Era un'aquila gigantesca, superba e indifferente. La guardarono ancora una volta, con sgomento e un po' di invidia. Poi, ancora meditabondi circa la boriosa filosofia del volatile, cominciarono a dispiegare le bandiere delle tre nazioni che rappresentavano. Solo dopo aver sentito le falde di seta frusciare al vento della cima si concessero il lusso di guardarsi attorno. E allora fu loro dato di scoprire lo spettacolo più grandioso sul quale un mortale avesse mai posato lo sguardo. Il versante sud, considerato a buon diritto inaccessibile, era collegato – grazie a un crinale dentellato e fragile – a una seconda vetta, che non figurava su nessuna mappa. Ma non fu la gioia di aggiungere una scoperta geografica sensazionale alla loro prestigiosa performance sportiva a produrre in loro il brivido strano ed elettrizzante dell'insolito, quanto piuttosto la forma stupefacente del monte sconosciuto. Poco più alto di quello sul quale avevano appena messo piede, ma molto più scosceso, il secondo picco aveva l'estremità superiore modellata in forma di gigantesca fortezza coronata di mura, torri e barbacani scavati nella roccia. Che fosse soltanto un capriccio della natura, lo spettacolare risultato dell'inesauribile gioco del caso? Difficile crederlo. Vista dal binocolo, la fortezza svelava in modo ancora più convincente le proprie linee decise, gli angoli vivi, le grandi superfici lisce, le forme ordinate, i volumi geometrici. Tutto faceva pensare che si trovassero di fronte a una grandiosa opera umana. Ma chi, con quali intenzioni e soprattutto con l'aiuto di quali mezzi aveva potuto scolpire nella dura roccia del monte quella cittadella inespugnabile, sconosciuta fino ad allora al mondo intero?

Il richiamo di una nuova avventura, più affascinante di quanto avrebbero mai potuto sognare, si insediò nelle menti dei tre temerari esploratori. Il capo del gruppo, tuttavia, si oppose alla proposta di prolungare la spedizione, pur essendo a sua volta tentato di farlo. La loro missione era stata portata a termine. La strada del ritorno non era priva di insidie e c'erano diversi giorni di discesa prima di raggiungere la base di approvvigionamento più vicina. Non erano pronti ad affrontare nuovi e imprevedibili rischi. Sarebbero ritornati con un gruppo più numeroso, equipaggiati a dovere.

Tutto quello che diceva era perfettamente logico. Solo che, aggirandosi nervosi sul piccolo pianoro della vetta, gli alpinisti fecero una seconda scoperta: non erano stati i primi, come avevano creduto! Certo, le bandiere issate dai loro predecessori erano state strappate dalle terribili tormente che funestavano le altitudini. Ma i segni certi del passaggio di almeno quattro spedizioni anteriori, credute disperse, si mostravano uno a uno – due piastre di acciaio inossidabile incastrate nella roccia, un contenitore a forma di parallelepipedo e un tubo cilindrico, chiusi ermeticamente, che contenevano i messaggi e i nomi degli esploratori. La loro delusione fu breve e lasciò subito spazio a un'esplosione di entusiasmo: solo ora era divenuto chiaro che l'unico modo per dare un senso alla loro ascensione era proprio quello di proseguire fino alla vetta-fortezza, la cui sagoma seducente si profilava a sud, a circa un giorno di cammino. La decisione fu presa e fu chiaro che non dovevano sprecare nemmeno un istante di più. Il tramonto li sorprese sulla sella dalla quale partiva il crinale seghettato che fungeva da ponte levatoio per la città di pietra. Trascorsero la notte nei sacchi a pelo ben fissati con le corde, poiché era impensabile mettersi a montare le tende lì.

La vera prova ebbe inizio all'alba, con l'attraversamento del crinale. La lama era talmente stretta e ripida che più volte furono costretti a sdraiarsi e spostarsi in avanti strisciando sul ventre. Si muovevano lentamente, con grande cautela, sospesi su di un abisso di più di mille metri. Capitava che uno di loro ogni tanto fosse sul punto di precipitare, ma ogni volta gli altri due erano riusciti a salvarlo. Al tramonto, quando, con le dita insanguinate e gli abiti lacerati, i tre alpinisti giunsero alla fine del terribile ponte, le loro forze erano al limite. Salirono le poche decine di scale che li separavano dalla monumentale fortezza compiendo uno sforzo sovrumano. Le porte erano chiuse. Vista da vicino, la città fantastica superava qualsiasi immaginazione. Le sue mura, scolpite nella roccia, erano perfettamente levigate, e l'intera fortezza costituiva un tutt'uno con il monte dalla quale sembrava essere inspiegabilmente cresciuta. Non si trattava di una vera e propria costruzione, cioè una sovrapposizione di blocchi di pietra, ma piuttosto di una colossale scultura, una sapiente e minuziosa opera di stereotomia prodotta su grande scala. Non c'era la minima ombra di dubbio: la natura non poteva essere capace di una tale meraviglia. Quella certezza, tuttavia, non gettava una gran luce sull'identificazione degli autori. Chi erano? Chi erano o erano stati gli abitanti della fortezza? Quale tremenda esigenza aveva determinato il compimento di un tale miracolo e quali stregonerie lo avevano trasportato dai regni dell'impossibile fino a questa vetta solitaria?

Stremati, pronti a qualsiasi cosa, gli esploratori varcarono le porte della fortezza. Le strade erano deserte, e gli edifici che le fiancheggiavano, con le loro forme inattese, sembravano anch'essi deserti. Pian piano la stanchezza li stava abbandonando, e, al contempo, una curiosità sempre più intensa li spingeva avanti. Il monolitismo e la monocromia delle costruzioni in cui si avventuravano con titubanza producevano in loro una straordinaria impressione: sembrava impossibile – eppure, era reale – che il marciapiede, le pareti, i tetti, le torri e i contrafforti non fossero altro che lati della stessa roccia, levigata con una pazienza da orafo. La desolazione dell'allucinante città accresceva il loro sgomento.

Improvvisamente un ronzio appena percettibile catturò la loro attenzione. Sembrava provenire dal cuore stesso della città. Si affrettarono. Man mano che si avvicinavano al centro le strade si facevano più larghe e gli edifici più imponenti. Il ronzio si fece più forte, e sembrava ora possedere un ritmo di fondo. Il ritmo si fece più intenso. Si sentivano rinvigoriti, quasi correvano, sempre più indifferenti ai templi monumentali e ai palazzi che fiancheggiavano. Guidati come da un'attrazione irresistibile dal ritmo ossessivo di quel ronzio la cui intensità aumentava vertiginosamente, gli esploratori correvano verso una meta invisibile. Alla fine della corsa li attendeva un'ulteriore scoperta.

Al centro di una vasta piazza, su una piattaforma sopraelevata, centinaia di uomini eseguivano una strana danza. Il ritmo assordante dei passi perfettamente sincronizzati produceva il rumore che li aveva portati fin lì. Senza alcun indugio i nuovi arrivati si liberarono degli zaini e si unirono ai ballerini, tra i quali riconobbero i membri scomparsi delle spedizioni che erano salite prima della loro sulla vetta e le cui insegne avevano trovato all'arrivo. Riconobbero altri esploratori, le cui tracce si erano perse anni addietro sulle Alpi, sulle Ande, sul Pamir o sull'Himalaya, nelle savane africane, nella foresta amazzonica, nei deserti australiani o tra i ghiacci dell'Antartico. Riconobbero navigatori e aviatori, impavidi pionieri delle profondità marine e del ventre terrestre, riconobbero i primi eroi dell'epopea cosmica. E, al culmine delle danze, videro che nella piazza continuavano a giungere, da ogni parte, altri ospiti.

Resi schiavi dalla malìa della danza smisero di osservare i compagni. Con le braccia sollevate, ognuno compiva i fatidici passi, sentendosi sempre più leggero. Una felicità dolorosa inondava i loro cuori, poiché capivano che la danza li sprofondava in una solitudine irreversibile. E quando videro che le braccia si stavano trasformando in ali immense, che il corpo si ricopriva di piume e le dita, che ora terminavano in artigli d'acciaio, si staccavano dalla piattaforma, si innalzarono, superbi, uno dopo l'altro, verso lo zenit, cercando di accogliere almeno con lo sguardo tutti quelli per amore dei quali avevano elevato la conoscenza umana fin sopra le vette senza ritorno. Quante cose avrebbero voluto dire loro! Il becco adunco, tuttavia, non poté produrre altro che uno stridio privo di speranza, che si perse inudito per le valli prive persino di eco.

"Siete le nostre creature! Senza di noi non sareste mai esistiti" urlarono gli elleni, ammassandosi tra le statue lucenti sulle quali era poggiata la volta azzurra.

Il più arrabbiato di tutti era Fidia, che alzava le braccia al cielo:

"Vi ho scolpiti con le mie stesse mani, con queste dita callose ho disseppellito i vostri occhi dal marmo di Paro e Pentelico!"

"Proprio così" confermava in coro la folla.

Si erano riuniti qui, ai piedi dell'Olimpo, tutti gli uomini illustri dell'antica Grecia. Sorridenti e freddi, gli dèi si mostravano del tutto indifferenti alla superbia dei rivoltosi. Immobili, le innumerevoli figure bianche sembravano gigantesche colonne del tempio infinito dell'Universo.

"Temo che stiamo sbagliando" disse fra sé e sé Platone. "Queste statue possono anche essere le nostre creazioni, di Fidia e Prassitele, di Skopas e altri ancora. Ma nsono solo pallide imitazioni degli originali, gli dèi immortali, la loro ombra. Loro sono

---

48 Da non confondersi con l'antica città di Olympia nell'Ellade, famosa per le competizioni sportive che vi si svolgevano ogni quattro anni e per la statua d'oro e avorio di Zeus, opera di Fidia, e allora considerata una delle sette meraviglie del mondo.

unici e a noi inaccessibili, come ci è inaccessibile l'idea dell'immortalità."

Tuttavia, per timore della folla inferocita, anche il saggio urlava come tutti, in coro.

"Posso distruggervi quando voglio, perché io vi ho dato la vita e me la riprendo quando mi pare e piace." Fidia proseguiva la sua provocazione, incitato dalle acclamazioni del demos.

La vetta fu avvolta da un lembo di nebbia. Una leggera brezza iniziò a soffiare dal monte. I rivoltosi non notarono i primi segnali della tempesta in arrivo.

"Temo che stiamo sbagliando" disse fra sé e sé Aristotele. "Queste colonne della città eterna sono, forse, i veri dèi e non siamo noi ad averli creati. Ma la nostra intera storia non è altro che un istante della loro vita priva di inizio e di fine ed è naturale che a noi le loro figure sembrino immobili."

"Ho sconfitto addirittura i Persiani" esclamò, accalorato, Pericle. "E ora dobbiamo forse temere i nostri stessi dèi?"

Centinaia di rivoltosi lo acclamarono.

"Distruggiamoli" gracchiò Fidia, strappando una lancia dalle mani di un soldato.

La luce del sole impallidì. Nubi nere correvano al di sopra della cupola azzurra, oscurandola. Le fronti degli dèi erano ora perse tra le nebbie.

"Ci affrontano," urlarono gli uomini, fuori di sé.

Invece di spaventarli, la forza della tempesta li aveva aizzati. Armati di lance e spade, accette e picconi, si lanciarono sulle statue, alle quali arrivavano a malapena alle caviglie. In quel preciso istante gli assalitori si pietrificarono nell'atteggiamento aggressivo della loro demenziale furia distruttrice. Per un po' rimasero così, immobili, bianchi come gli dèi.

Poi, dal pugno sollevato di Zeus scaturirono saette e la tempesta si abbatté sull'intero firmamento. Lentamente, i corpi impietriti degli uomini sparirono sotto il diluvio. La pioggia lavava loro la nuca e le spalle, scioglieva le loro fragili falangi. Le armi caddero dalle loro mani, provocando un gran frastuono.

Ben presto, la folla svanì, come un sogno. Il bianco dei loro corpi pietrificati si rivelò essere il colore ingannevole ed effimero del sale.

Quando la pioggia cessò e l'azzurro del cielo tornò all'orizzonte, in mezzo ai busti di marmo degli dèi non era rimasto altro che una botte piena di salamoia in cui galleggiava il moccolo spento di una candela.

HATTUŞÁŞ

Delaporte si avvicinò in silenzio all'accampamento degli archeologi. Aveva fatto tre giri attorno alle mura, senza trovare neanche un accesso. Vegliata da torri massicce, appollaiata per chissà quale miracolo sul crinale di una ripida collina, la fortezza restava a tutti gli effetti inviolabile. Le mura, alte quasi trenta metri e formate da enormi blocchi di andesite, non potevano essere scalate ed era impossibile anche soltanto raggiungerne la base per una persona priva di grande allenamento nell'alpinismo. Delaporte si passò sull'altra spalla la corda arrotolata. Gli anelli d'acciaio batterono tra loro, producendo un allegro tintinnio. Si guardò le palme delle mani, gonfie; due delle dita della mano destra bruciavano terribilmente. Lo seguivano a breve distanza Arik, Akurgal e Bozkurt, i suoi compagni di spedizione.

In attesa, i sapienti si erano raggruppati di fronte alla tenda di Textier jr. Delaporte lo vide in lontananza, ma quello non gli fece alcun cenno.

"Chiaro" disse Rosenkranz, che, come al solito, masticava un chewing gum.

"Certo" confermarono in coro Kan e Balkan. Ceram evitò di pronunciarsi prima dell'arrivo del piccolo gruppo. D'altra parte, sui visi stanchi degli alpinisti improvvisati si leggeva chiaramente che ogni speranza si era rivelata vana. Curiosi, si disposero in cerchio attorno ai nuovi arrivati.

"Textier ha scoperto una città senza ingressi e ci ha invitati qui ad ammirarne la forma" scherzò senza entusiasmo Delaporte.

"In breve" aggiunse Bozkurt, "non abbiamo concluso niente."

"Proprio niente?"

"Niente!" rispose Arik, amareggiato.

Tacquero. Textier si sentì obbligato a fornire spiegazioni:

"Non è colpa mia se non ha entrate. Dovete riconoscere che questo dettaglio non fa altro che accrescere la sensazionalità della mia scoperta. Trovare così, dal nulla, una città vecchia di tremila anni conservata perfettamente fino ai giorni nostri!"

"Benissimo, ma che si fa?"

Seguì un lungo dibattito. Forrer propose di scavare un tunnel nella collina rocciosa in modo da arrivare proprio nel centro della città. Laroche lo contrastò duramente, sostenendo che applicare esplosivi a una parte del muro sarebbe stato molto più economico. Messerschmidt suggerì di organizzare un bombardamento aereo e raccomandò l'utilizzo di elicotteri, Moortgat si oppose categoricamente: "Neanche da morto potrei essere d'accordo con questa idea! Abbiamo l'occasione unica di trovare una città che è sopravvissuta per più di tre millenni e la distruggiamo proprio noi archeologi?! Vorrebbe forse dire che possiamo vivere solo in mezzo alle rovine?"

Delaporte decise che era il caso di intervenire: "Potremmo avere problemi con gli abitanti, Moortgart ha ragione."

"Quali abitanti?" si piccò Hogarth,

"La città è abitata" disse Bozkurt.

"Quando ci siamo arrampicati sulla collina li abbiamo sentiti parlare," aggiuse Akurgal, "hanno voci forti, penetranti."

"E lo dite solo ora!" li rimproverò Hrozný, che da settimane intere cercava di dedurre la lingua di chi aveva costruito la città a partire dalla forma delle mura. "Cosa dicevano?"

"Ricordo soltanto due parole che ripetevano continuamente: múrsilis e hántilis."

Hrozný restò impietrito.

"Proprio come immaginavo" farfugliò. "Andiamo, potremmo ancora cercare di trasmettere loro un messaggio!"

Gli archeologi si affrettarono in direzione della collina. Textier era il capofila, e mostrava un'agilità sorprendente per la sua età. Porada e Koschaker lo seguivano a breve distanza. Seguiva poi il grosso della spedizione, e, in coda, stremati, quelli che avevano appena fatto ritorno all'accampamento. Tutti, travolti da un entusiasmo immediato e sospetto, parlavano contemporaneamente.

"Ci resta la strategia del cavallo di Troia" spiegò Rosenkrantz.

"Un messaggio!" urlò Hrozný sovreccitato che, nonostante la partenza frettolosa, era riuscito a portarsi dietro la tromba di un grammofono.

"Múrsilis" ripeteva continuamente Delaporte.

"Silenzio!" comandò Textier non appena raggiunsero i piedi della collina.

Dopo che il baccano si fu calmato, Hrozný si portò alla bocca la tromba del grammofono e urlò con tutto il fiato che aveva: "Sullát sullatár, sullamí salatiwár!"

Immediatamente, da oltre le mura, un coro di voci ripeté: "Labárna hastáya, tabárna asharpáia!"

"Di che diamine si tratta?" chiese Ceram, infuriato.

Textier gli fece cenno di tacere. Hrozný fece spallucce, incerto, per segnalare che non aveva capito nulla.

"Mitánni! Mitánni!" urlò nel grammofono, quasi con disperazione, in un ultimo, vano tentativo di trovare una lingua franca.

Gli altri non risposero. Le mura grigie della fortezza diedero a quei minuti di ostinato silenzio un'aria marziale. Poi, inaspettatamente, dai due lati della collina comparvero, a bordo di rapidi carri da combattimento, dei guerrieri ittiti. Tenevano in mano archi già tesi e asce di bronzo. Le grandi ruote di legno producevano un fracasso assordante che copriva il rumore degli zoccoli e le urla selvagge dei soldati dai capelli lunghi. I sapienti caddero in una tremenda imboscata. Qualunque tentativo di resistenza sarebbe stato inutile.

Bruschi, i carri si fermarono.

"Hattilí supiluliúma" disse un guerriero sul lato destro, con tono accomodante.

"Non rispondere" urlò Moortgart a Hrozný "potrebbe essere una provocazione!"

"Assúwa samúha tawanánna" insistette il guerriero.

"Karkemíş gasgás detássa" aggiunse un altro da sinistra.

Dalla fortezza si levò il coro invisibile: "Ziúla, zálpa huwarúwas! Ziúla, zálpa huwarúwas!"

I guerrieri si agitarono: "Hattuşil gurgúm kumúhu, telipínu putuhépa!"

"Hánis kánes pihassássis, hátti hálys mutuwátallis!"

"Arnuwándas kizzuwátna, pentipsáni purushánda, pámba pála tapassánda!"

Il primo a crollare fu Hrozný, il cui cuore non resse a quella valanga lessicale. Gli ittiti scoccarono le frecce; le asce vennero lanciate con fermezza. Alcuni dei sapienti, colpiti in pieno, crollarono a terra. Il capitano dei guerrieri sollevò una mano. Le ostilità si fermarono.

"Vous aves voulu voir Hattuşáş" disse in un francese da manuale. "Hé bien, vous allez être exaucés!"

Alcuni dei guerrieri legarono i pochi sopravvissuti che, terrorizzati, erano ammutoliti. I cadaveri vennero lanciati sui carri da combattimento. Delaporte, in agonia, rantolava orribilmente e fu infilzato con una lancia. Nello stesso istante, tra le rocce, proprio ai piedi della collina, si aprì, scricchiolando sinistro, un portone. Nel giro di pochi minuti gli ittiti, con i cavalli, i carri e i loro prigionieri scomparvero nella bocca nera del tunnel e il portone si chiuse dietro di loro, tornando a essere una roccia immobile. Dopo qualche altro minuto scomparve qualsiasi traccia dell'incidente. Poi, i muri della fortezza crollarono senza emettere alcun suono, come in sogno.

Nessuno da allora vide mai più gli onorevoli sapienti, membri della spedizione archeologica di Textier jr.

Solo l'accampamento deserto restò, per un certo periodo, testimone silenzioso, a ricordo della loro tragica fine. Infine, i venti, la pioggia e la curiosità della gente del posto lo ridussero, tenda dopo tenda, in polvere multicolore.

SELENIA

Erano alla ricerca di un luogo in cui gettare le fondamenta della prima città lunare. Il terreno assai accidentato sarebbe bastato, da solo, a rendere difficile la loro missione; la difficoltà, tuttavia, era considerevolmente accentuata dal fatto che l'unico satellite naturale della Terra era pieno di impronte lasciate dai numerosi visitatori precedenti. Non si trattava, come si potrebbe credere (certamente così credeva chi era privo di cognizione di causa), delle lattine vuote, dei barattoli rotti, delle cartacce, delle cicche e dei pacchetti vuoti di sigarette e di tutti i rifiuti buttati a casaccio, dei gusci di semi e arachidi, addirittura di biglietti del tram, della metro o dell'astronave. Tutto ciò si trova solo sulla Terra, generalmente nei luoghi meno opportuni, proprio là dove ci si aspetterebbe meno di imbattersi nei disgustosi frutti dell'indolenza: sui monti, nel bacino dei ghiacciai, sulla sponda dei fiumi, tra i fiori delle radure e dei prati, nella sabbia dorata delle spiagge... No, la luna non aveva accumulato tracce di questo genere, nessun rifiuto materiale; era invece stata sottoposta a una forma più sottile – ma incredibilmente più nociva – di inquinamento, di tutt'altra natura.

Non soltanto chi aveva messo piede nel modo più appropriato sull'affascinante corpo celeste – da Cyrano de Bergerac e il Barone von Münchhausen fino ai selenauti del XX secolo –, ma anche tutti quelli che lo avevano descritto, cantato, sognato o anche semplicemente guardato (per non parlare dei lunatici di tutti i tempi), quelli che lo avevano venerato o che l'avevano deificato, tessendo attorno al suo apparire notturno i miti più affascinanti, tutti avevano contribuito, senza volerlo, a questo processo irreversibile. Certo, un soggiorno di breve durata non ne era influenzato se non in misura minima; un soggiorno prolungato, invece – e ancora di più il trasferimento definitivo nell'ipotesi, tanto spesso suggerita allora, della costruzione di una rete urbana – sarebbe stato impensabile nelle zone maggiormente inquinate. Le ricerche avevano effettivamente dimostrato un processo avanzato di inquinamento spirituale che era cominciato già dagli esordi della civiltà terrestre e che proseguiva indisturbato; nessuna legge poteva difendere l'esistenza della Luna da quell'assalto imponderabile, i cui effetti erano completamente ignorati.

Era assodato il fatto che, almeno nel caso del lato visibile, sarebbe stato difficile trovare sulla mappa lunare un perimetro protetto, una "riserva naturale." Tutto era invaso da fantasmi, spettri, meditazioni e sentimenti, frammenti di idee e punti esclamativi. Per chi si trovava in loco era una gran fatica seguire il filo dei propri pensieri in quel vero e proprio labirinto formato dalle emanazioni di molte coscienze estranee, delle quali alcune vagavano nel vuoto da qualche migliaio d'anni. Capite dunque quanto fosse ardua la missione di gettare le fondamenta della prima città, che avrebbe dovuto portare il pomposo nome di Selenia. Com'era logico, la spedizione decise ben presto di spingersi verso il lato sconosciuto della Luna. Certo, i rapporti con chi era ancora sulla Terra sarebbero stati più difficili da mantenere per i futuri abitanti dell'urbe, ma esisteva la ragionevole speranza che, laggiù, l'ambiente psichico fosse più puro.

Il ragionamento non faceva una piega; tuttavia, dopo che – attraversando ogni sorta di peripezia e affrontando rischi terribili – furono giunti dall'altra parte, constatarono con grande stupore che la situazione non era affatto migliore. Al contrario, l'aggressione sembrava persino più scatenata, il flusso di perturbazione delle idee estranee più duro e violento. Quello che li stupì maggiormente fu l'estraneità di quelle idee e, soprattutto il fatto che non potevano in nessun modo spiegarsele – innanzitutto perché non riuscivano a definirle in maniera esatta, la loro natura era insondabile.

Dopo qualche tempo incominciarono a intravedere delle caratteristiche generali; ad esempio, si accorsero che le idee mistiche, così come quelle poetiche, erano estremamente rare, quasi inesistenti, mentre si trovavano in abbondanza ragionamenti scientifici, pensieri pragmatici, esortazioni ad agire. Si sarebbe potuto dire che la Luna funzionasse come un disco di carta assorbente, come un filtro – ma un filtro selettivo – lasciando passare da una parte all'altra solamente determinate emanazioni (a quanto pare, nello specifico, quelle più recenti, come se la permeabilità a questo genere di strana osmosi fosse aumentata in seguito a una curvatura logaritmica) e trattenendo tutte le altre. Tuttavia, la logica conseguenza dell'osmosi avrebbe dovuto essere una bassa concentrazione di idee contemporanee a beneficio di quelle sul lato rivolto verso la Terra – cosa che non sembrava essere.

Invano si sforzarono di risolvere l'enigma; li esasperava il fatto che molti pensieri, individuati con un dispendio altissimo di energie nervose, rimanessero inaccessibili, trasmettendo significati indecifrabili.

Proprio da questa constatazione era nata l'ipotesi che finì per riunire il maggior numero di adepti pur senza essere mai dimostrata in alcun modo.Secondo l'ipotesi, mentre l'inquinamento del lato visibile della Luna era causato dal fatto che l'astro notturno era presente nella sfera delle preoccupazioni terrestri, l'invasione dell'altro lato era causata da civiltà extraterrestri (chiaramente da parte di civiltà giunte a un livello di sviluppo sufficiente a percepire l'esistenza del nostro satellite). Una tale influenza poteva di certo essere molto meno importante dal lato la cui vista era perennemente eclissata dalla Terra.

Comunque stessero le cose, l'inquinamento di entrambi i lati della Luna era un fatto incontestabile, tanto che, almeno fino alla scoperta di un rimedio adeguato, i terrestri avrebbero dovuto rinunciare alle loro ambizioni colonizzatrici – che, già a quello stadio, sembravano entrare in contraddizione con le intenzioni e i calcoli di altri mondi abitati – e si sarebbero dovuti accontentare di spedizioni di breve durata. Selenia rimase, almeno in apparenza, infondata. In realtà, essa occupava l'intera superficie della Luna ed era popolata fin dai tempi più remoti.

ANTAR

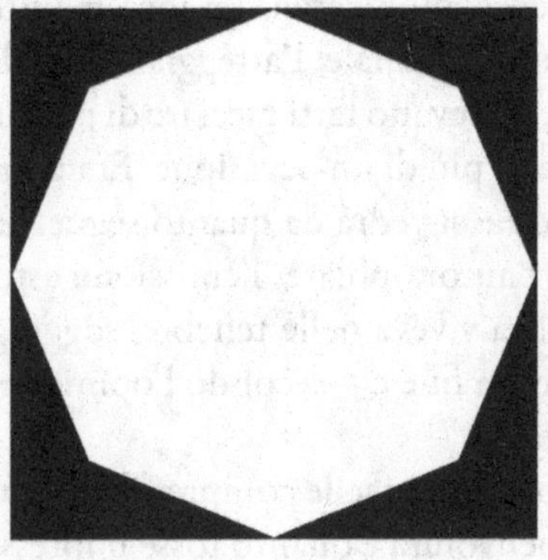

La città era stata costruita con blocchi di ghiaccio, il ghiaccio duro e traslucido dell'Antartico, sul cui suolo si ergeva e dal quale derivava – per abbreviazione – il suo nome. Il fatto che sul Petit Larousse (edizione 1968), al posto di un qualsivoglia riferimento al centro abitato più a Sud di tutto il globo, si trovasse invece, a pagina 1123, terza colonna, l'articolo "ANTAR ou ANTARA, guerrier et poète arabe du VI-e s., héros de l'epopée Le Roman d'Antar" non deve turbarvi in nessun modo; l'omonimia è assolutamentecasuale. Il fatto che il prestigioso dizionario enciclopedico, anche nelle edizioni più recenti, ignori l'esistenza della città di Antar è del tutto spiegabile, se non addirittura giustificabile; la vita assai breve della città non sembrava destinata a passare alla storia, e queste righe non fanno altro che cercare di fornire la revisione postuma di un destino decisamente ingiusto. (Ben più impregnate di un afflato di eguaglianza, altre enciclopedie passano sotto silenzio anche il nome dell'oscuro guerriero e poeta arabo...).

Uno dei cardini dell'orgoglio degli antaresi era il fatto che il sole non si fosse mai alzato al di sopra della linea dell'orizzonte, per l'intero periodo in cui la città era esistita. D'altra parte, c'è da dire che questi uomini coraggiosi, lungi dallo scivolare lungo il declivio della superbia, anche se numerosi motivi avrebbero potuto spingerli a farlo, si mostravano incredibilmente modesti, seppur poco comunicativi. La loro manifesta glacialità, il portamento convenzionale, l'atteggiamento distante e sempre meditabondo, li avevano fatti tacciare di presunzione e persino di misantropia in più di un'occasione. Era un giudizio affrettato, ingiusto, come si vedrà da quanto segue. Certo è che, fatta eccezione per l'aurora polare, l'emissione astrale e per la luce zodiacale, la città viveva nelle tenebre, soggiogata dall'impero di una notte senza fine e – secondo l'opinione di alcuni – persino priva di inizio.

In tali circostanze è facile comprendere quanto per la municipalità fosse benvoluta e quanto fosse impressionante la caratteristica più che bizzarra degli indigeni di emettere dall'intera superficie corporea una luce diffusa, azzurrognola e parecchio intensa, cosa che rendeva inutile l'illuminazione, pubblica o privata che fosse.

Lo spettacolo, purtroppo strettamente a uso interno. poiché l'accesso agli stranieri, per ragioni sconosciute, era vietato, doveva essere davvero fiabesco: la processione dei corpi fosforescenti visibili per le strade e attraverso le pareti semi-trasparenti, poteva essere degna del pennello dei più illustri poeti della luce, da Rembrandt a De Chirico.

È certo che, col ritmo lento che la caratterizzava, la vita ad Antar aveva ottime opportunità di oltrepassare la soglia della consacrazione, imponendo così un nuovo nome alla cartografia, ai manuali di geografia e, infine, ai trattati storici e ai dizionari enciclopedici. Tuttavia, a causa di un destino avverso, queste possibilità si ridussero a zero. E la raffica di vento che avrebbe sparso in quei luoghi i semi di una morte prematura furono la fama sempre maggiore della città, l'aura di mistero prodotta dall'autoisolamento, l'inizio della leggenda intessuta attorno al suo nome.

Joe non aveva un mestiere vero e proprio nel senso comune del termine: passava la giornata – e così anche la notte (nutriva una irriducibile passione per i recital notturni) – a raffinare l'arte di colpire (con i palmi delle mani, con le dita, con il pugno, con le ginocchia e con i gomiti, con la fronte e persino con il mento) la pelle ben tesa di un tam-tam. Mai si era preoccupato del fatto che chi lo circondava risolvesse i suoi problemi di ordine quotidiano, così come lo lasciava del tutto indifferente se gradissero o meno i risultati della sua attività. Joe batteva sul suo tam-tam per il semplice fatto che gli sarebbe stato impossibile fare diversamente. Non si sa con precisione come avesse compiuto l'incredibile performance di penetrare ad Antar – proprio lui, che s'interessava soltanto al suo strumento e niente altro e non si era mai sforzato di portare a buon fine nessun affare se non il tamburellare ritmico della pelle sonora. Non è possibile stabilire con precisione come fosse venuto a conoscenza della città in questione, né per quale miracolo fosse giunto fin lì. L'unico fatto sul quale esisteva certezza assoluta fu che, una volta arrivato, aveva ripreso con diligenza la sua solita occupazione.

L'effetto fu straordinario: in attesa che le autorità si riscuotessero, in attesa che l'intruso fosse espulso, ogni misura era già fin troppo tardiva. Di fatto le conseguenze – propagatesi come una reazione a catena – furono inizialmente difficili da percepire, e fu proprio questo a segnare la sorte dell'urbe. All'udire il suono del tam-tam (che, a onor del vero, Joe maneggiava come nessun altro) gli antaresi cominciarono a muoversi un po' più velocemente, null'altro. Quest'accelerazione estremamente discreta finì invariabilmente per avere degli effetti. Nessuno prestava attenzioni a quel ragazzo dalla pelle nera che, con la solita indifferenza nei confronti di ciò che lo circondava, spargeva ritmi folli nell'etere. Eppure, le persone si muovevano sempre più veloci, come sotto l'effetto di un incantesimo; Man mano che l'accelerazione aumentava, si intensificava anche l'emissione luminosa dei loro corpi, passando a sfumature giallo-rossastre. I passanti cominciarono ad assomigliare a torce viventi. E, nello sgomento generale, la città cominciò a scongelarsi alla stessa velocità, tanto che ben presto non ne rimase alcuna traccia.

La folla degli antaresi – rimasti senza case e sotto i cui piedi il ghiaccio continuava a sciogliersi – prese dunque la strada del vagabondaggio. A quel punto, così come se la fulminante combustione li avesse esauriti, persero le proprietà luminofore.

Si dice che, interrogato sulla ragione che lo aveva spinto a stabilirsi in quella città prossima al Polo Sud, Joe rispose semplicemente: "Mi era stato detto che le persone laggiù non avevano mai sentito il suono di un tam-tam!"

Uno dei suoi biografi più competenti tende tuttavia a pensare che ad attirarlo ad Antar fosse stata l'idea irresistibile della notte perpetua...

ATLANTIS

La trionfale accoglienza era stata curata fin nei minimi dettagli. Tutti attendevano che, da un momento all'altro, i redentori si mostrassero alla folla. È vero, nessuno sapeva con precisione chi fossero e che aspetto avessero, ma tutti erano convinti che li avrebbero riconosciuti nel momento stesso in cui sarebbero apparsi. Quanto al modo di muoversi e alla direzione dalla quale sarebbero giunti i misteriosi ospiti, i libri sacri degli abitanti di Atlantis si limitavano a fare riferimento a un tempo futuro (incomprensibile per loro).

Tutte le anime della città si erano radunate, circa all'ora Z, nella spaziosa agorà centrale. L'ombra dello gnomone si muoveva lenta sulla bianca parete dell'enorme meridiana; tutti la seguivano in silenzio, travolti dall'emozione, e aspettavano che raggiungesse la riga disegnata con il rosso, che era identificata come simbolo della drammatica fine. Sarebbe certamente stato impossibile che qualcuno tra i presenti lo sospettasse; tuttavia, avevano un presentimento strano, un vago timore che scaturiva dal brivido mistico di quel momento solenne.

La città era deserta. Per le strade e le piazze – con l'eccezione del punto di ritrovo – non si sentiva volare una mosca, anticipando di qualche ora il regno millenario che sarebbe stato instaurato dal silenzio. Modellate nella lava solidificata dei vulcani ora spenti, le mura concentriche della fortezza – che fino ad allora avevano portato in lungo e in largo la fama di invincibilità di questa città del lusso e dello splendore – non erano pronte ad affrontare l'assalto tellurico. I palazzi imponenti, che custodivano tesori inimmaginabili, si sarebbero sottratti definitivamente agli sguardi ingordi.

La striscia color sangue incrostata sul marmo della meridiana fu ricoperta in modo minaccioso dall'ombra; nello stesso istante la città fu scossa fin nelle fondamenta ddall'urto di un colpo dalla forza colossale. La terra tremava, la sua crosta si spaccò come una sottile membrana, e la splendida Atlantis sprofondò maestosamente nell'abisso, portandosi appresso il destino di un intero impero.

Nonostante il panico provocato e nonostante avessero indossato abiti d'epoca, gli ospiti furono immediatamente riconosciuti. Tutti impegnati in un viaggio spazio-temporale dettato da ragioni scientifiche (e, perché non ammetterlo, anche da ragioni giornalistiche), erano appena giunti per assistere alla fine di Atlantis, fenomeno al quale – com'era deducibile dalla scarsa documentazione disponibile – erano state attribuite cause di natura geologica. Ma la formidabile macchina del tempo era in panne ed era improbabile che una nuova spedizione arrivasse a breve in loro soccorso, dopo che il primo esperimento era fallito. Abbandonati in mezzo a quei barbari eroi della protostoria, esposti alle conseguenze minacciose del cataclisma, separati – forse per sempre – dai loro contemporanei, la situazione non sembrava loro affatto piacevole.

Trovarono tuttavia la forza di perseguire l'unico obiettivo possibile, ovvero quello di salvatori, contribuendo con tutte le loro forze, la loro intelligenza e la loro cultura all'ulteriore svolgersi dei fatti, che d'altra parte già conoscevano, seppur a grandi linee.

"Verso il porto!" ordinarono agli abitanti di Atlantis, che li seguirono senza proferire verbo. "Non portate con voi altro che cibo, quanto più cibo possibile! La nostra salvezza è il mare...."

Si lasciarono alle spalle il continente sulle cui rovine stava nascendo l'Oceano Atlantico. Molte galee sprofondarono, colpite dalle onde spietate; a decine venivano sacrificati, alzando il prezzo pagato per ognuno di quelli scampati alla tragedia. Questi si sparsero per il mondo e, seguendo il consiglio dei santificati salvatori, fondarono civiltà credute per lungo tempo le prime.

Si fecero numerosi tentativi per il recupero dei primi esploratori del passato; ma quanti tra loro erano sopravvissuti a un naufragio durante il grande periplo non si mostravano disposti a rinunciare al loro status di re divinizzati o alla vocazione di missionari dell'evoluzione, così che nessuno di loro è mai tornato tra noi. Ancora oggi resta senza risposta il quesito circa il motivo del fallimento della macchina del tempo: era stato dovuto alla catastrofe geologica o, al contrario, la catastrofe era stata provocata proprio dal difetto sopraggiunto nel sistema di propulsione? Non si può nemmeno tralasciare l'ipotesi che il difetto sia stato provocato dagli esploratori stessi, deliberatamente...

QUANTO KA

Il fenomeno era stato registrato da tutti gli osservatori astronomici situati nell'emisfero settentrionale: in direzione della Stella Polare era apparsa una sorgente potente, la cui emissione non faceva parte delle radiazioni già conosciute. Senza essere luminosa, impressionava le lastre fotografiche; senza essere un'onda radio, poteva essere trasformata in suono da qualsiasi ricettore; senza essere di natura elettromagnetica, era tuttavia percepibile nell'intero spettro, a qualsiasi frequenza. La caratteristica più sorprendente dell'emissione era, tuttavia, che si muoveva nello spazio a una velocità che, con tutta probabilità – e per lo stupore dei fisici – superava quella della luce.

Ben presto, gli astrofisici constatarono che le insolite radiazioni non erano omogenee, che la loro emissione non avveniva in maniera costante, che erano influenzate da una determinata serie di variazioni registrate sullo spettro elettromagnetico in ogni lunghezza d'onda, una modulazione fissa, ripresa ritmicamente in maniera sempre identica. Questa serie di variazioni – che si svolgeva nell'ordine di un miliardesimo di secondo – venne battezzata quanto K, dall'iniziale del suo scopritore.

Nel giro di qualche settimana, l'emissione cessò bruscamente così come era iniziata. Quanto K aveva a lungo preoccupato i sapienti di tutto il mondo, ma siccome le loro ricerche non portavano ad alcun risultato, la passione accesasi nel mondo scientifico si attenuò man mano, fino a che si spense del tutto. Solo alcuni fanatici continuavano – perlopiù di nascosto, per il timore di diventare gli zimbelli del mondo scientifico – a ricercare il fenomeno K. Infine si arresero anche loro.

Tuttavia, un bel giorno, a un giovane venne l'idea di considerare il misterioso quanto come un messaggio affidato al Cosmo da un'altra civiltà; si dedicò alla decifrazione dell'ipotetico messaggio e trascorse più di vent'anni ritirato nel proprio laboratorio, isolato dal resto del mondo. Nel laboratorio aveva raccolto, con l'ardente passione di uno scopritore di mondi, tutti i documenti legati all'oggetto delle sue ricerche. Aveva installato un osservatorio astronomico dotato di un potente radiotelescopio, con strumenti e apparecchiature di altissima qualità per tenere sotto costante e vigile controllo quel quadrante della volta celeste in cui, quasi mezzo secolo prima, si era ripetuta l'emissione. Era giunto a un buon punto con le investigazioni, era convinto di trovarsi sulla strada giusta e aveva trovato prove incontestabili del fatto che si trattasse di un messaggio, così come aveva ipotizzato fin dal principio. Ma la chiave del messaggio restava inaccessibile, la sua decifrazione in pratica era lontana quanto lo era stata il primo giorno. Era convinto che l'ostacolo principale alle sue ricerche fosse costituito dal fatto che possedeva solamente la descrizione del fenomeno, registrazioni effettuate da sistemi impropri, non specifici, ai quali la stessa natura dell'emissione era rimasta sconosciuta e ai quali sarebbe stato impossibile comunicare altro che l'ombra di un vero e proprio messaggio.

La sua unica speranza di successo era che l'emissione si ripetesse – e, proprio per quello, aveva concentrato ogni suo sforzo in modo che, se si fosse verificata quell'eventualità, sarebbe riuscito ad assicurarsi il contatto diretto con il quanto K, per effettuare ricerche mirate. Il vantaggio nei confronti di chi l'aveva scoperto stava proprio nel possedere strumenti perfezionati, oltre che un orientamento completamente diverso nei confronti delle investigazioni: la convinzione di trovarsi in presenza di un segnale, opzione che non aveva nemmeno sfiorato i pensieri dei suoi predecessori.

Attese. Certo, non era più molto giovane, ma era ancora pieno di energie e valutava di avere ancora molti anni da vivere per riuscire a togliersi il dubbio. D'altra parte, non aveva altre possibilità – se non quella di rinunciare. Ma non ne aveva alcuna intenzione! Verificava ogni giorno le sue installazioni, apportava qualche modifica, ogni notte esaminava la Stella Polare, convinto che il messaggio si sarebbe ripetuto. Fino a che finalmente non avvenne il miracolo! Nel momento stesso in cui ricevette la notizia accantonò ogni altra occupazione e, quasi deprivandosi del sonno, seguiva l'emissione giorno e notte.

Era nel suo laboratorio, nel bel mezzo del complesso intrico di strumenti e apparecchi che aveva ideato, progettato e costruito con tanta tenacia. Con i sensi tesi al massimo, controllando a malapena la propria emozione, frugava senza sosta il flusso di energia, del quale fino a quel giorno aveva cercato, invano, il significato nascosto. Bruscamente si sentì come colpito da un fulmine e l'ultima immagine che registrò fu quella del gigantesco cronometro elettronico che aveva proprio davanti agli occhi.

Si risvegliò in una città sconosciuta. Gli sembrava di galleggiare tra edifici mai visti prima. Il cielo era violetto, la luce forte e intensa, ma l'astro del giorno non era visibile da nessuna parte. Si sentiva osservato, ma non vedeva nessuno nei dintorni, e le pareti degli edifici erano opache. Forse, si disse, erano impenetrabili solo al suo sguardo, e lasciavano penetrare i raggi in un'unica direzione. Tutto quello che percepiva era lo sguardo fisso su di lui e proveniente dagli edifici che lo circondavano. Che non fossero semplici costruzioni ma veri e propri esseri viventi di dimensioni gigantesche? Si trovava davvero in mezzo a una città?

O era in una foresta, nel bel mezzo di un gregge o di un raduno? Galleggiava come in sogno, senza il minimo impegno, portato da una forza alla quale non poteva sottrarsi ma che sembrava tenere conto, in certa misura, della sua curiosità turistica.

Non aveva nemmeno fame, sete o sonno, anche se, secondo i suoi calcoli – il suo viaggio durava da molto tempo, forse persino da qualche anno. La città infinita che stava visitando (sempre che si trattasse di una città) avrebbe dovuto essere abitata, e lui avrebbe voluto conoscerne gli abitanti. Non trovava educato né accettabile da parte loro relegarlo a una tale posizione di inferiorità, esponendolo allo sguardo di tutti senza che lui potesse vedere nessuno. Come se il suo desiderio fosse stato ascoltato, una creatura gli venne incontro, fluttuando anch'essa come lui. Fin dal principio, l'apparizione lo affascinò al punto che non degnò più di uno sguardo gli edifici. Non assomigliava per niente a un essere umano, né si sarebbe potuto dire se fosse femmina o maschio – o, forse, una creatura asessuata o ermafrodita – ma esercitava su di lui un'attrazione simile solamente alla passione ardente che i popoli mediterranei avrebbero potuto provare di fronte a una superba, bionda figlia della Scandinavia con gli occhi azzurri. Il vecchio asceta sentì che stava recuperando il vigore della gioventù perduta. Si avvinghiarono in una danza aerea che gli offrì sconvolgenti esperienze erotiche. E, nonostante che l'intensità di tale sollecitazione sembrasse insopportabile, era consumato dal feroce desiderio di prolungarla all'infinito, di passare così all'eternità, fondendosi con l'intero Universo.

Quando si ritrovò nel suo laboratorio, di fronte al cronometro, non poteva credere di trovarsi nella stessa frazione di secondo; comprese immediatamente di essere riuscito a decifrare – anzi, a vivere – un frammento del messaggio che per molti anni aveva cercato di comprendere.

La città della sua visione di un istante – e che, nelle Memorie, avrebbe ribattezzato Quanto Ka – apparteneva a un altro mondo, era abitata (almeno in apparenza) da creature simili a quella che aveva conosciuto... Il suo ricordo lo fece fremere di dolore. Pur non potendolo escludere, non sarebbe mai riuscito a conciliarsi con il pensiero che difficilmente l'avrebbe rivista, che probabilmente non l'aveva nemmeno incontrata, che tutto fosse sdovuto semplicemente al caso, e non riusciva a placare la sua passione.L'interesse scientifico lo abbandonò; lo percepiva estraneo e in certa misura assurdo. Per lui, il messaggio di per sé non aveva alcuna importanza. Il solo scopo della sua vita divenne quello di ritrovare la creatura che tanto brutalmente gli era stata portata via. E nondimeno, la sorte si era di fatto dimostrata fin troppo generosa: gli era già stata accordata un'occasione unica, e sarebbe stato troppo beneficiarne per una seconda volta.

Si era accorto fin dal principio che non si trattava di una città qualsiasi; tuttavia, non avrebbe saputo dire cosa esattamente la distingueva da quelle che aveva visitato fino ad allora né per quale circostanza fosse giunto fin lì. Era molto occupato a guardarsi attorno, con la massima attenzione, per scoprire da dove gli venisse quello stato emotivo mai vissuto prima che stava prendendo lentamente il sopravvento su di lui. Gli edifici che riusciva a cogliere con lo sguardo formavano incroci diversi da quelli dei corpi geometrici elementari. I dettagli erano però parecchio complicati: le superfici, ben lungi dall'essere lisce, erano profondamente perforate, segnate da incisioni, qui e là mostravano cavità oscure o rilievi multicolori delle forme più bizzarre.

Regnava un silenzio assoluto. Inizialmente aveva pensato che fosse molto presto, forse l'alba; scoprì però con sorpresa l'astro del giorno, alto sopra la linea dell'orizzonte. Doveva riconoscere – senza troppo entusiasmo, d'altra parte – che né il silenzio né la solitudine persistente potevano essere spiegate per quell'ora, se non nell'ipotesi che la città fosse disabitata. Una volta i suoi fondatori avevano vissuto su quelle terre; pensò che poteva trattarsi solo di una città abbandonata. Di fatto non si vedevano segni che la vita fosse stata interrotta dalla violenza o dalla distruzione. Si chiese quale terribile destino avrebbe potuto spingere gli abitanti di una simile città ad abbandonare la loro residenza stabile e prendere la via del vagabondaggio... O, forse, la loro stirpe si era estinta lentamente, colpita da una maledizione sconosciuta? Quanto tempo poteva essere trascorso da quando quei luoghi erano stati abbandonati?

Giunto a questo punto del suo ragionamento, il suo stupore aumentò bruscamente: cominciò a notare che, con ogni probabilità, non era passato poi così tanto tempo. Gli edifici avevano un aspetto estremamente curato, con angoli vivi, come appena scolpiti, quasi perfetti, con le superfici pulite, ben conservate, prive persino del minimo granello di polvere. Questo stato di salubrità, che qualsiasi municipio al mondo avrebbe invidiato, contrastava palesemente con la tipica rappresentazione di una città abbandonata. Deciso a penetrare all'interno degli strani edifici – convinto che in quel modo avrebbe potuto risolvere il mistero –, si mise alla ricerca di una porta, un'entrata. Dopo una minuziosa investigazione si convinse che, almeno nel caso dell'edificio più vicino, l'unica soluzione fosse quella di passare... attraverso il muro; siccome una tale risoluzione non lo rallegrava di certo, concluse che sarebbe stato più corretto ricominciare le ricerche attorno a un altro edificio.

Solo a quel punto scoprì che si trovava su di una piattaforma dalla superficie molto stretta e che, per raggiungere l'edificio più vicino, avrebbe dovuto padroneggiare le doti dell'acrobata più virtuoso, che avesse stabilito dei record come saltatore e funambolo, sempre a condizione di essere dotato delle competenze e dell'equipaggiamento completo di un alpinista molto esperto. Indispettito, esaminò con maggiore attenzione quella che fino a quel momento aveva creduto essere una strada; di fatto, si trattava di una spaventosa successione di piani inclinati, crepacci, crateri e abissi, le cui pareti erano modellate proprio come quelle degli edifici.

Mentre il suo sguardo, che si allargava in cerchi sempre più ampi, rilevava nuovi dettagli, prendeva coscienza di un'intuizione sorprendente. Capì che la città non soltanto non era abitata, ma di fatto inabitabile! All'interno dei suoi edifici –sculture colossali, prive di porte e finestre, o perlomeno di ciò che normalmente si intende per porte e finestre – nessuna persona avrebbe potuto penetrare e rifugiarsi. Sulle strade – che erano ben lontane dall'essere vere strade – nessun pedone e nessun veicolo di quelli conosciuti avrebbe potuto circolare, e nelle piazze (se fossero esistite in qualche forma) le persone non avrebbero mai potuto radunarsi. In aggiunta, in quella città – che era stata costruita per chissà quale motivo – gli esseri umani non avrebbero mai potuto sopravvivere, perché non sembrava contenere nessuno degli oggetti strettamente necessari; e gli esseri umani si ammassavano nelle città proprio per servirsi, tutti insieme, di una moltitudine di oggetti utili; sarebbe stato impossibile per loro sopravvivere, soprattutto perché (se ne rendeva conto solamente ora) non si sarebbero mai contentati di quelle forme prive di senso, decadenti, i cui volumi sembravano sul punto di crollare, schiacciandoli, proprio sopra la sua testa con le loro superfici instabili, di colori violenti, che scatenavano stati di inquietudine difficili da sconfiggere.

Come ci era arrivato, dunque?

Assorto nei suoi pensieri conturbanti non si era accorto che un soffio estraneo, prima sotto forma di fruscio a malapena percepibile, e poi sempre più chiaro, aveva preso possesso dell'urbe sepolcrale.

Aguzzò l'udito senza tuttavia riuscire a distinguere da quale direzione provenissero i suoni. Un respiro calmo, scandito, riempiva l'intero spazio acustico, affascinandolo; era l'unica presenza umana in quel deserto. D'un tratto venne colpito dall'odore familiare di corpo sudato con un leggero alone di profumo di gelsomino e, contemporaneamente, sentì il tocco bollente e conturbante di un abbraccio. Avrebbe voluto chiudere gli occhi, lasciarsi trasportare dalla malìa di quell'illusione che – quasi non osava sperarlo – avrebbe potuto trarlo fuori da un'esperienza irreversibile. Si accorse, contrariato, che le palpebre rifiutavano di obbedire; l'immagine di quella città assurda continuava a perseguitarlo e sommergerlo.

Era forse vittima di un incubo?

Avrebbe dovuto mordersi le labbra, infilarsi le unghie nella carne, assicurarsi di essere sveglio o meno. Ma la mandibola era rigida, le mani non rispondevano; si sentiva paralizzato, incapace di effettuare il benché minimo movimento. Voleva dire che stava sognando? Le sue labbra vennero morse, ma non erano i suoi denti, quelli; le sue membra furono scosse da un brivido di dolore, di chi erano quelle dita che lo accarezzavano? Volle esaminarsi le mani e constatò con terrore che la sua stessa figura era scomparsa. Si ricordò di non averla mai vista da quando si trovava in quella città.

Immobilizzato dal terrore, un unico pensiero ruotava nella sua memte: quando sarebbe finalmente riemersa la sua coscienza da quella proiezione surreale, da quei luoghi che non appartenevano al sogno né alla vita reale? Sarebbe mai tornato quello che era stato? Avrebbe riconquistato la sua unicità, la propria vita nella sua intierezza? O piuttosto, si chiedeva, erano forse colpevoli gli infiniti e seducenti giochi della sua stessa immaginazione?

Proprio allora, come in risposta, sentì il calore di un paio di ginocchia che premevano contro le sue...

"Dio", gemette senza voce "è troppo per me!"

Sommario

Editing e formattazione: Alda Teodorani
Immagine di copertina: Dayana Montesano